CÚ NA MBASKERVILLE

Cú na mBaskerville

CÚ NA MBASKERVILLE

Arthur Conan Doyle
a scríobh an bunleagan Béarla

Nioclás Tóibín
a rinne an leagan Gaeilge

Aibhistín Ó Duibh
a chóirigh an t-eagrán seo

evertype
2012

Arna fhoilsiú ag Evertype, Cnoc Sceichín, Leac an Anfa, Cathair na Mart, Co. Mhaigh Eo, Éire. *www.evertype.com*.

Bunteideal: *The Hound of the Baskervilles*, 1901.
Teideal aistriúchán 1934: *Cú na mBaskerville .i. The Hound of the Baskervilles*. Oifig Díolta Foillseacháin Rialtais a d'fhoilsigh.

An chéad fhoilsiú: *The Strand Magazine*:
  Iml. xxii, Uimh. 128, Lúnasa 1901; Iml. xxii, Uimh. 129, M. Fómhair1901;
  Iml. xxii, Uimh. 130, D. Fómhair 1901; Iml. xxii, Uimh. 131, Samhain 1901;
  Iml. xxii, Uimh. 132, Nollaig 1901; Iml. xxiii, Uimh. 133, Eanáir 1902;
  Iml. xxiii, Uimh. 134, Feabhra1902; Iml. xxiii, Uimh. 135, Márta 1902;
  Iml. xxiii, Uimh. 136, Aibreán 1902.

An dara foilsiú 2012. An leagan leasaithe seo Márta 2013.
An chéad leagan Gaeilge © 1934 Nioclás Tóibín.
An leagan Gaeilge seo © 2012 Aibhistín Ó Duibh.
An leagan seo © 2012 Michael Everson.

Tá taifead catalóige don leabhar seo le fáil ó Leabharlann na Breataine.
A catalogue record for this book is available from the British Library.

ISBN-10 1-78201-014-9
ISBN-13 978-1-78201-014-2

Dearadh agus clóchur: Michael Everson. Baskerville an cló.

Maisiúcháin: Sidney Paget, 1901–1902.

Clúdach: Michael Everson.
Grianghraf le Michael Hansen, dreamstime.com/michha_info

Arna chlóbhualadh ag LightningSource.

CLÁR AN ÁBHAIR

Clár na Maisiúchán

Réamhrá an Eagarthóra

Sa bhliain 1934 a céadfhoilsíodh *Cú na mBaskerville*, leagan Gaeilge de shaothar clasaiceach Arthur Conan Doyle a rinne Nioclás Tóibín (1890–1966), Déiseach. San eagrán nua seo tá litriú, deilbhíocht agus téarmaíocht an aistriúcháin sin curtha in oiriúint agam do Ghaeilge an lae inniu.

Amach ó na hathruithe caighdeánaithe sin rinne mé dhá mhórathrú eile, gach ceann acu ag baint le hainmneacha dílse. Dí-Ghaelú ainmneacha na gcarachtar an chéad cheann. Dála go leor aistriúchán eile Gaeilge ar úrscéalta a rinneadh sa chéad leath den aois seo caite, Gaelaíodh go leor d'ainmneacha na gcarachtar in *Cú na mBaskerville*. Nós é sin a bhfuil taitneamh ag go leor léitheoirí air, ach is nós é a bhaineann le ré agus le meon eile dar liom, agus sa chás áirithe seo mheas mé go raibh neamhchríochnúlacht ag baint leis an bpáirt-Ghaelú a rinneadh ar ainmneacha roinnt de na carachtair, agus dá bhíthin sin chinn mé ar ainmneacha an bhuntéacs a úsáid san eagrán seo. Le hainmneacha dílse a d'fhág an Tóibíneach ar lár a bhaineann an dara hathrú. Is nós leis teideal ginearálta a thabhairt ar charachtair in ionad tagairt a dhéanamh dóibh as a n-ainm (m.sh. "an garsún" a thugtar ar Chartwright, giolla óg Holmes, agus "an seirbhíseach" a thugtar ar Bharrymore, seirbhíseach mhuintir Baskerville). Is dócha go ndearnadh seo bunús mór an ama d'fhonn an t-úrscéal a dhíghalldú beagán, ach cibé údar a bhí leis mheas mé gurbh fhearr, de gheall ar dhílseacht don bhuntéacs agus ar an tsoiléire, a oiread ab fhéidir de na hainmneacha sin a úsáid san eagrán seo.

Ina cheann sin uile, i roinnt áiteanna d'athraigh mé focal, frása nó dul abairte atá ag Tóibín ar mhaithe leis an tsoiléire, agus d'fhéach mé le rialtacht éigin a chur i bhfeidhm ar infhilleadh ainmneacha dílse iasachta.

Táim buíoch de Cholmcille Ó Monacháin as súil ríghéar a chaitheamh ar mo chuid oibre agus as mórchuid pointí doiléire in eagrán 1934 a phlé liom agus a thabhairt chun soiléire; de Chaoimhe Ní Shúilleabháin as an gcuidiú a thug sí dom le léamh na bprofaí; agus de Nicholas Williams as comhairle eagarthóireachta agus teanga a chur orm, an téacs a léamh go grinn agus leasuithe air a mholadh.

Tá focal ar leith buíochais uaim ag dul do Mhichael Everson as an dua a chaith sé leis an gclóchur agus le scanadh léaráidí gleoite Sidney Paget, léaráidí a chuireann go mór leis an téacs. Táim buíoch de go háirithe as tuiscint a bheith aige ar an bhfiúntas atá in atheagrán de leabhar den sórt seo a fhoilsiú do ghlúin nua léitheoirí.

Aibhistín Ó Duibh
Sa Bhruiséil dom
Samhain 2012

Arthur Conan Doyle

Rugadh Arthur Conan Doyle i nDún Éideann in 1859. Bhí sé ar scoil ag na hÍosánaigh in Stoneyhurst i Sasana agus ina dhiaidh sin bhain sé céim sa leigheas amach in Ollscoil Dhún Éideann, áit a raibh modhanna diagnóiseacha duine de na hollúna ina n-inspioráid aige do mhodhanna déaduchtaithe Sherlock Holmes. Bhí sé ina dhochtúir ar feadh suim de bhlianta sna 1880idí sular thug sé é féin suas don scríbhneoireacht go lánaimseartha.

Gan amhras tá Sherlock Holmes ar an gcarachtar is mó a bhfuil cuimhne air de na carachtair go léir a cheap an Dúilleach. Chonacthas é den chéad uair in 1887 in *A Study in Scarlet* agus níorbh fhada go raibh an-tóir ar eachtraí bhleachtaire Shráid Baker. Go deimhin bhí an oiread sin tóra orthu sna blianta ina dhiaidh sin gurbh eagal le Doyle go raibh siad ag tarraingt aird a léitheoirí dá shaothair eile agus, mar sin, chuir sé deireadh le Holmes in *The Final Problem* (1893). Thathantaigh lucht léitheoireachta na scéalta chomh tréan sin air é a athbheochan, ámh, gur chuir sé amach *Cú na mBaskerville* (1901), agus riar maith scéalta eile faoi Holmes ina dhiaidh sin.

Chomh maith le bheith ina scríbhneoir bisiúil bhí Doyle ina chúl taca paiseanta poiblí ag go leor cúiscanna le linn a shaoil. Bhí sé ar son leasú a dhéanamh ar na dlíthe maidir le colscaradh, mhol sé tollán a dhéanamh faoi Mhuir nIocht, agus throid sé le cásanna iomrall ceartais, amhail cás George Edalji agus cás Oscar Slater, a chur ina gceart. Bhí sé ina lia deonach in arm na Breataine i gCogadh na mBórach agus nuair a bhí sé anonn in aois bhí sé an-tugtha don Spioradachas. Fuair sé bás in 1930.

Cú na mBaskerville

CAIBIDIL I

Sherlock Holmes

B a bhéas le Sherlock Holmes éirí go han-déanach ar maidin ach maidineacha, nárbh fhánach, a bhíodh sé ina shuí ón oíche roimhe sin. Maidin áirithe bhí sé ina shuí chun boird agus é ag fuireach lena bhricfeasta. Sheas mé féin ar shúsa an tinteáin agus rug ar an mbata a d'fhág an cuairteoir a bhí againn an oíche roimhe sin. Blúire adhmaid breá tiubh ba ea é a raibh cnapán de cheann air, bata den sórt sin ar a dtugtar "dlíodóir Penang". Díreach faoi bhun an chnapáin bhí fáinne leathan airgid timpeall orlach ar leithead. Bhí "Do James Mortimer M.R.C.S., óna chairde sa C.C.H." greanta air, mar aon leis an dáta "1884". Ba é díreach an sórt bata é ba dhual do dhochtúir seanaimseartha iontaofa a iompar—gan aon ghaigíocht ag baint leis.

"Bhuel, a Watson, cad déarfá leis?"

Bhí Holmes ina shuí agus a dhroim liom agus ní raibh mé tar éis aon mhéar ar eolas ar mo ghnó a thabhairt dó.

"Conas a bhí a fhios agat cad a bhí mé a dhéanamh? Tá sé dian nó tá súile i gcúl do chinn."

"Tá corcán forairgid snasta lán de chaife ar m'aghaidh amach anseo, pé scéal é," ar seisean. "Ach féach, a Watson, cad a mheasann tú de bhata láimhe ár gcuairteora? Ós rud é go bhfuil sé de mhí-ádh orainn é féin a bheith ar iarraidh agus nach fios dúinn cad a thug anseo é, is mór is fiú an cuimhneachán atá againn de chiotrainn. Aithris dom éagasc an fhir ar scrúdú an bhata duit."

"Is dóigh liom," arsa mé féin, ag leanúint chomh maith agus a bhí ionam mhodhanna mo chompánaigh, "gur fear aosta le leigheas a bhfuil toradh agus meas ar a shaothar an Dochtúir Mortimer, mar gurb í seo an tuairisc atá amuigh air acu seo a bhfuil aithne cheart acu air."

"Go maith," arsa Holmes. "Tá sin ar fheabhas!"

"Is é mo dhóigh, leis, gur dóiche gur ar tuath a bhíonn a chleachtadh agus gur de chois is minice a dhéanann sé a chuid cuartaíochta."

"Conas sin?"

"Mar an bata seo, cé gur chanta an bata é nuair ba nua dó, tá an oiread sin de rian a ghnó air, gur dícheall dom a mheas gur le dochtúir cathrach é. Tá an bianna tiubh iarainn atá air caite go maith, agus amhlaidh sin is follas gur mór an chuid siúlóide atá déanta aige."

"Níl dul ón méid sin!" arsa Holmes.

"Agus ansin arís féach 'cairde an C.C.H.' Déarfainn gurb é rud

atá ansin ná cumann fiaigh éigin, cumann fiaigh an cheantair. De réir dealraimh bhí sé mar mháinlia acu, agus mar sin thug siad an féirín beag seo dó mar chúiteamh."

"Bhuel, a Watson, níl aon dabht ná gur fearr ná riamh thú," arsa Holmes, ag druidim a chathaoireach i ndiaidh a chúil agus ag deargadh toitín dó. "Caithfidh mé a rá, i gcúrsaí gach cuntais dár thug tú riamh ar mo bheagbhearta nár luaigh tú d'éirim aigne féin mar ba chóir in aon chor. B'fhéidir nach bhfuil aon sárbhua agat ach is iontach mar a spreagann tú intinn duine eile. Tá a fhios agam gur féidir le daoine áirithe é sin a dhéanamh agus admhaím gur mór atáim faoi chomaoin agat."

Ní dúirt sé a leithéid riamh roimhe sin agus is fíor gurbh aoibhinn liom an chaint sin a chloisteáil uaidh. Go dtí sin ba chás liom a laghad suime a chuireadh sé sna tuairiscí molta a scríobhainn ar a mhodh oibre. Cúis áthais liom anois é a bheith sásta leis an iarracht a rinne mé ar an modh speisialta a bhí aige a chleachtadh. Rug sé ansin ar an mbata as mo lámh agus bhí á léirscrúdú ar feadh cúpla nóiméad. Ansin leag sé uaidh a thoitín agus iar ndul go dtí an fhuinneog leis an mbata, scrúdaigh arís é le lionsa dronnach.

"Tá sin suimiúil, cé go bhfuil sé simplí," ar seisean, ag casadh dó ar an gcúinne den tolg ab fhearr leis. "Tá, gan aon amhras rian nó dhó ar an mbata. Is mór an t-eolas atá le fáil uathu."

"An ndearna mé dearmad ar aon rud?" arsa mise, agus mé beagáinín údarásach ionam féin. "Tá súil agam nár dhearmad mé aon rud ar fiú trácht air."

"Is eagal liom, a Watson, a chroí, go bhfuil dul amú ort. Nuair a dúirt mé leat gur chabhraigh tú liom ba é a mheas mé a rá gur mhór an cóngar chun na fírinne na dearmaid a bhí tú a dhéanamh. Ní hionann sin is a rá go bhfuil tú bun os cionn ar fad an iarracht seo. Fear leighis maith tuaithe is ea an duine seo gan aon agó. Agus is mór í a chuid siúlóide."

"Bhí an ceart agam mar sin."

"Chomh fada agus a théann an méid sin."

"Ach sin a raibh ann."

"Ní hea, a Watson, a mhic ó, ní hea, ní raibh gach aon rud ar aon chor ann. Déarfainnse, cuir i gcás, gur thúisce a thiocfadh bronntanas ó ospidéal chun dochtúra ná ó chumann fiaigh, agus nuair a chuirtear na litreacha 'C.C.' roimh an ospidéal gur furasta a aithint gur 'Charing Cross' a bheadh ann."

"B'fhéidir go bhfuil an ceart agat."

"Is cosúil gur mar sin atá. Agus má ghlacaimid leis mar bhunfhotha is féidir linn dul ar aghaidh go maith."

"Sea, más ea, cuir i gcás gurb ionann 'C.C.H.' agus 'Charing Cross Hospital', cad eile a gheobhaimis a bhaint as méid sin?"

"Nach gcuirfeadh sé aon rud i gcuimhne duit? Nach bhfuil mo chuidse seifteanna ar eolas agat? Cuir ag obair iad!"

"Ní bhfaighinn cuimhneamh ar aon rud ach ar an ní sin atá soiléir go leor d'éinne, is é sin go raibh an fear ina dhochtúir sa chathair sula ndeachaigh sé faoin tuath."

"Déarfainn gurbh acmhainn dúinn dul beagáinín ní ba shia ná sin féin. Féach air seo leat. Cad é an t-am, dar leat, a thabharfaí a leithéid de bhronntanas do dhuine? Cathain a thiocfadh a chairde le chéile chun a ndea-mhéin a thaispeáint? De réir dealraimh dhéanfaidís sin nuair a bheadh sé ag fágáil an ospidéil chun dul ag cleachtadh dó féin. Tá a fhios agam go bhfuil bronntanas sa scéal. Creidimid san athrú ó ospidéal cathrach go dtí obair tuaithe. Dá bhrí sin, nach féidir a rá gur le linn an athraithe a tugadh an bronntanas dó?"

"Tá gach aon dealramh ar an scéal gurbh ea."

"Anois tabhair do d'aire nach bhféadfadh sé a bheith ar fhoireann an ospidéil, mar ní bhfaigheadh éinne post mar sin a bheith aige ach fear a mbeadh taithí mhaith aige ar a cheird i Londain, agus ní fear den sórt sin a thabharfadh a aghaidh ar an tuath. Cad a bhí ann mar sin? Má bhí sé san ospidéal gan a bheith ar an bhfoireann ní fhéadfadh a bheith ann ach lia tí nó dochtúir tí—beagáinín fara mac léinn sinsearach. Agus d'fhág sé cúig bliana ó shin—tá an dáta ar an mbata. Mar sin de siúd é agat do dhochtúir stuama meánaosta imithe leis féin, a Watson, agus seo chugat ina ionad óganach faoi bhun tríocha bliain, é geanúil, gan aon aidhm, dearmadach, agus peata madra aige, ceann atá níos mó ná madra talún agus níos lú ná maistín."

Gháir mé go dícheidmheach agus Holmes á shearradh féin ina tholg agus ag séideadh iarrachtaí d'fháinní beaga deataigh in airde chun na síleála.

"Maidir leis an gcuid dheireanach, níl aon slí agam chun é a fhíorú," arsa mise, "ach pé scéal é, ní deacair cúpla rud a fháil amach maidir le haois an fhir agus cúrsaí a cheirde."

Thóg mé anuas clár na ndochtúirí de sheilf na leabhar leighis agam agus fuair mé amach an t-ainm. Bhí roinnt mhaith den sloinne sin ann ach ní raibh orthu ach aon duine amháin a bhfaighimis ár gcuairteoir a dhéanamh de. Léigh mé a thuairisc os ard.

"Mortimer, James, M.R.C.S., 1882, Grimpen, Dartmoor, Devon. Lia teaghlaigh ó 1882 go 1884, ag Ospidéal Charing Cross. Duais Jackson ar an nGalareolaíocht Chomparáideach buaite aige, ar aiste dar teideal 'An Filleadh iad Galair?' Ball de Chumann Galareolaíochta na Sualainne. Údar 'An tAthdhúchas: Roinnt Anchúinsí' (*Lancet*, 1882), 'An bhFuilimid ag Dul chun cinn?' (*Journal of Psychology*, Márta, 1883). Dochtúir i bparóiste Grimpen, Thornley, agus High Barrow."

"Níl aon trácht ar an gcumann fiaigh sin, a Watson," arsa Holmes agus an mhioscais ina gháire, "ach ar dhochtúir tuaithe mar a thug tú faoi deara. Is dóigh liom go bhfuil an ceart agam féin. Dála na n-aidiachtaí, dúirt mé, más buan mo chuimhne, 'geanúil, gan aon aidhm agus dearmadach'. Dar liomsa is é an duine geanúil sa saol seo a fhaigheann teistiméireachtaí, is é an duine gan uaillmhian a fhágann Londain chun dul faoin tuath, agus duine dearmadach an té a d'fhágfadh a bhata láimhe in ionad a chárta cuairteora ina dhiaidh tar éis fanacht anseo ar feadh uair an chloig."

"Agus an madra?"

"Is béas dó an bata seo a iompar taobh thiar dá mháistir. De bhrí gur bata trom é bhíodh greim daingean ag an madra ar a lár, agus tá rian a fhiacla le feiceáil go soiléir air. Tá giall an mhadra, mar is léir, atá le feiceáil idir na rianta, róleathan i mo thuairimse do ghiall madra talún agus níl sé leathan a dhóthain do ghiall maistín. B'fhéidir gur—dar an spéir is ea, is spáinnéar fionnachas é."

Bhí sé tar éis éirí agus gabháil trasna an tseomra sa chaint dó. Stad sé ansin i gcuas na fuinneoige.

Bhí glór na fírinne chomh mór sin ina ghuth gur leath an dá shúil orm.

"A dhuine, a chroí, conas is féidir leat a bheith chomh deimhin sin de?"

"Mar feicim an madra féin le mo dhá shúil ar an tairseach againn, agus sin é an té ar leis é ag bualadh ar an doras. Ná corraigh, achainím ort, a Watson. Dearthair de réir ceirde duitse is ea é agus b'fhearr liom go bhfanfá anseo. Seo chugainn an strainséir anois, a Watson, agus gan a fhios againn cad a thuarann an chuairt seo uaidh. Cad tá ag an Dochtúir James Mortimer, an t-eolaí, le fiafraí de Sherlock Holmes, an coireolaí? Tar isteach!"

Chuir an dealramh a bhí ar ár gcuairteoir ionadh orm mar bhí mé ag coinne leis an ngnáthdhochtúir tuaithe. Fear an-ard, an-tanaí, a raibh srón fhada, mar a bheadh gob, air ba ea é, agus an

7

tsrón sin ag gobadh amach idir dhá shúil ghéara ghlasa a bhí go fuinte agus go cóngarach dá chéile, agus iad ag glinniúint go gléineach laistiar de phéire spéaclaí órimeallacha. Bhí culaith mhaith air ach bhí sí roinnt tuathalach, mar bhí fillteacha sa chasóg agus bhí an bríste caite. Cé gurbh óg dó, bhí crom faoin droim fada aige cheana féin. Bhí a cheann sáite amach roimhe agus déarfá gur lách an duine é. Ar theacht isteach dó chonaic sé an bata a bhí ag Holmes ina lámh, agus rith d'iarracht air agus lig liú áthais as.

"Tá áthas orm," ar seisean. "Ní raibh mé deimhin cé acu anseo nó in Oifig na Tráchtála a d'fhág mé é. Ní chaillfinn an bata sin ar an saol."

"Féirín atá ann, measaim," arsa Holmes.

"Sea, a dhuine chóir."

"Ó Ospidéal Charing Cross?"

"Ó dhuine nó beirt chairde dom le linn mo phósta."

"Ó, mhuise, mhuise, is olc sin!" arsa Holmes, ag croitheadh a chinn.

Rinne an Dochtúir Mortimer sméid trína spéaclaí agus iarracht den ionadh air.

"Conas sin?"

"Mar bhí dul amú orainn anois beag. Le linn do phósta a deir tú?"

"Sea. Phós mé, agus mar sin d'fhág mé an t-ospidéal agus thug mé suas pé seans a bhí agam ar bheith i mo dhochtúir comhairleach. B'éigean dom teach de mo chuid féin a sholáthar."

"Bhuel, mar sin, nílimid mórán as an tslí, tar éis gach aon rud," arsa Holmes. "Agus anois, a James Mortimer, a Dhochtúir—"

"Ná bac leis an 'dochtúir', níl ionam ach M.R.C.S. bocht."

"Agus fear a bhfuil féith an chruinnis ann, de réir dealraimh."

"Duine mé a bhíonn ag gabháil don eolaíocht, duine a bhíonn ag piocadh sliogán ar thránna an mhóraigéin. Tá súil agam gur le Sherlock Holmes atáim ag caint agus nach—"

"Ní hea, seo é mo chara, an Dochtúir Watson."

"Tá áthas orm tú a fheiceáil, a dhuine uasail. Táim tar éis trácht a aireachtáil ar d'ainm maille le hainm do charad. Is mór agam tú a fheiceáil. Ní raibh aon choinne agam le cloigeann chomh fada sin siar ná le clár éadain a bheadh chomh hard. Ar mhiste leat mé mo mhéar a rith feadh d'uisinne? Ba mhór an mhaise múnla do chloiginn in éagmais an chloiginn féin ar aon mhúsaem antraip-eolaíochta. Níl uaim a bheith róleadránach, ach m'fhocal duit, go bhfuil an-saint agam chun do chloiginn."

Thairg Sherlock Holmes cathaoir don chuairteoir neamh-choitianta agus thuig mé go maith go raibh sé ag cur suime ann.

"Tá do chuid den dúthracht ionat féin i do shlí féin, tugaim faoi deara, díreach mar atá ionam féin," ar seisean. "Feicim ó do chorr-

9

mhéar go ndéanann tú do chuid féin toitíní. Ná bíodh aon chorrabhuais ort ceann a lasadh."

Tharraing an fear páipéar agus tobac chuige agus chas ceann acu ar an gceann eile ar aclaíocht. Bhí méara fada creathánacha air a bhí chomh hinnealta agus chomh sochorraithe leis na hadharcáin a bhíonn ar mhíoltóg.

Bhí Holmes ina thost, ach thugadh sé súilfhéachaint ghéar shaigheadmhar ar ár gcompánach neamhchoitianta agus thuig mé go maith go raibh sé ag cur suime ann.

"Is dócha, a dhuine," ar seisean faoi dheireadh, "nach chun scrúdú a dhéanamh ar mo chloigeann a tháinig tú chugam aréir agus inniu arís."

"Ní hea, a dhuine uasail, ní hea; cé go bhfuil ard-áthas orm an chaoi a bheith agam ar sin féin a dhéanamh. Tháinig mé chugat, a Mhr Holmes, mar tuigim féin gur fear gan chríoch mé, agus ina fhochair sin tá fadhb mhillteach ainspianta tar éis éirí chugam d'urchar. Agus óir tá a fhios agam go maith go bhfuil tú ar an dara duine is léire san Eoraip…."

"Bhuel, anois, a dhuine uasail! Ar mhiste dom a fhiafraí cé hé a bhfuil sé d'onóir aige a bheith ar an gcéad duine?" arsa Holmes agus an tseirbhe ina ghlór.

"An té a bhfuil féith na heolaíochta ann, caithfidh sé a admháil, go bhfuil rud éigin iontach ag baint le saothar Monsieur Bertillon."

"Ansin nárbh fhearr duit dul dá fhios?"

"Dúirt mé ó thaobh na heolaíochta. Ach ó thaobh an ghnó choitianta tá sé amuigh ort nach bhfuil do shárú le fáil. Tá súil agam nach bhfuilim go faillitheach…."

"Tá, beagáinín," arsa Holmes. "Is dóigh liom, a Dhochtúir Mortimer, gur mhaith an bhail ort, gan a thuilleadh gó, dá mbeadh sé de chneastacht ionat a insint go simplí dom cad tá díreach san fhadhb seo a dteastaíonn mo chabhair uait ina taobh."

Caibidil II

Mallacht na mBaskerville

"Tá agam i mo phóca lámhscríbhinn," arsa an Dochtúir James Mortimer.

"Thug mé sin faoi deara ag teacht isteach duit," arsa Holmes.

"Sean-lámhscríbhinn is ea í."

"Ceann le tosach an ochtú haois déag, murar scríbhinn fhalsa a bheadh ann."

"Conas a gheofá sin a rá?"

"Tá orlach nó dhó di le feiceáil ó thosaigh tú ag caint. Ba bhocht í m'oilteacht mura bhfaighinn dul i ngiorracht deich mbliana do dháta lámhscríbhinne. B'fhéidir gur léigh tú an monagraf a scríobh mé air. Déarfainn an bhliain 1730 dó sin."

"1742 an bhliain cheart." Tharraing an Dochtúir Mortimer amach as a phóca brollaigh é. "Chuir Sir Charles Baskerville an scríbhinn seo faoi mo chúram, an fear sin ar chorraigh an bás tobann marfach a fuair sé trí mhí ó shin muintir Devonshire an-mhór. Bhí mé féin mar dhochtúir agus mar chara aige. Fear ba ea é, a dhuine uasail, a raibh cúiléith ann. Bhí sé géar, ciallmhar ina ghnó agus a laghad céanna samhlaíochta ag gabháil leis agus atá liom féin. Mar sin féin, bhí sé an-dáiríre mar gheall ar an scríbhinn seo agus bhí sé socair ina aigne go mbéarfadh an chríoch chéanna air a rug air."

Shín Holmes a lámh faoi dhéin na lámhscríbhinne agus leath sé amach ar a ghlúine í.

"Tabhair do d'aire, a Watson, an úsáid a bhaintear as an *s* fada agus gairid gach re seach. Sin ceann de na comharthaí a chabhraigh liom chun an dáta a shocrú."

11

D'fhéach mé thar a ghualainn ar an bpáipéar buí agus ar an scríbhinn thréigthe. Ar a bharr bhí scríofa: "Halla Baskerville", agus ag a bhun i bhfigiúirí scrábacha: "1742".

"Baineann sé le dealramh gur faisnéis de shórt éigin atá ann?"

"Sea, tá faisnéis ann mar gheall ar fhabhalscéal éigin a ghabhann le sinsir mhuintir Baskerville."

"Ach, dar liomsa, is rud éigin níos déanaí agus níos ciallmhaire ba mhaith leat a chur i mo chomhairle."

"Rud atá an-déanach agus an-phráinneach. Rud a chaithfear a shocrú faoi cheann ceithre huaire fichead an chloig. Ach tá an lámhscríbhinn gairid agus dlúthbhaint aici leis an scéal. Le do chead léifidh mé duit é."

Chaith Holmes é féin siar ina chathaoir, chuir barra a mhéar le chéile agus dhún a shúile mar a bheadh sé sásta le héisteacht leis an scéal. D'iompaigh an Dochtúir Mortimer an lámhscríbhinn chun an tsolais, agus léigh i nguth ard a raibh cnag ann an seanscéal ait seo a leanas:

"Maidir le bunús Chú na mBaskerville is iomaí insint atá ar an scéal, ach de shliocht Hugo Baskerville mé agus toisc go bhfuil an scéal agam ó m'athair, a raibh sé aigesean óna athair féin, creidim gur tharla sé díreach mar atá sé curtha síos anseo agam. Agus ba mhaith liom go gcreidfeadh sibhse, a chlann ó, gurb acmhainn don Chumhacht chéanna a phionósaíonn cionta maithiúnas a thabhairt go róghrástúil iontu leis, agus nach bhfuil aon cheangal chomh daingean sin nach féidir a scaoileadh le hurnaí agus le haithrí. Foghlaimígí, dá bhrí sin, ón scéal seo gan aon eagla a bheith oraibh i dtaobh an rud atá imithe, ach féachaigí romhaibh agus bígí aireach feasta, le heagla go síolródh na paisin urghránna sin, trínar fhulaing ár sinsir go róghéar, chun ár n-aimhleasa arís.

"Bíodh a fhios agaibh ansin go raibh le linn an Éirí Amach Mhóir (tá stair an Éirí Amach chéanna scríofa ag an Tiarna léannta Clarendon agus mholfainn le fonn daoibh a thabhairt do bhur n-aire) an tÁras seo a bhain le Baskerville i seilbh Hugo den chine sin, agus níl aon dul dá shéanadh ná gurbh fhear fiáin, aindiaga, díchreid-mheach é. Gheobhadh a chomharsana sin a mhaitheamh dó, óir nach raibh aon iomadúlacht naomh san áit sin riamh, ach bhí slite cruálacha ag gabháil leis a chuir smál ar a ainm san Iarthar.

"Ráinigh gur thug an Hugo seo grá (más cead an t-ainm álainn sin a thabhairt ar phaisean chomh dubh), d'iníon feirmeora a raibh talamh aige gairid d'eastát mhuintir Baskerville. Ach toisc go raibh an ógbhean ciallmhar agus ainm maith uirthi, ní rachadh sí ina ghaireacht choíche mar b'eagal léi an drochainm a bhí air. Mar sin de tharla an lá Fhéile Michíl seo gur éalaigh an Hugo seo, maille le cúigear nó seisear dá chompánaigh dhíomhaoine dhrochmhaith-easacha, síos chun na feirme agus d'fhuadaigh leis an ógbhean. Bhí a fhios aige go maith go raibh a hathair agus a deartháireacha as baile. Nuair a ráinigh siad an Halla léi, cuireadh in airde i seomra a bhí i mbarr an tí í, agus luigh Hugo agus a chuid cairde chun mór-ragairne mar ba thaithíoch leo d'oíche. Ba dhóbair don ainnir bhocht in airde staighre imeacht as a ciall leis an amhránaíocht, an liúireach agus na mórmhionnaí a bhí ag éirí chuici aníos, mar deirtear gur leor an chaint a dhéanadh Hugo Baskerville, agus é ar meisce, chun an té a luafadh í a dhamnú. Faoi dheireadh agus í in airde a sceimhle, rinne sí an ní sin a dtabharfadh an fear ba chróga agus ba lúfaire a chúl dó, mar le cúnamh an eidhneáin a bhí (agus atá fós) leis an mballa theas, tháinig sí anuas ón gcleitín, agus ghabh trasna an réisc abhaile; bhí trí léig idir an Halla agus feirm a hathar.

"Ráinigh tamall beag ina dhiaidh sin gur fhág Hugo a chuid aíonna chun bia agus deoch—agus b'fhéidir rudaí ní ba mheasa—a thabhairt chun a phríosúnaigh. Chonaic sé an cás folamh agus an t-éan éalaithe. Ansin, mar a déarfá, bhí sé mar dhuine a mbeadh an diabhal istigh ann, mar iar rith síos an staighre agus isteach in halla an bhia dó, ling sé ar an mbord mór a bhí ann, ag cur soithí agus árthaí ag rince san aer, agus ag liú os ard chun a chuideachta go dtabharfadh sé a chorp agus anam, an oíche chéanna sin, do chumhacht an diabhail dá bhfaigheadh sé teacht suas leis an toice. Agus a fhad agus a bhí na ríobóidí ina seasamh agus scéin iontu le neart mire an fhir, liúigh duine acu a bhí ní ba mhallaithe, nó, mar a déarfá, ní ba mhó ar meisce ná an chuid eile, gur cheart na cúnna a chur sa tóir uirthi. Agus leis sin, rith Hugo amach as an teach, á rá os ard lena chuid giollaí an diallait a chur ar a láir agus a chonairt a scaoileadh amach, agus ag tabhairt ciarsúir de chuid na hógmhná do na cúnna chuir sé sa tóir iad, agus leis sin as leo faoi thréanghlam le solas na gealaí thar an riasc.

"Ar feadh tamaill bhí na ríobóidí agus a mbéal oscailte acu le hiontas, agus gan iontu a thuiscint an méid a rinneadh chomh tapa sin. Ach ba ghairid gur tuigeadh dóibh nádúr an bhirt a bhí le déanamh ar an riasc dá mhéad mearbhaill a bhí orthu. Bhí gach aon rud den iarracht sin ina ghléireán, cuid acu ar lorg a gcuid piostal, cuid acu ar thóir a gcuid capall, agus a thuilleadh acu ag éileamh buidéal eile fíona. Ach sa deireadh tháinig splanc éigin céille dóibh agus léim na trí dhuine dhéag acu ar a gcuid capall agus bhog leo sa tóir. Bhí an ghealach ina lán-neart os a gcionn, agus ghluais siad go mear le cois a chéile ar an rian sin a chaithfeadh an ógbhean a thabhairt uirthi chun a teach féin a shroicheadh.

"Bhí míle nó dhó curtha díobh acu nuair a ghabh siad thar dhuine de na haoirí oíche ar an riasc, agus liúigh siad air ag fiafraí de an bhfaca sé an fiach. Agus bhí an fear, mar a deir an scéal, chomh mór sin ar mire le heagla gur dhícheall dó labhairt, ach faoi dheireadh dúirt sé go raibh sé, gan aon amhras, tar éis an ainnir mhí-ámharach a fheiceáil, agus na cúnna ar a tóir. "Ach tá níos mó ná sin feicthe agam," ar seisean, "mar ghabh Hugo Baskerville tharam ar a láir dhubh, agus an cú ifrinn ag rith ina dhiaidh aniar agus gan glam as."

"Agus leis sin chrom na fir a bhí ar meisce ag guíodóireacht ar an aoire agus chuir díobh. Ach ba ghairid gur reodh an fhuil iontu, mar tháinig chucu trasna an réisc glór sodrach, agus ghabh an láir dhubh, agus í báite i gcúr bán, tharstu, a srian go sraoilleach agus a diallait folamh. Ansin ghluais na ríobóidí go dlúth le chéile, agus sceimhle orthu, agus lean leo tríd an riasc, cé gur thúisce a d'iompódh gach duine acu ceann a chapaill dá mba ina aonar dó. Ag marcaíocht go mall dóibh ar an dul seo, rug siad faoi dheireadh ar na cúnna. Bhí siad seo, a raibh clú na gaile agus na folaíochta orthu, ina n-aon phraisimín amháin ag ceann loig dhomhain nó gabhail, mar

thugaimidne air, ar an riasc, agus iad ag fuarchaoineadh, cuid acu ag dul i ndiaidh a gcúil agus cuid eile acu, an colg ina sheasamh orthu agus sceana ina súile, ag amharc síos fúthu sa ghleann.

"Stad an chuideachta, agus ar ndóigh, bhí siad ní ba mhó ar a gciall ansin, ná an uair a bhog siad amach. Theastaigh ón gcuid ba mhó acu, gan aon dóigh, dul ar aghaidh, ach bhí triúr orthu, an triúr ba dhána, nó b'fhéidir, an triúr ba mheisciúla, agus rinne siad ceann ar aghaidh síos sa ghabhal. Bhí sé ag oscailt isteach i spás fairsing mar a raibh ina seasamh dhá cheann de na clocha móra seo, tá siad le feiceáil fós, a chuir cuid de na seantreibheanna atá dearmadta ann anallód. Bhí an ghealach ag taitneamh le gléine ar an oscailt, agus ansiúd ina lár a bhí an óghean sínte mar a thit sí, í marbh ón eagla agus ón anró. Ach níorbh é a colainn, ná fós colainn Hugo Baskerville a bhí sínte lena hais, a chuir an ghruaig ina seasamh ar chinn an triúr scléipirí úd a bhí chomh dána le diabhail, ach rud urghránna a bhí ina sheasamh os cionn Hugo, agus ag baint stoite as a scornach, beithíoch mór dubh, i riocht cú, ach ina dhiaidh sin ní ba mhó ná aon chú dá bhfaca éinne riamh. Agus fiú amháin agus iad ag féachaint, bhí an rud ag sracadh na scornaí as Hugo Baskerville. Nuair a chonaic siad a dhá shúil lonracha agus a ghialla silteacha, chrom an triúr acu ag scréachach le neart eagla agus chuir siad de na boinn lena n-anam, iad ag scréachach leo ag déanamh trasna an réisc dóibh. Deirtear go bhfuair duine acu bás an oíche sin de bharr an ní a chonaic sé, agus ní raibh sa bheirt eile ach fir gan mhothú i rith a saoil ina dhiaidh sin.

"Sin é, a chlann ó, scéal an chú a rinne an teaghlach a chéasadh chomh dóite sin riamh ó shin. Má tá sé curtha síos agam is é is cúis é ach gur lú den sceimhle a bhíonn sa ní sin a thuigtear go soiléir ná sa ní sin a bhítear ag iarraidh a thomhas. Agus fós ní féidir a shéanadh gur olc an chríoch a bhí ar chuid den teaghlach ar scuab an bás leis iad go tobann, go fuilteach agus go diamhair. Mar sin féin, tá sé de chead againn coimirce mhórthrócaire an Uilechumhachtaigh a ghlacadh chugainn féin, nach gcéasann an duine neamhchiontach choíche thar an tríú nó an ceathrú glúin, mar atá fógartha sa Bhíobla. Iarraimse oraibh anois, a chlann ó, bhur muinín a chur sa Dia uile-chumhachtach sin, agus ar mhaithe libh féin comhairlím daoibh gan dul trasna an réisc le linn na ndubhuaireanta sin a mbíonn cumhacht an diabhail in uachtar.

"[An méid seo ó Hugo Baskerville, dá chlann mhac, Roger agus John, agus mar aon leis an ordú nach ndéarfaidh siad aon rud ina thaobh lena ndeirfiúr Elizabeth.]"

Nuair a bhí an scéal neamhchoitianta seo léite ag an Dochtúir Mortimer, dhruid sé a chuid spéaclaí in airde ar a éadan agus chrom ag cur na súl trí Sherlock Holmes. Chrom Holmes ag méanfach agus chaith an bun toitín a bhí aige isteach sa tine.

"Bhuel?" ar seisean.

"An gcuireann tú aon suim ann?"

"Cé a chuirfeadh suim ann ach fear fabhalscéalta?"

Tharraing an Dochtúir Mortimer páipéar nuachta a bhí fillte, amach as a phóca.

"Tabharfaimid duit anois rud éigin atá beagáinín níos deireanaí," arsa an dochtúir. "Siod é an *Devon County Chronicle* den 14ú lá de Mheitheamh na bliana seo. Tá cuntas gairid ann ar bhás Sir Charles Baskerville a tharla cúpla lá roimh an dáta seo."

Dhruid mo chara é féin aniar sa chathaoir beagáinín agus dhealraigh sé an-dáiríre. Shocraigh ár gcuairteoir a chuid spéaclaí air féin arís agus thosaigh:

"Tá an bás tobann a fuair Sir Charles Baskerville tar éis an contae a chur faoi ghruaim. Bhíothas ag súil gurbh é a bheadh mar iarrthóir Liobrálach don toghcheantar sa chéad toghchán eile. Cé nach raibh an duine uasal ina chónaí in Halla Baskerville ach seal gairid bhí sé chomh geanúil sin ina shlí agus chomh fial flaithiúil sin gur thuill sé bá agus meas ar tháinig ina líon. Tá an oiread sin *nouveaux riches* againn le déanaí gur bhreá an rud é oidhre an tseanchine seo a fheiceáil ag filleadh abhaile chun áras a shinsear a mhaisiú leis an saibhreas a chnuasaigh sé féin thar lear. Rinne Sir Charles, mar is eol dá lán, mórchuid airgid ag amhantraíocht i scaireanna na hAfraice Theas. Bhí sé ní ba chiallmhaire ná iad sin a fhanann ag imeacht nó go gcasann roth an áidh ina gcoinne, mar rug sé ar a raibh déanta aige agus tháinig thar n-ais go Sasana leis. Níl ach dhá bhliain ann ó chuir sé faoi ina áras ag Halla Baskerville, agus tá sé i mbéal gach éinne a liacht scéimeanna breátha athfhoirgnimh agus feabhais a bhí ina aigne aige. De bhrí nach raibh aon sliocht air féin, ba é a deireadh sé go hoscailte ná gurbh é a thoil go dtairbheodh an ceantar go léir, ina ré féin, dá mhórfhortún, ionas go mbeidh cúis phearsanta ag a lán daoine a bheith faoi mhairg de dheasca an bháis antráthaigh a rug é. Is minic a cuireadh cló sna colúin seo ar na síntiúis fhialmhara a thug sé mar dhéirc ina áit féin agus ar fud an chontae.

"Maidir le cúrsaí an bháis, ní féidir a rá gur fhoilsigh tuairisc an choiste iad go hiomlán ach is deimhin gur leor an tuairisc chun na ráflaí piseogacha a bhí ar fud na háite a chur ar neamhní. Ní gá ar aon chor aon amhras a chaitheamh ar chúis an bháis. Baintreach fir ba ea Sir Charles, agus fear a bhfaighfí a rá a raibh aiteas éigin aigne ag gabháil leis. D'ainneoin a chuid saibhris go léir bhí sé an-simplí ina

17

chuid béas féin, agus ní raibh de sheirbhísigh aige sa Halla ach lánúin dar sloinne Barrymore; bhíodh an fear mar bhuitléir agus an bhean mar bhean tí ann. Baineann an fhianaise a thug siad, agus bhí roinnt cairde dóibh ar aon fhocal leo, le dealramh nach raibh an duine uasal ar fónamh na sláinte le tamall siar, agus tagraíonn sí go speisialta do laige éigin ar an gcroí aige, a bhíodh le feiceáil in athrú a lí, i luas a anála, agus in iarrachtaí gruama neirbhíseacha a bhíodh air. Tá an Dochtúir James Morti-mer, cara agus doch-túir an té atá marbh, tar éis an fhianaise chéanna a thabhairt.

"Tá an scéal simplí go leor. Bhí sé de bhéas ag Sir Charles Basker-ville, gach oíche sula dtéadh sé a chodladh, siúl síos Scabhat na nEo iomráiteach atá in aice an Halla. Is follas

ó fhianaise na seirbhíseach gur nós aige seo. Ar an gceathrú lá de
Mheitheamh bhí sé tar éis a rá go mbeadh sé ag dul go Londain an lá
ina dhiaidh sin, agus bhí sé tar éis ordú a thabhairt don bhuitléir a
chuid bagáiste a chur i gcóir. An oíche sin, chuaigh sé amach mar ba
ghnách leis ag déanamh a chos, agus ag déanamh a chos amhlaidh dó
chaitheadh sé todóg. Níor chas sé riamh. Ar dhá bhuille dhéag nuair
a chonaic an buitléir an doras ar oscailt fós, ghabh eagla é, nó go
bhfuair sé laindéar agus chuaigh ar thóir a mháistir. Bhí an lá fliuch,
ach b'fhurasta rian a chos a fheiceáil ar an scabhat. Leath slí síos an
cosán seo tá geata atá ag oscailt amach ar an riasc. Bhí comharthaí go
raibh sé ina sheasamh anseo ar feadh tamaill bhig. Ansin rinne sé ar
a aghaidh síos an scabhat, agus is ag an gceann ba shia ó bhaile de a
fuarthas a chorp. Tá aon rud amháin nach bhfuil mínithe, is é sin rá
an bhuitléara gur athraigh rian cos a mháistir ina ndealbh ón uair a
ghabh sé thar gheata an réisc, agus gur dhealraigh sé a bheith ag siúl
ar bharra a chos as sin amach. Bhí duine darbh ainm Murphy, giofóg
de cheannaitheoir capall, ar an riasc agus ní rófhada ó bhaile a bhí sé
leis an linn, ach ón bhfaoistin a dhéanann seisean féin dealraíonn sé a
bheith ar meisce. Admhaíonn sé gur airigh sé scréachach, ach ní
hacmhainn dó a rá cad é an treo ónar tháinig sí. Ní raibh aon rian
drochúsáide le feiceáil ar an gcorp, ach thagair an dochtúir ina
fhianaise don riastradh éachtach a bhí ar an aghaidh agus
d'admhaigh sé gur dheacair dó a admháil gurbh é a chara agus a
othar a bhí sínte amach roimhe. Míníodh gur chomhartha é sin nárbh
annamh i gcúrsaí múchta agus báis ó chroí a bheadh tugtha.
Dheimhnigh an scrúdú a rinneadh ar an gcorp go raibh galar croí le
fada ag gabháil dó, agus thug an coiste cróinéara a bhreith de réir
fhaisnéis an dochtúra. Is maith an rud seo a bheith amhlaidh, mar is
follas gur mór an ní go gcuirfeadh an t-oidhre nua faoi sa Halla, agus
go leanfadh sé den obair ar cuireadh stad chomh díomách léi.
Murach léirchruthú an chróinéara a chuir deireadh leis na scéalta
fiannaíochta a luadh os íseal i dtaobh an scéil, bheadh sé an-deacair
tionónta a fháil do Halla Baskerville. Tuigtear gurb é Henry Basker-
ville an t-oidhre, más beo fós dó, mac an dearthár is óige ag Sir
Charles Baskerville. Bhí an t-óganach, an uair dheireanach a airíodh
teacht thairis, i Meiriceá, agus tá lorgaireacht ar bun féachaint an
bhfaighfí faisnéis an mhórfhortúin atá ina chóir a chur chuige."

Rinne an Dochtúir Mortimer a pháipéar a fhilleadh agus chuir sé
ina phóca é.

"Siod iad na nithe atá poiblí maidir le bás Sir Charles
Baskerville."

"Caithfidh mé mo bhuíochas a bhreith leat," arsa Sherlock Holmes, "mar gheall ar m'aire a thabhairt ar ábhar a bhfuil, gan aon amhras, rud éigin spéisiúil ann. Is cuimhin liom an scéal céanna a léamh sa pháipéar leis an linn, ach bhí mé chomh sáite sin sa ghnó beag sin na ndealbh a goideadh ó phálás an Phápa agus an oiread sin fonn orm comaoin a chur ar an bPápa go ndeachaigh roinnt cás suimiúil eile i Sasana de m'aire. Deir tú go bhfuil gach ní poiblí san alt seo?"

"Deirim."

"Mar sin scaoil chugam na nithe príobháideacha." Chaith sé é féin siar sa chathaoir, chuir barra a mhéar le chéile, agus bhí chomh stuama chomh breithiúnach agus ab fhéidir.

"Má scaoilim," arsa an Dochtúir Mortimer, a bhí ag teacht an-chorraithe, "táim chun ní a aithris nár lig mé le haon neach go fóill. Ba é cúis ar choimeád mé é ó choiste an chróinéara ná nach maith le fear le heolaíocht mar mise cloí le piseoga. Bhí mé á chuimhneamh leis nach mbeadh aon tionóntaí le bheith sa Halla, mar a deir an páipéar, dá ndéanfaí aon rud a mhéadódh ar an míchlú a bhí air cheana féin. Mar gheall ar an dá chúis sin cheap mé gur cheart dom gan an t-eolas go léir a bhí agam a insint, mar nach raibh aon róthairbhe le teacht as; ach níor cheart dom aon ní a cheilt ortsa."

"Is beag duine a chónaíonn ar an riasc, agus iad seo a chónaíonn gairid dá chéile tá siad an-chonlaithe le chéile. Mar gheall air seo bhí an-chaidreamh agam le máistir an Halla. Ach Mr Frankland, atá in Halla Lafter, agus Mr Stapleton an nádúraí, a chur as an áireamh, níl mórán eile fear le hoideachas in aon ghiorracht don áit. Fear cúlánta ba ea é, ach de bhrí gur tharla tinn é, thug sin le chéile sinn, agus bhí an oiread sin suime againn araon san eolaíocht gur chloíomar le chéile. Fuair sé go leor eolais ar chúrsaí eolaíochta san Afraic Theas, agus is mó oíche aoibhinn a chaitheamar i dteannta a chéile ag cur síos ar áitreabhaigh na hAfraice.

"Le cúpla mí siar b'an-fhollas dom go raibh mo chara ag éirí an-neirbhíseach ar fad. An fabhalscéal seo atáim tar éis a léamh duit bhí sé ag déanamh an-bhuaireamh aigne dó, agus cé go raibh sé sásta siúl sna faichí a bhí mórthimpeall an Halla ní fhéadfá é a mhealladh chun dul amach ar an riasc istoíche. Dá laghad fonn a

bheadh ort a chreidiúint, a Mhr Holmes, bhí sé deimhin ceart de go raibh mí-ádh éigin os cionn a mhuintire, agus gan aon amhras ní haon rud fónta a gheofaí a mheas ó na tuairiscí a bhí aige ar a shinsir. Bhí sé ar a aigne de shíor go raibh samhail éigin ar a thí, agus níorbh annamh a d'fhiafraigh sé díom an bhfaca mé riamh i mo chuid siúlóidí dochtúra istoíche aon chréatúr neamhchoitianta nó ar airigh mé aon uaill chú. Chuir sé an cheist dheireanach

21

roinnt uaireanta orm, agus bhíodh an creathán agus an corraí ina ghuth i gcónaí agus é á dhéanamh.

"Is maith is cuimhin liom tiomáint chun an tí aige tráthnóna, timpeall trí seachtaine roimh a bhás. Ráinig go raibh sé ag doras an Halla. Tháinig mé amach as mo charráiste beag agus bhí mé i mo sheasamh os a chomhair amach, nuair a bhreathnaigh mé a shúile leagtha os cionn mo ghualainne, agus é ag féachaint tharam agus dealramh na sceimhle air. D'iompaigh mé agus díreach a bhí uain agam ar shúilfhéachaint a fháil ar rud éigin a dhealraigh dom mar sheafaid mhór dhubh a bhí ag gabháil thar cheann an chosáin. Bhí sé chomh tríéna chéile agus chomh scanraithe go raibh sé orm dul síos go dtí an áit ina raibh an t-ainmhí agus dul ar a lorg. Bhí sé imithe, áfach, agus dhealraigh sé go ndearna an teagmháil luí mór ar a aigne. D'fhan mé ina fhochair ar feadh na hoíche agus ba leis an linn sin, chun an corraí a bhí air a thaispeáint dom, a chuir sé i mo mhuinín an scéal sin a léigh mé duit, nuair a tháinig mé ar dtús, a choimeád. Is é cúis a ndéanaim tagairt don mhionscéal seo ach go bhfuil baint éigin aige leis an mbás a fuair sé ina dhiaidh sin, ach bhí mé deimhin leis an linn nach raibh sa scéal go léir ach fíge fí agus nach raibh aon bhrí leis an mustar a bhí air.

"Ba í mo chomhairlese a rug dó bheith ar tí dul go Londain. Bhí a fhios agam go raibh an croí aige ag teacht tugtha, agus go raibh an tsíorimní a bhí air ag goilleadh ar a shláinte dá laghad cúis a bhí leis. Cheap mé go ndéanfadh cúpla mí i measc ghriothalán na cathrach fear nua de. Ba í an tuairim chéanna í ag Stapleton, cara an-mhór dó, a bhí an-tríéna chéile i dtaobh na staide ina raibh a shláinte. Is ar an nóiméad déanach a tharla an matalang dó.

"An oíche a fuair mo chara bás chuir an buitléir Barrymore, a tháinig ar an gcorp, chuir sé an grúmaeir Perkins ar muin capaill chugamsa, agus toisc go raibh mé i mo shuí go déanach bhí mé inniúil ar Halla Baskerville a shroicheadh uair an chloig tar éis don scéal titim amach. Scrúdaigh mé gach a ndúradh ag an gcoiste agus d'aontaigh mé leis mar fhianaise. Chuaigh mé ar lorg rian na gcos síos Scabhat na nEo, chonaic mé an paiste ag geata an réisc mar a raibh sé ina stad de réir dealraimh, thug mé do m'aire an t-athrú i rian na gcos as sin amach, thug mé faoi deara nach raibh aon rian coiscéime eile ach amháin rian cos an bhuitléara ar an ngairbhéal bog, agus ar deireadh scrúdaigh mé an corp, nár baineadh leis nó gur tháinig mé. Bhí an fear bocht sínte ar a bhéal agus ar a aghaidh, a ghéaga amach, a mhéara in achrann sa talamh, agus a cheannaithe in arraing ag corraí millteach éigin, chomh mór sin go raibh sé deacair dom a rá gurbh é a bhí ann ar aon chor. Ní raibh aon loitiméireacht d'aon sórt déanta ar a chorp. Ach dúirt an buitléir aon rá amháin nach raibh fíor ag an gcoiste. Dúirt sé nach raibh aon rian ar aon chor ar an talamh timpeall an choirp. Níor thug sé aon rian faoi deara. Ach thug mise faoi deara iad tamaillín beag ón áit, ach mar sin féin, bhí siad go húr agus go soiléir."

"Rian cos?"

"Rian cos."

"Rian cos fir nó mná?"

D'fhéach an Dochtúir Mortimer go hait orainn ar feadh tamaill bhig, agus is beag nach raibh a ghuth ina chogar ag freagairt dó:

"Ba é rud a bhí iontu ná rian crúb cú ábhalmhóir!"

CAIBIDIL III

An Fhadhb

Admhaím gur tháinig creathán ionam iar gcloisteáil na bhfocal seo dom. Bhí creathán i nguth an dochtúra a thaispeáin go raibh sé féin an-chorraithe ag an rud a bhí sé tar éis a insint dúinn. Chrom Holmes chun cinn le neart na himní a bhí air agus bhí sna súile aige an ruithneas crua a thagadh astu nuair a bhíodh an ghéire ina chuid suime.

"Chonaic tú an ní seo?"

"Chomh soiléir agus a fheicim tusa."

"Agus ní dúirt tú aon rud?"

"Cár mhaith dom é?"

"Conas a tharla nach bhfaca aon duine eile é?"

"Bhí na marcanna timpeall fiche slat ón gcorp, agus níor chuir aon duine pioc suime iontu. Is dócha nach ndéanfainnse féin murach an fabhalscéal seo a bheith léite agam."

"Tá an-chuid madraí caorach ar an riasc?"

"Tá gan amhras, ach níor mhadra caorach é seo."

"Deir tú go raibh sé mór?"

"Ábhalmhór."

"Ach ní raibh sé tar éis déanamh ar an gcorp?"

"Ní raibh."

"Cén saghas oíche a bhí ann?"

"Oíche bhog ghlas."

"Ach ní raibh sé ag fearthainn dáiríre."

"Ní raibh."

"Cén sórt é an scabhat?"

"Tá ar an dá thaobh de seanfhál dúbailte eo atá dhá throigh déag ar airde agus nach féidir dul tríd. Tá an cosán sa lár ocht dtroithe ar leithead."

"An bhfuil aon rud idir an fál agus an cosán?"

"Tá ciumhais féir timpeall sé troithe ar leithead ar gach taobh."

"Measaim go bhfuil dul tríd an bhfál eo in áit amháin, trí gheata?"

"Tá, tríd an miongheata atá ag dul amach sa riasc."

"An bhfuil aon oscailt eile?"

"Níl."

"Mar sin chun Scabhat na nEo a shroicheadh ní mór do dhuine teacht anuas ón teach nó dul isteach ann trí gheata an réisc?"

"Tá dul isteach ann trí ghrianán ag an gceann is sia uait."

"An raibh sé a fhad leis seo?"

"Ní raibh; bhí sé sínte timpeall caoga slat uaidh."

"Anois, inis dom a Dhochtúir Mortimer—agus tá sé seo tábhachtach—na marcanna a chonaic tú, bhí siad ar an gcosán, ní raibh siad ar an bhféar?"

"Ní fhanfadh rian ná marc mar sin ar fhéar."

"An raibh siad ar an taobh céanna den chosán le geata an réisc?"

"Bhí; bhí siad ar chiumhais an chosáin ar an taobh céanna a bhfuil geata an réisc."

"Cuirim an-suim sa scéal. Pointe eile anois. An raibh an miongheata dúnta?"

"Bhí, agus glas fraincín air."

"Cén airde a bhí ann?"

"Timpeall ceithre troithe ar airde."

"Mar sin, gheobhadh éinne dul thairis?"

"Gheobhadh."

"Agus cad iad na rianta a chonaic tú ag an miongheata?"

"Drae rian—arbh fhiú trácht air."

"Bhuel, a Thiarna, nach ndearna éinne aon scrúdú?"

"Rinne, rinne mé féin é."

"Agus ní bhfuair tú aon rud."

"Bhí gach aon rud an-trína chéile. De réir dealraimh, bhí Sir Charles féin ina sheasamh ann ar feadh a cúig nó a deich de nóiméid."

"Cá bhfios duit é sin?"

"Mar bhí an luaith tar éis titim faoi dhó óna thodóg."

"Ar fheabhas! Seo compánach, a Watson, is geal le mo chroí. Ach na comharthaí sóirt?"

"Bhí a chomharthaí sóirt féin fágtha ar fud an phaiste gairbhéil sin go léir aige. Ní fhéadfainn aon cheann eile a dhéanamh amach."

Bhuail Holmes a lámh i gcoinne a ghlúine agus an mhífhoighne sa chuma a chuir sé air féin.

"Nach é an feall nach raibh mé ann!" ar seisean. "De réir dealraimh, scéal an-suimiúil ar fad is ea é, agus ceann a thabharfadh an-chaoi don eolaí oilte. Tá an leathanach gairbhéil sin arbh acmhainn domsa a lán a léamh air, tá sé le fada breactha ag an bhfearthainn agus preasáilte faoi phaitíní na gcomharsan fiosrach.

Ó, a Dhochtúir Mortimer, a Dhochtúir Mortimer, nach mairg nár ghlaoigh tú orm! Is mór an náire duit é."

"Ní bhfaighinn glao ort, gan na nithe seo a nochtadh don domhan mór, agus táim cheana féin tar éis na cúiseanna a bhí agam le gan a dhéanamh a lua. Ina fhochair sin, ina fhochair sin…"

"Cad eile a bheadh i gceist?"

"Is bocht an chabhair bleachtairí uaireanta, is cuma dá ghéire nó dá oilte iad."

"Is é a mheasann tú a rá ná gur rud osnádúrtha an ní seo?"

"Ní dúirt mé sin go sonrach."

"Ní dúirt, ach is follas gur dóigh leat é."

"Ó tharla an matalang," arsa an Dochtúir, "fuair mé tuairisc ar a dó nó a trí d'eachtraí ba dheacair a chur ar aon dul le dul an nádúir."

"Mar dheismireacht?"

"Sular tharla an t-éacht uafásach chonaic roinnt daoine créatúr ar an riasc a gheofaí a chur i gcosúlacht leis an deamhan seo na mBaskerville, agus nach bhféadfaí aon ainmhí beo a dhéanamh de. D'aontaigh siad go léir gur chréatúr an-mhór é, go raibh sé soilseach, samhalta, taibhsiúil. Táim tar éis na fir seo a cheistiú agus a athcheistiú, fear tuaithe tuisceanach is ea duine acu, lia capall is ea duine eile acu, agus feirmeoir réisc an duine eile; d'inis siad go léir an scéal céanna i dtaobh na samhla uafásaí seo, agus bhí an scéal in oiriúint cheart don chú ainspianta atá san fhabhalscéal. Deirim leat go bhfuil uafás ar mhuintir an cheantair, agus gur crua an fear é a rachaidh trasna an réisc tar éis thitim na hoíche."

"Agus tusa, fear atá chomh hoilte sin in eolaíocht, creideann tú gur rud osnádúrtha atá ann?"

"Ní fheadar cad ba cheart dom a chreidiúint."

Bhain Holmes searradh as a ghuaillí. "Go nuige seo," ar seisean, "ní dheachaigh mé lasmuigh den chruinne seo i gcúrsaí mo chuid fiosrúchán. Táim tar éis dul in iomaidh leis an olc i mo shlí bheag féin, agus i gcúrsaí dul in iomaidh le hAthair an Oilc féin, creidim go mbeadh an iomarca ann dom. Mar sin féin, caithfidh tú a admháil go bhfuil rian na coise saolta."

"Bhí an chéad chú saolta a dhóthain chun an scornach a
shracadh as fear, agus mar sin féin bhí an diabhal ann leis."

"Feicim go bhfuil tú ar thaobh an fhabhalscéil ar fad. Ach anois,
a Dhochtúir Mortimer, inis dom an méid seo. Má tá tú ar an aigne
seo, cad é an chúis duit teacht do mo fhios-sa ar aon chor? Tá tú á
rá liom gur fánach an rud é bás Sir Charles a fhiosrú ach san am
céanna gurb áil leat mé a dhéanamh."

"Ní dúirt mé gurbh áil liom tú a dhéanamh."

"Bhuel, ansin conas is féidir liom cabhrú leat?"

"Comhairle a thabhairt dom cad is fearr dom a dhéanamh le Sir
Henry Baskerville a bheidh ag stáisiún Waterloo"—d'fhéach an
dochtúir ar a uaireadóir—"in uair an chloig agus ceathrú díreach."

"Is é an t-oidhre é."

"Is é. Tar éis bhás Sir Charles chuireamar tóir ar an ógánach seo,
agus fuaireamar amach go raibh sé ag feirmeoireacht i gCeanada.
Ón tuairisc atá faighte agam air, ógánach an-mhaith is ea é i ngach
slí. Ní mar dhochtúir atáim ag labhairt anois, ach mar iontaobhaí
agus mar sheiceadóir ar an uacht."

"Níl aon éilitheoir eile ann, is dócha?"

"Níl. An gaol eile is giorra a rinneamar amach ná Rodger
Baskerville, an té is óige de thriúr deartháireacha a raibh Charles
bocht ar an té ba shine orthu. Is é an dara deartháir, a fuair bás go
hóg, athair an bhuachalla seo Henry. Ba é Rodger mac doscaí an
lín tí. Tháinig sé de sheanstraidhn mhórga na mBaskerville, agus níl
oidhre ar phictiúr sinseartha shean-Hugo, deirtear liom, ach é.
B'éigean dó an tír seo a fhágáil agus d'éalaigh sé leis go Meiriceá
Láir agus d'éag ann den ghalar buí sa bhliain 1876. Is é Henry an
duine deireanach den phór. Beidh mé ag dul ina choinne i gceann
uair an chloig agus cúig nóiméad ag Stáisiún Waterloo. Tá sreang-
scéal agam gur tháinig sé a fhad le Southampton ar maidin. Anois,
cad a chomhairleofása dom a dhéanamh leis?"

"Cad é an chúis nach rachadh sé go dtí áras a shinsear?" arsa
Holmes.

"Nárbh é ba nádúrtha dó a dhéanamh? Agus ina dhiaidh sin
cuimhnigh go dtarlaíonn drochíde do gach duine dá shliocht a
théann ann. Táim deimhin de dá bhfaigheadh Sir Charles labhairt
liomsa sula bhfuair sé bás go gcomhairleodh sé dom gan an duine

deireanach seo den treibh a thabhairt chun na háite sin an mhí-áidh. Agus ansin níl aon dul uaidh ná go bhfuil rath na dúiche boichte loime sin go léir ag brath air. Titfidh a bhfuil de dhea-obair déanta ag Sir Charles ar lár mura mbeidh tionónta éigin sa Halla. Tá eagla orm go m'fhéidir go mbeadh an oiread sin suime agam féin sa scéal go mbeinn ar mearbhall agus sin an chúis a bhfuilim ag cur an scéil os do chomhair agus ag iarraidh do chomhairle."

Rinne Holmes a mhachnamh ar feadh tamaill.

"Dá ndéanfaí scéal simplí den scéal, seo mar a bheadh sé," ar seisean. "I do thuairimse tá diabhlaíocht éigin a dhéanann Dartmoor mí-oiriúnach d'aon Bhaskerville cónaí ann—sin í do thuairim."

"Ar a laghad rachainn chomh fada lena rá go bhfuil rud éigin a chuirfeadh ar a shúile do dhuine go bhfuil sin amhlaidh."

"Díreach. Ach, dar ndóigh, má tá an ceart agat, gheofaí an díobháil chéanna a dhéanamh don óganach i Londain agus i nDevonshire. B'ait an scéal é diabhal a bheith ann nach mbeadh ach cumhacht áitiúil aige faoi mar a bheadh ag an gcúirt a bheadh i mbun gnóthaí paróiste."

"Is fusa greann a bhaint as an scéal anseo ná thíos ansin. Is é a thuigim ó do chomhairle, dá bhrí sin, ach go mbeidh an t-óganach an fad céanna ó bhaol i nDevonshire agus a bheadh sé i Londain. Tá sé ag teacht i gceann caoga nóiméad. Cad a chomhairleofása?"

"Comhairlím, a dhuine, go bhfaighfeá cab, go nglaofá ar an spáinnéar atá ag scríobhadh an dorais tosaigh, go rachfá go Waterloo i gcoinne Sir Henry Baskerville."

"Agus ansin?"

"Agus ansin ná habair aon rud ar aon chor leis go dtí go mbeidh m'aigne socair agamsa i dtaobh an scéil."

"An fada a bhainfidh sé díot sin a dhéanamh?"

"Ceithre huaire fichead an chloig. A Dhochtúir Mortimer, beidh mé an-bhuíoch díot má bhuaileann tú chugam anseo ar a deich a chlog amárach, agus cabhróidh sé liom i mo chuid seifteanna feasta má thugann tú an fear óg leat i do theannta."

"Déanfaidh mé amhlaidh." Scríobh sé an t-ionad coinne go scrábach ar íochtar mhuinchille a léine agus luathaigh leis agus an chuma ait, spadsúileach, dhearmadach ba ghnáth leis air. Stad Holmes é ag ceann an staighre.

"Níl ach aon cheist amháin eile agam ort, a Dhochtúir Mortimer. Deir tú sular éag Sir Charles go bhfaca roinnt daoine an tsamhail seo ar an riasc."

"Chonaic triúr í."

"An bhfaca éinne ina dhiaidh sin í?"

"Níor airigh mé aon trácht ar aon duine eile."

"Go raibh maith agat. Slán leat."

Chas Holmes ar a shuíochán agus an fhéachaint sin na fíor-shástachta ar a cheannaithe, a thaispeánadh i gcónaí go mbíodh dreas oibre taitneamhach aige.

"Tá tú ag dul amach, a Watson?"

"Táim, mura bhfuil cúnamh éigin uait."

"Níl, a chara. Ach is breá liom an scéal seo, tá sé an-neamh-choitianta ar shlite. Nuair a bheidh tú ag gabháil thar tigh Bradley abair leis punt den tobac cordaithe is láidre dá bhfuil aige a chur anseo. Go raibh maith agat. Bheadh sé chomh maith agat gan casadh go hoíche. Ansin ba mhian liom ár dtuairimí ar an gceist shuimiúil seo a chur i gcomparáid le chéile."

Bhí a fhios agam go raibh an t-uaigneas ó mo chara le linn na n-uaireanta an chloig sin chun a aigne a oibriú go ródhian agus go ródhaingean ag cur gach faisnéise sa mheá, ag meas teoiricí éagsúla, ag tabhairt chothrom na Féinne do gach teoiric acu, agus ag socrú ina aigne na pointí a bhí riachtanach agus na pointí nárbh fhiú bacadh leo. Dá bhrí sin chaith mé an lá ar fad ag an gclub, agus níor chas mé go dtí Sráid Baker go hoíche. Bhí sé buailte lena naoi a chlog nuair a bhí mé i mo shuí sa teach arís.

Ba é an chéad rud a mheas mé ar oscailt an doras dom ach go raibh tine in áit éigin, mar bhí an seomra chomh múchta sin le deatach gur dheacair dom an lampa a bhí ar an mbord a fheiceáil. Ar mo dhul isteach dom, áfach, mhaolaigh ar an eagla agam, mar ba é rud a bhí ann ná boladh gaile tobac ghairbh, láidir, a luigh ar an scornach agam agus a chuir ag casachtach mé. Bhí lagradharc agam tríd an gceo ar Holmes agus a fhallaing sheomra air, é conlaithe i gcathaoir uillinn agus a phíopa dubh cailce ina bhéal aige. Bhí iarrachtaí páipéir caite ina thimpeall.

"An bhfuair tú fuacht, a Watson?" ar seisean.

"Ní bhfuair, ach tá an t-aer go millteach anseo."

"Is dócha go bhfuil sé trom go maith, mar a deir tú."

"Trom! Ní féidir é a fhulaingt."

"Oscail an doras mar sin. Tá tú tar éis a bheith ag an gclub sin agat ar feadh an lae, aithním ort."

"A Holmes, a chroí istigh!"

"An bhfuil an ceart agam?"

"Lom láir an chirt, ach conas—?"

Gháir sé. "Tá úire álainn ag gabháil leat, a Watson, a chuireann aoibhneas orm a bheith ag caitheamh pé clisteacht bheag atá ionam ort. Gabhann fear uasal amach lá ceathach pludach. Casann sé um thráthnóna gan pioc den snas imithe dá hata ná dá bhróga. Ní foláir nó gur istigh a chaith sé an lá mar sin. Ní fear é atá tugtha

31

don chomh-
luadar. Ar an
ábhar sin, cá
bhféadfadh sé
a bheith? Nach
furasta sin a
fheiceáil?"

"Bhuel, tá
sé furasta
go leor."

"Tá an saol
lán de rudaí is
furasta a fheic-
eáil agus is
beag feiceáil
a dhéan-
ann éinne
orthu.
Cén áit is
dóigh leat a
raibh mé?"

"Anseo is dócha."

"Ní hea in aon chor, táim tar éis a
bheith i nDevonshire."

"Bóthar na smaointe a ghabh tú, an ea?"

"Díreach. Tá mo cholainn tar éis fuireach sa chathaoir uillinn
seo; agus tá, cé gur oth liom é, dhá phota mhóra caife agus níos mó
ná a chreidfeá de thobac ídithe aici agus mé ar iarraidh. Tar éis duit
imeacht chuir mé fios síos go tigh Stanford ar léarscáil an cheantair,
an chuid de a bhfuil an riasc ann, agus tá mo spiorad ag plé léi ó
mhaidin. Is dóigh liom go bhféadfainn mo shlí a dhéanamh
timpeall gan aon dua."

"Mapa ar scála mór atá agat, is dócha?"

"Scála an-mhór." D'oscail sé amach cuid de agus leag ar a ghlúin
é. Sin agat an ceantar áirithe atá i gceist againn. Sin é agat Halla
Baskerville ina lár istigh."

"Agus coill ina thimpeall."

"Sea, díreach. Dar liom tá Scabhat na nEo, cé nach é sin an t-ainm atá síos dó anseo, sínte sa treo sin, agus an riasc, mar is follas duit, ar a dheis. An carn beag tithe anseo, sin é an sráidbhaile Grimpen, mar a bhfuil a áitreabh ag an Dochtúir Mortimer, ár gcara. I ngiorracht cúig mhíle ó gach leith, níl, mar a fheiceann tú, ach roinnt bheag tithe agus iad scaipthe óna chéile. Seo agat Halla Lafter, a raibh cur síos air sa scéal. Tá teach breactha anseo agus b'fhéidir gurb é sin áitreabh an nádúraí—Stapleton, má tá cuimhne cheart agam, an t-ainm a bhí air. Tá agat anseo dhá theach le feirmeoirí réisc, High Tor agus Foulmire. Ansin ceithre mhíle dhéag as sin atá carcair Princetown. Tá an riasc uaigneach lom idir na pointí seo agus ina dtimpeall. Siod é, dá bhrí sin, an t-ardán ar a bhfuil an dráma marfach léirithe, agus ar a ndéanfaimidne iarracht ar a léiriú arís, b'fhéidir."

"Caithfidh sé a bheith ina áit fhiáin?"

"Caithfidh, tá an áit an-oiriúnach. Má bhí sé ón diabhal lámh a bheith aige i gcúrsaí an duine—"

"Más mar sin é, tá fonn ort géilleadh d'áibhirseoireacht an scéil?"

"Nach féidir do ghiollaí an diabhail a bheith i gcló fola agus feola, nach féidir? Tá dhá cheist againn le réiteach ar an gcéad dul síos. Ceann acu an bhfuil aon choir ar aon chor déanta; an dara ceann, cad í an choir agus conas a rinneadh í? Gan amhras, má tá aon fhuaimint leis an rud atá i gceann an Dochtúra Mortimer táimid ag plé le cúrsaí atá lasmuigh de dhlíthe coitianta an nádúir, agus tá deireadh lenár gcuid póirseála. Ach tá orainn triail a bhaint as gach teoiric eile dá bhfuil againn sula mbeimid deimhin de sin. Is dóigh liom go ndúnfaimid an fhuinneog sin arís mura miste leat é. Is ait an rud é, ach is é mo chreideamhsa go gcabhraíonn troime aeir le domhainmharana. Nílim tar éis dul chomh fada le dul isteach i mbosca chun mo mharana a dhéanamh, ach sin é ba cheart dom a dhéanamh ar shlí. An bhfuil tú tar éis aon mharana a dhéanamh ar an scéal úd?"

"Tá, táim tar éis an-chuid smaoinimh a dhéanamh air i gcaitheamh an lae."

"Cad é do thuairim air?"

"Is deacair tuairim a thabhairt."

"Scéal ann féin é gan aon amhras. Tá pointí neamhchoitianta ag gabháil leis. An t-athrú sin i rian na gcos, cuir i gcás. Cad a déarfá leis sin?"

"Dúirt Mortimer gur shiúil an fear ar bharra a chos síos an chuid sin den lána."

"Ní raibh sé ach ag aithris rud éigin a dúirt amadán éigin ag an gcoiste. Cad é an chúis a siúlfadh duine ar bharra a chos síos an lána?"

"Agus cad eile mar sin?"

"Bhí sé ag rith, a Watson, ag rith fiáin, ag rith lena anam, ag rith nó gur éirigh ar an gcroí aige agus gur thit maol marbh ar a bhéal agus ar a aghaidh."

"Cad a bhí ar a thóir?"

"Sin í an fhadhb dúinn. Tá comharthaí go raibh an fear as a mheabhair sular bhain sé chun reatha ar aon chor."

"Conas a gheofá sin a rá?"

"Táim á chuimhneamh gur trasna an réisc chuige a tháinig ábhar a sceimhlithe. Más mar sin a bhí, agus is cosúil gurbh ea, ní dhéanfadh éinne ach fear a bhí ar mire rith ón teach in ionad rith d'iarracht air. Má b'fhíor a ndúirt an ghiofóg, rith sé agus é ag liúireach ar lorg cabhrach san áit ar lú ba dhóichí í a fháil. Ansin arís, cé leis a raibh sé ag fuireach an oíche sin, agus cad é an chúis dó a bheith ag fuireach leis i Scabhat na nEo in áit a thí féin?"

"Is dóigh leat go raibh sé ag fuireach le duine éigin."

"Bhí an fear aosta agus lag. Is furasta dúinn a thuiscint é bheith ag bualadh amach ag déanamh a chos istoíche, ach bhí an talamh úr agus ní raibh an oíche go breá. Ar nádúrtha an rud dó seasamh ansin ar feadh a cúig nó a deich de nóiméid? Sin é a cheap an dochtúir a rinne sé agus is cliste mar a thug sé faoi deara luaith na todóige."

"Ach nach dtéadh sé amach gach tráthnóna?"

"Is dóigh liom nár thaithíoch dó stad ag geata an réisc gach oíche. De réir na fianaise, a mhalairt ab fhíor, choimeádadh sé amach ón riasc. An oíche sin bhí sé ina stad. Ba í sin an oíche sula raibh sé le himeacht go Londain. Tá cruth ag teacht ar an scéal, a Watson. Tá sé ag teacht go fíte ina chéile. Ar mhiste leat mo veidhlín a shíneadh chugam, agus cuirfimid ar gcúl a bheith ag marana níos sia ar an scéal nó go mbeidh sé de chaoi againn bualadh leis an dochtúir agus le Sir Henry Baskerville ar maidin.

CAIBIDIL IV

Sir Henry Baskerville

Bhí bord an bhricfeasta againn tógtha go luath, agus bhí a fhallaing sheomra ar Holmes agus é ag fuireach leis an bhfiosrú a bhí ina cheann. Tháinig an bheirt chuairteoirí ar an mbuille, mar díreach ar a deich a chlog tháinig an Dochtúir Mortimer do láthair, agus an ridire óg ina dhiaidh aniar. Fear beag innealta a raibh roisc dhorcha air ba ea eisean, bhí sé timpeall tríocha bliain d'aois, é go daingean déanta, malaí dubha tiubha agus aghaidh láidir an trodaí air. Culaith de bhréidín dhonn a bhí air. É cruaite leis an aimsir ina dhealramh mar a bheadh duine a bheadh ina chónaí faoin aer, agus ina dhiaidh sin bhí rud éigin sa tsúil shocair a bhí ina cheann agus an mhuinín gan mhairg sin ina iompar a ghabhann leis an duine uasal.

"Siod é Sir Henry Baskerville," arsa an Dochtúir Mortimer.

"Is mé cheana," ar seisean, "agus is é cuid is greannmhaire den scéal, ach murach gur iarr mo chara anseo orm bualadh chugat ar maidin, go raibh mé le teacht mé féin. Tuigim go ndéanann tusa smaoineamh a chaitheamh lenár gcuid ceisteanna beaga agus tá ceann agamsa ar maidin nach bhféadfainn a réiteach."

"Suigh le do thoil. An é a thuigim uait go bhfuil rud éigin neamhchoitianta tar éis baint duit féin ó ráinigh tú Londain?"

"Ní fiú biorán é. Níl ann ach iarracht de mhagadh, b'fhéidir. Is é rud é ná an litir seo, más féidir litir a thabhairt uirthi, a tháinig chugam ar maidin."

Leag sé clúdach litreach ar an mbord agus chromamar go léir ag féachaint air. An t-ábhar coitianta a bhí ann. Dath liath a bhí air. Bhí an seoladh, "Sir Henry Baskerville, Óstán Northumberland" clóbhuailte i litreacha garbha air; "Charing Cross" an séala poist agus an tráthnóna roimhe sin an dáta postála.

"Cé hé a raibh a fhios aige tú a bheith ag dul go hÓstán Northumberland?" arsa Holmes, ag tabhairt súilfhéachaint ghéar anonn ar an gcuairteoir.

"Ní fhéadfadh a fhios a bheith ag aon duine. Ní dhearnamar aon socrú nó go rabhamar tar éis bualadh leis an Dochtúir Mortimer."

"Ach bhí an Dochtúir Mortimer, gan aon dabht, ag cur faoi cheana ann?"

"Ní raibh, bhí mé i dteach carad," arsa an dochtúir. "Ní raibh rud ar bith ar aon chor a thaispeánfadh go rabhamar chun dul go dtí an t-óstán."

"Hem! Tá duine éigin a bhfuil an-suim aige in bhur gcuid imeachtaí." Thóg sé

leathanach de pháipéar páir a bhí fillte ar a cheathair amach as an gclúdach. D'oscail sé amach é, agus leathnaigh amach ar an mbord é. Trasna ina lár bhí aon abairt amháin, litreacha clóbhuailte a bhí inti agus iad ceangailte ar an bpáipéar. Seo a bhí ann: "Más mór agat d'anam nó do réasún seachain an riasc." Ní raibh scríofa i ndubh ach an focal "riasc".

"Anois," arsa an fear óg, "b'fhéidir go n-inseofása dom, cén bhrí ó thalamh an domhain atá leis sin, agus cé hé an duine a bhfuil an oiread spéise aige ionam?"

"Cad a déarfása leis sin, a Dhochtúir Mortimer, caithfidh tú a admháil nach bhfuil aon áibhirseoireacht ag baint leis seo, pé scéal é?"

"Níl, ach gheofaí a rá gur tháinig sé ó dhuine éigin a bhí deimhin de go raibh diabhlaíocht sa scéal."

"Cén scéal?" arsa an fear óg go géar. "Dar liomsa, is fearr a thuigeann sibh go léir mo ghnó ná mé féin."

"Beidh
ár gcuid eolais
agat sula bhfágfaidh tú an
seomra. Geallaim an méid sin
duit," arsa Sherlock Holmes. "Le
do cheadsa, ní rachaimid thar an
gcáipéis shuimiúil seo a scríobhadh
agus a cuireadh sa phost um thráthnóna
inné de réir dealraimh. An bhfuil *Times* an
lae inné agat, a Watson?"

"Tá sé anseo sa chúinne."

"Ar mhiste leat é a thabhairt dom—an leathanach laistigh le do
thoil, a bhfuil na príomhailt ann?" D'fhéach sé go mear air ag
caitheamh a shúl síos suas na colúin. "Seo ardalt faoin tsaortrádáil.
Ligigí dom blúire de a léamh daoibh:

"Más mór agat do thír a bheith faoi shó agus faoi chompord
seachain plámás mealltach na bpolaiteoirí a deir go rachadh sé chun
tairbhe do thionscail na tíre taraif chosanta a bheith againn.

Meabhraigh an scéal ar d'anam, mar luíonn sé le réasún gur ar an tír ar fad a chaitheann an duine smaoineamh."

"Cad a deir tú leis an gcaint sin, a Watson?" arsa Holmes agus ardmheidhir air, ag cuimilt a lámh go soineanta dó. "Nach dóigh leat gur measúil an bharúil sin?"

Thug an Dochtúir Mortimer féachaint ina raibh géire an cheardaí ar Holmes, agus d'iompaigh Sir Henry Baskerville péire súl dubh ina raibh an mearbhall air.

"Níl a fhios agam mórán i dtaobh na tráchtála ná gnóthaí den sórt sin" ar seisean; "ach measaim go bhfuilimid imithe beagáinín amú chomh fada agus a théann an nóta sin."

"Ní aontaím leat in aon chor, táimid ar an rian go maith. Tá a fhios ag Watson níos mó i dtaobh mo mhodhanna ná mar atá a fhios agatsa, ach is eagal liom nach bhfuil seisean féin tar éis an bhrí atá leis an abairt seo a ghreamú."

"Nílim, admhaím nach bhfeicim aon cheangal."

"Agus ina dhiaidh sin, a Watson, a chroí, tá an ceangal chomh dlúth sin go bhfuil ceann acu fáiscthe amach as an gceann eile. 'Más mór agat', 'ar d'anam', 'réasún', 'seachain', 'an'. Nach bhfeiceann tú anois cad as a bhfuarthas na focail seo?"

"Dar an spéir ná go bhfuil an ceart agat! Bhuel, mura bhfuil sin gasta!" arsa Sir Henry ina liú.

"Má tá aon amhras ar aon chor le caitheamh leis an scéal, féach tá 'más mór agat' agus 'ar d'anam' gearrtha amach ina n-abairtí."

"Muise, tá leis."

"Gan aon agó, a Mhr Holmes, tá buaite aige seo ar a bhfaca mé riamh!" arsa an Dochtúir Mortimer, ag féachaint ar Holmes agus ionadh an domhain air. "Thuigfinn aon duine a déarfadh gur as páipéar nuachta a baineadh na focail; ach go n-ainmneofá cé acu, agus a rá ina fhochair sin gur as an bpríomhalt a tógadh iad, sin ceann de na rudaí is iontaí dár tháinig faoi m'aire riamh. Conas a rinne tú é?"

"Déarfainn, a Dhochtúir, go n-aithneofása cloigeann fir ghoirm ó chloigeann Eiscimigh."

"D'aithneoinn, gan aon amhras."

"Ach conas?"

"Mar sin é an caitheamh aimsire is mó atá agam. Is furasta an difríocht a fheiceáil. An clár éadain, an aghaidh uilleach, an cor-ghiall, an—"

"Ach siod é an caitheamh aimsire is fearr liomsa, agus tá an difríocht díreach chomh soiléir. Tá an difear céanna dar liomsa idir an cló luaidhe a bheadh ar alt sa *Times* agus an cló scrábach a bheadh ar pháipéar leathphingine tráthnóna agus a gheobhadh a bheith idir d'fhear gormsa agus d'Eiscimeach. Sin ceann de na bunbhrainsí eolais is tábhachtaí don saineolaí coireachta, cé go n-admhaím go ndearna mé an *Leeds Mercury* den *Western Morning News* uair agus mé an-óg. Ach tá príomhalt an *Times* an-soiléir ar fad, agus ní bhfaighfí na focail seo a thógáil as aon rud eile. Mar go ndearnadh inné é, ba é mo dhiandóigh go bhfaighfeá na focail i bpáipéar an lae inné."

"Chomh fada agus is acmhainn dom tú a thuiscint, mar sin," arsa Sir Henry, "ghearr duine éigin an teachtaireacht seo amach le siosúr—"

"Siosúr ingne," arsa Holmes. "Is féidir duit a fheiceáil, gur siosúr a raibh na lanna an-ghairid ann é, mar gur chaith an lann a bhí sa ghearradh gabháil chun 'más mór agat' an dara huair."

"Tá sin fíor. Dá bhrí sin ghearr duine éigin amach an teachtaireacht le siosúr a raibh na lanna an-ghairid ann, agus ghreamaigh le leafaos í—"

"Le guma," arsa Holmes.

"Le guma ar an bpáipéar. Ach is é rud atá uaimse a dhéanamh amach ná cad é an chúis don fhocal 'riasc' a bheith scríofa?"

"Mar ní fhéadfadh sé é a fháil i gcló. Bhí na focail eile go léir simplí, agus gheofaí a bhfáil in aon pháipéar, ach an focal 'riasc' bheadh sé ní ba neamhchoitianta."

"Bhuel, is dócha go míneodh sin é. Ar thuig tú aon rud eile as an teachtaireacht seo?"

"Thuig. Tá rian nó dhó eile, cé go bhfuil gach aon dícheall déanta ar gan aon chomhartha sóirt a fhágáil. Tá an seoladh, mar is léir duit, scríofa i litreacha garbha. Ach ní gnách an *Times* i lámha na n-aineolach. Gheobhaimis a rá, dá bhrí sin, gur fear le hoideachas a bhí á chur féin i riocht duine gan oideachas, a rinne an litir a chur in eagar, agus an dícheall sin atá déanta aige a leagan scríbhneoireachta féin a cheilt cuireann sin ar ár súile dúinn go mb'fhéidir go n-aithneofaí an scríbhneoireacht, nó go bhfaighfeása teacht ar í a aithint. Tabhair do d'aire arís nach bhfuil na focail ceangailte leis an nguma ina líne dhíreach cheart, go bhfuil cuid acu i bhfad níos airde ná an chuid eile. An focal 'anam', cuir i gcás, tá sé as a ionad ceart ar fad. B'fhéidir gur neamhchruinneas a bheadh ansin nó b'fhéidir gur róchorraitheach nó ródheifreach a bhí an té a bhí á dhéanamh. Pé scéal é, déarfainn gurb í an tuairim dheireanach sin atá ceart, mar bhí an scéal, de réir dealraimh, an-tábhachtach agus ní dócha go ndéanfaí an obair go míchúramach. Má bhí dithneas air, cad é an chúis dó an dithneas a bheith air, mar aon litir a chuirfí sa phost idir sin agus moiche maidine gheobhadh Sir Henry í sula bhfágfadh sé an t-óstán. An raibh eagla ar scríbhneoir na litreach go mbainfí siar as—agus cé a bhí chun é a dhéanamh?"

"Táimid ag dul i muinín tomhais anois, is baol liom," arsa an Dochtúir Mortimer.

"Abair go bhfuilimid, b'fhéidir, ag scrúdú na bpointí go léir agus ag déanamh togha idir an dá rogha. Sin é an úsáid a bhaintear as an tsamhlaíocht, ach bíonn bonn crua againne i gcónaí chun tosach a chur ar ár gcuid fuirseoireachta. Anois, déarfaidh tusa gur tomhas seo, gan aon dabht, ach táimse beagnach deimhin de gur scríobhadh an seoladh in óstán."

"Conas sa domhan braonach a déarfá sin?"

"Má scrúdaíonn tú go géar é feicfidh tú go bhfuil an peann agus an dubh tar éis a gcuid den dua a chur ar an scríbhneoir. Tá an peann tar éis sileadh faoi dhó le haon fhocal amháin, agus theip air faoi thrí ag scríobh seoladh gairid, rud a thaispeánann gur bheag dúch a bhí sa bhuidéal. Anois, is annamh peann nó buidéal an dúigh i dteach príobháideach ina leithéid de staid, agus is fánach an dá theip le chéile. Ach tá a fhios agatsa cén sórt peann agus dúch a bhíonn in óstán, mar a mbíonn sé dian ar dhuine a mhalairt a fháil. Sea, ní dada liom a rá dá bhféadfaimis na ciseáin ina mbíonn fuílleach páipéar na n-óstán timpeall Charing Cross a chuardach agus go bhfaighimis teacht ar an bpríomhalt sa *Times* atá sractha go bhfaighimis ár méar a leagan díreach ar an duine a cheap an teachtaireacht neamhchoitianta seo. Heileo! Heileo! Cad é seo?

Bhí sé ag scrúdú an pháipéir pháir ar a raibh na focail greamaithe, go géar, agus é orlach nó dhó óna shúile.

"Bhuel?"

"Dada," ar seisean, á chaitheamh uaidh. "Níl ann ach bileog pháipéir, gan fiú aon rian déantóra air. Is dóigh liom go bhfuil an oiread is féidir dúinn bainte amach againn as an litir ghreannmhar seo; agus anois an bhfuil aon rud eile arbh fhiú teacht thairis tar éis baint duit ó bhí tú i Londain?"

"Ní dóigh liom go bhfuil," arsa Sir Henry.

"Ní fhaca tú aon duine do do leanúint nó do d'fhaire."

"An ag cuimhneamh ar úrscéal réil atá tú? Conas faoin spéir a leanfadh duine mé nó a bheadh aon duine do m'fhairese?"

"Táimid ag teacht air sin. Níl aon rud eile agat le cur os ár gcomhair sula dtéimid in achrann sa scéal seo?"

"Bhuel, tá sin ag brath ar an rud ab fhiú leat a chur os bhur gcomhair."

"Is dóigh liom gur fiú aon rud as an ngnáthchoitiantacht a chur os ár gcomhair."

Gháir Sir Henry. "Níl a fhios agam mórán i dtaobh shaol na Breataine fós, mar tá an chuid is fearr de mo shaol caite agam sna Stáit agus i gCeanada. Ach tá súil agam nach cuid de chúrsaí an tsaoil choitianta abhus anseo ceann de do bhróg a chailleadh."

"Tá leathbhróg leat caillte agat?"

"A dhuine, a chroí," arsa an Dochtúir Mortimer, "níl sí ach leagtha in áit éigin agat. Gheobhaidh tú í nuair a chasfaidh tú ar an óstán. Cá bhfuil an mhaith ina bheith ag crá an fhir uasail seo le nithe beaga den sórt seo?"

"Bhuel, nár fhiafraigh sé díom an raibh aon rud as an gcoitiantacht tar éis baint dom?"

"D'fhiafraigh mé, díreach," arsa Holmes, "ba chuma cén ghamalacht a bheadh ann. Tá leathbhróg leat caillte agat, deir tú?"

"Bhuel, tá sí ar iarraidh, pé scéal é. Chuir mé an dá cheann acu lasmuigh den doras aréir, agus ní raibh ann ach ceann amháin acu ar maidin. Ní bhfaighinn aon chiall a bhaint as an mbuachaill a bhí á nglanadh. Is é an chuid is measa den scéal ach gur aréir a cheannaigh mé an péire ar an Strand agus ní raibh siad orm riamh."

"Mura raibh siad ort riamh cad é an chúis duit iad a chur amach le glanadh?"

"Bróga crónleathair ba ea iad, agus níor cuireadh aon snas riamh orthu. B'shin é an chúis ar chuir mé amach iad."

"Ansin is intuigthe dom go ndeachaigh tú amach inné an túisce a ráinigh tú Londain agus gur cheannaigh tú péire bróg."

"Rinne mé roinnt mhaith siopadóireachta. Chuaigh an Dochtúir Mortimer anseo timpeall liom. An dtuigeann tú, má táimse chun a bheith i mo ridire thíos ansin, caithfidh mé dealramh a chur orm féin, mar b'fhéidir go bhfuilim tar éis éirí beagán faillitheach i mo shlite le tamall. Bhí an péire bróg donn seo ar na rudaí a cheannaigh mé—sé dhollar a thug mé orthu—agus bhí ceann acu goidte sular chuir mé ar mo chosa riamh iad."

"Is míthairbheach greannmhar an rud le goid í," arsa Holmes. "Admhaím go bhfuilim ar aon aigne leis an Dochtúir, nach rófhada go mbeidh an bhróg sin atá ar iarraidh le fáil."

"Agus anois, a fheara uaisle," arsa Sir Henry, go daingean, "dar liomsa tá mo dhóthain ráite agam i dtaobh an bheagáin atá ar eolas agam. Tá sé in am agaibhse bhur ngealltanas a chomhlíonadh agus léiriú ceart a thabhairt domsa ar an scéal a bhfuil sibh ag teacht air."

"Tá ciall le d'achainí," arsa Holmes. "A Dhochtúir Mortimer, is dóigh liom gurb é rud ab fhearr a dhéanfá ná do scéal a insint díreach mar a d'inis tú dúinne é."

Leis an moladh sin, tharraing ár n-eolaí chuige a chuid páipéar as a phóca, agus d'aithris sé an scéal go léir díreach mar a rinne sé an mhaidin roimhe sin. D'éist an fear óg leis go dúthrachtach, agus anois agus arís chuireadh sé focal as le hiontas.

"Bhuel, dealraíonn sé go bhfuil níos mó ná aon oidhreacht amháin agam," ar seisean, nuair a bhí deireadh leis an insint fhada. "Gan amhras táim ag éisteacht le scéal an chú ón uair a bhí mé i mo leanbh. Is linne an scéal mar a déarfá ach níor bhac mé le haon dáiríreacht a chur ann go dtí seo, ach i gcúrsaí báis m'uncail— bhuel, tá sé mar a bheadh sé ag fiuchadh i mo cheann, agus ní bhfaighinn aon ghreim cheart a fháil air fós. Ní dhealraíonn sé go bhfuil d'aigne socair fós agat ar cé acu ar ceist do phílear nó don chléir í."

"Díreach."

"Agus cuimhnigh anois ar scéal na litreach seo a tháinig chugamsa san óstán. Is dócha go bhfuil sí sin ina hionad oiriúnach féin."

"Dealraíonn sé go bhfuil duine éigin ann a bhfuil níos mó eolais aige ar cad atá ag titim amach ar an riasc ná mar atá againne," arsa an Dochtúir Mortimer.

"Agus fós," arsa Holmes "nach bhfuil aon drochaigne ag an duine sin chugatsa, óir go bhfuiltear do do chur ar d'aire."

"Nó b'fhéidir gurbh amhlaidh a bheadh sé uathu mé a sceimhliú chun siúil ar mhaithe leo féin."

"Bhuel, gan amhras gheobhadh sin a bheith amhlaidh. Táim faoi chomaoin mhór agat, a Dhochtúir Mortimer, mar gheall ar cheist a chur os mo chomhair a bhfuil an méid sin suimiúlachta inti. Ach is é rud is praiticiúla atá le socrú againn anois, ná cé acu is ceart nó nach ceart duitse dul chun cónaithe in áras do shinsear."

"Cén chúis nach rachainn ann?"

"Dealraíonn sé go bhfuil contúirt ann."

"Contúirt ó dheamhan seo mo shinsear, nó contúirt ó dhaoine daonna?"

"Bhuel, sin é an rud atá le fáil amach againn."

"Pé scéal é, tá m'aigne socair agamsa. Níl aon diabhal in ifreann, agus níl aon fhear ar an talamh a choiscfeadh mé ar dhul chun teach mo mhuintire, agus glac sin mar fhocal deireanach uaim." Bhí muc ar gach mala aige agus tháinig luisne na feirge ina aghaidh agus é ag caint. B'fhurasta a aithint nach raibh an mianach fearúil a bhí ina shinsear tráite ar fad san oidhre deireanach seo a bhí orthu. "Idir an dá linn," ar seisean, "ní raibh sé d'uain agam cuimhneamh ar a bhfuil inste agaibh dom. Is deacair d'fhear rud a thuiscint agus aigne a shocrú air i dteannta a chéile. Ba mhaith liom uair an chloig a bheith faoi shuaimhneas agam liom féin chun m'aigne a shocrú i dtaobh an scéil. Anois, cogar mé seo leat, a Holmes, tá sé leathuair tar éis a haon déag anois, agus táim ag dul ceann ar aghaidh thar n-ais chun an óstáin. An bhféadfá féin agus do chara an Dochtúir Watson bualadh chugam agus lón a bheith againn i dteannta a chéile ar a dó? Gheobhainn a insint daoibh ansin ní ba shoiléire conas mar a ghealfaidh an rud seo orm."

"An mbeadh sin chun do chaoithiúlachta, a Watson?"

"Gan dabht."

"Mar sin, gheobhaidh tú a bheith ag súil linn. An gcuirfidh mé fios ar chab?"

"B'fhearr liom siúl, mar tá an scéal seo tar éis mé a chorraí roinnt."

"Rachaidh mise in éineacht leat, agus fáilte," arsa a chompánach.

"Mar sin buailfimid le chéile arís ar a dó a chlog. Slán libh agus maidin mhaith agaibh."

D'airíomar glór choiscéimeanna ár gcuairteoirí ag dul síos an staighre agus an doras á dhúnadh le tuairt. I nóiméad na huaire bhí athrú tar éis teacht ar Holmes, in ionad a bheith sa taibhreamh bhí sé i mbun gnímh láithreach bonn.

"Do hata agus do bhróga, go mear, a Watson! Níl nóiméad le cailleadh!" Rith sé isteach ina sheomra agus a fhallaing sheomra air agus bhí thar n-ais i gceann tamaillín agus casóg fhada air. Luathaíomar le chéile síos an staighre agus amach ar an tsráid. Bhí an Dochtúir Mortimer agus Sir Henry le feiceáil i gcónaí timpeall dhá chéad slat chun cinn orainn i dtreo Shráid Oxford.

"An rithfidh mé agus an stadfaidh mé iad?"

"Ná déan ar d'anam, a Watson. Táim lánsásta le do chuid-
eachtasa, má chuirfidh tusa suas liom. Tá an ceart ag ár gcairde
mar, gan aon amhras, is breá an mhaidin chun siúil í."

Ghéaraigh sé sa siúl nó gur rugamar orthu de leath na slí a bhí
siad romhainn. Ansin, ag coimeád céad slat ina ndiaidh dúinn,
leanamar orainn isteach i Sráid Oxford agus síos Sráid Regent.
Stad ár gcairde uair agus chrom siad ag féachaint isteach i

bhfuinneog, agus má rinne, rinne Holmes an rud céanna. Tamaillín beag ina dhiaidh sin bhíog sé le háthas, agus ag féachaint dom sa treo ar a raibh na súile géara a bhí aige leagtha, chonaic mé hansam a raibh fear istigh ann. Bhí sé tar éis stad ar an taobh eile den tsráid ach chrom sé ag cur de chun cinn go mall arís.

"Sin é ár bhfear againn, a Watson! Siúil leat! Tabharfaimid súil mhaith air mura féidir linn ach sin féin a dhéanamh."

Ar an nóiméad sin chonaic mé tor dubh féasóige agus dhá shúil ghéara iompaithe orainn trí fhuinneog taoibh an chab. I nóiméad na huaire in airde leis an gcomhla thógála, cuireadh scréach éigin i gcluas an tiománaí, agus as leis an gcarr sna ruarásaí síos Sráid Regent. Thug Holmes súil ina thimpeall féachaint an bhfeicfeadh sé ceann eile, ach ní raibh aon cheann eile le feiceáil. Ansin as leis d'urchar sa tóir i lár ghriothalán na sráide, ach ní raibh aon mhaith ann, bhí an cab imithe as a radharc cheana féin.

"Féach anois!" arsa Holmes, go searbh, agus é ar saothar agus bán le holc ag éirí amach as an roithleán feithiclí. "An bhfaca éinne riamh a leithéid de mhí-ádh agus de mhíriar, leis? A Watson, a Watson, má tá aon mhacántacht ionat, scríobhfaidh tú seo, leis, agus cuirfidh tú síos i mo choinne mar theip é!"

"Cérbh é an fear?"

"Ní fheadar den domhan."

"Spiaire?"

"Bhuel, is follas dúinn óna bhfuil cloiste againn go bhfuil duine éigin le sála Sir Henry ó ráinigh sé an baile. Conas eile a gheofaí a dhéanamh amach chomh mear gurb é Óstán Northumberland an áit a raibh sé ag cur faoi? Má bhí siad ar a lorg an chéad lá, bhí a fhios agamsa go mbeidís ina dhiaidh an dara lá. B'fhéidir gur thug tú faoi deara gur bhuail mé anonn faoi dhó chun na fuinneoige a fhad agus a bhí an Dochtúir Mortimer ag léamh an fhabhalscéil."

"Sea, thug."

"Bhí mé ag féachaint an bhfeicfinn aon duine ag fóisíocht ar an tsráid, ach ní fhaca. Táimid ag plé le fear cliste. Tá an scéal seo an-domhain, agus cé nach bhfuil sé déanta amach agam cé acu fonn maitheasa nó urchóide atá ar an duine sin, tuigim go maith gur duine feidhmiúil é. Nuair a d'fhág ár gcairde an teach lean mé iad ar nóiméad le go bhfeicfinn an compánach dofheicthe a bhí acu.

Bhí sé chomh gasta sin nach siúlfadh sé ach chuir sé cab in áirithe ionas go bhfaigheadh sé a bheith ag righneáil ina ndiaidh nó gabháil tharstu de thurraing agus amhlaidh sin dul dá n-aire. Bhí an buntáiste sin féin ag an tseift a bhí aige dá gcuirfidís sin cab in áirithe bhí seisean i gcóir cheana féin chun iad a leanúint. Tá, ina dhiaidh sin, aon dainséar amháin atá soiléir go leor."

"Sceitheann sé air féin le tiománaí an chab."

"Díreach."

"Nach é an trua nach bhfuaireamar an uimhir?"

"A Watson, a mhic, dá thuathalaí mé ní hé sin an chúis a measfá go ndéanfainn faillí ar an uimhir. Is é uimhir 2704 é. Ach níl aon mhaitheas dúinn ansin ar an nóiméad seo."

"Ní fheicim conas a gheofá ní ba mhó a dhéanamh."

"Ar fheiceáil an cab dom bhí sé ceart agam iompú ar mo sháil den iarracht sin agus siúl an tslí eile. Gheobhainn féin ansin, ar mo shocracht, an dara cab a chur in áirithe agus leanúint orm i ndiaidh an chab eile, ach coimeád tamall áirithe ina dhiaidh nó, b'fhéidir ní b'fhearr fós, tiomáint orm chun Óstán Northumberland agus fuireach ann. Nuair a leanfadh an duine anaithnid seo againn Sir Henry abhaile d'fhéadfaimis an cor a dhéanamh in aghaidh an chaim féachaint cá raibh a thriall. Ach faoi mar atá an scéal anois, tá an cluiche caillte againn de dheasca an deabhaidh a bhí orainn."

Bhíomar ag imeacht go mall síos Sráid Regent agus sinn ag caint mar seo, ionas go raibh an Dochtúir Mortimer agus a chompánach imithe as ár radharc tamall maith.

"Níl aon bhrí le sinn a bheith ag dul ina ndiaidh," arsa Holmes. "Tá an foraire imithe agus ní chasfaidh sé. Caithfimid féachaint cad iad na cártaí atá fágtha inár lámha againn, agus iad a imirt go feidhmiúil. An mbeadh aon dul amú ort i dtaobh aghaidh an fhir úd a bhí sa chab?"

"Ní aithneoinn ach an fhéasóg a bhí air."

"Mar sin dom féin leis—fágann sin gur féasóg bhréige a bhí ann. Fear cliste a bheadh ar ghnó mar sin, ní bheadh aon ghnó aige d'fhéasóg ach chun a cheannaithe a cheilt. Tar isteach anseo, a Watson!" D'iompaigh sé isteach i gceann d'oifigí na dteachtairí ceantair, mar ar chuir an bainisteoir na múrtha fáilte roimhe.

"Á, a Wilson, feicim nach bhfuil dearmad déanta agat ar an gcúis bheag ina raibh sé d'ádh liom cabhrú leat!"

"Níl, a dhuine uasail, go deimhin féin, níl. Rinne tú mo chlú a shábháil, agus b'fhéidir m'anam leis."

"A dhuine mo chroí thú, tá tú ag cur leis an scéal. Is cuimhin liom go raibh agat i measc do chuid buachaillí anseo garsún cliste dar sloinne Cartwright a raibh éifeacht éigin ann i rith an fhiosrúcháin."

"Bhí a dhuine uasail, tá sé fós againn."

"An labhrófá leis ar an nguthán? Go raibh maith agat, agus bheinn buíoch díot ach sóinseáil an nóta cúig phunt seo a thabhairt dom."

"Bhí garsún a raibh aghaidh ghéar thuisceanach air nach raibh ach ceithre bliana déag d'aois tar éis teacht go dtí an bainisteoir. Bhí sé ag féachaint le mórómós ar an mbleachtaire mórcháile.

"Tabhair dom Eolaí na nÓstán," arsa Holmes. "Go raibh maith agat, a Chartwright. Tá ainmneacha trí óstán agus fiche anseo, gach ceann acu go han-chóngarach do Charing Cross. An bhfeiceann tú?"

"Feicim, a dhuine uasail."

"Tabhair cuairt ar gach ceann acu seo i ndiaidh a chéile."

"Déanfaidh mé, a dhuine uasail."

"Tosaigh le gach ceann acu agus tabhair scilling don doirseoir. Seo duit trí scillinge is fiche."

"Sea, a dhuine uasail."

"Abair leis go bhfuil uait fuílleach páipéir an lae inné a fheiceáil. Abair go bhfuil sreangscéal an-tábhachtach imithe amú agus go bhfuil tú ar a lorg. An dtuigeann tú?"

"Tuigim, a dhuine uasail."

"Ach is é rud a bheidh tú a chuardach díreach ach an leathanach láir den *Times* a bhfuil poll gearrtha ann le siosúr. Seo cóip den *Times*. Seo é an leathanach. B'fhurasta duit a aithint, nárbh fhurasta?"

"B'fhurasta, a dhuine uasail."

"I ngach óstán cuirfidh an doirseoir fios ar ghiolla an halla agus tabhair scilling eile dósan. Seo duit trí scillinge is fiche dóibh siúd leis. Déarfar leat, ansin, b'fhéidir, i bhfiche cúis as na trí cinn is fiche, gur dódh fuílleach páipéir an lae inné nó gur caitheadh i leataobh in áit éigin é. Agus sna trí chás eile taispeánfar carn páipéar duit, agus cuardaigh iad don leathanach seo den *Times*. Beidh sé ar eire agat é a fháil amach. Tá deich scillinge sa bhreis agat le heagla go mbéarfadh gairid ort. Bíodh sreangscéal agam uait i Sráid Baker faoin oíche. Agus anois, a Watson, níl le déanamh ach a fháil amach trí shreangscéal cé hé tiománaí an chab, uimhir 2704, agus ansin buailfimid isteach i gceann de na gailearaithe pictiúr i Sráid

49

Bond agus déanfaimid an aimsir a mheilt ann nó go mbeidh sé in am againn déanamh ar an óstán."

CAIBIDIL V

Trí Shnáithe Bhriste

Bhí sé de bhua ag Sherlock Holmes a aigne a thógáil de rud gan aon dua. Ar feadh dhá uair an chloig, dhealraigh an gnó neamhchoitianta ina rabhamar chomh mór sáite bheith imithe i ndearmad air, agus bhí sé báite ceart sna pictiúir a bhí déanta ag máistrí Beilgeacha na haimsire seo. Ón uair a d'fhágamar an gailearaí nó gur ráiníomar Óstán Northumberland, ní raibh de phort aige ach an ealaín, cé nach raibh aon eolas aige uirthi.

"Tá Sir Henry Baskerville in airde an staighre ag fuireach leat," arsa an cléireach. "Dúirt sé liom tú a thabhairt suas leis nuair a thiocfá."

"Ar mhiste leat dá bhféachfainn ar chlár na n-ainmneacha agat?" arsa Holmes.

"Níor mhiste, go deimhin."

Bhí sa leabhar dhá ainm i ndiaidh an tsloinne Baskerville. Theophilus Johnson agus a theaghlach, ó Newcastle ceann acu, agus Mrs Oldmore agus a seirbhíseach, ó High Lodge, Alton, an ceann eile.

"Siúráilte, ba é sin an Johnson céanna a mbíodh aithne agamsa air," arsa Holmes leis an doirseoir.

"Dlíodóir, nach ea, ceann liath air, agus céim bhacaigh ann?"

"Ní hea, a dhuine uasail, siod é Mr Johnson, fear an ghuail, duine uasal an-fhuinniúil; ní sine é ná tú féin."

"Déarfainn, gan ghó, go bhfuil tú i ndearmad maidir lena cheird?"

"Nílim, a dhuine uasail, is fada dó ag teacht chun an óstáin seo agus is maith an aithne atá againn air."

"Á, is leor sin, mar sin. Mrs Oldmore, leis, is cuimhin liom an t-ainm. Ná tóg orm a fhiosraí atáim, ach tá a fhios agat gur minic a d'fheicfeá cara leat agus tú ag tabhairt cuairte ar dhuine eile."

"Othar mná is ea í, a dhuine uasail. Bhí a fear ina mhéara ar Gloucester uair. Tagann sí chugainn aon uair a bhíonn sí sa chathair."

"Go raibh maith agat; tá eagla orm nach féidir dom a rá go bhfuil aon aithne agam uirthi. Tá bunús firinne an-tábhachtach againn de bharr na gceisteanna seo, a Watson," ar seisean ag leanúint air, de ghuth íseal, agus sinn ag dul in airde an staighre in éineacht. "Tá a fhios againn anois, an dream a bhfuil an mhórshuim seo acu inár gcara, nach bhfuil siad tar éis cur fúthu san óstán leis. Taispeánann sin go bhfuil an-fhonn orthu faire air, de réir mar is eol dúinn, ach san am céanna nach maith leo go bhfeicfeadh seisean iad féin. Anois, taispeánann an ní seo rud éigin."

"Cad a thaispeánann sé?"

"Taispeánann sé—heileo, a dhuine mo chroí, cad tá ort ar aon chor?"

Nuair a bhí barr an staighre curtha dínn cé a bhuailfeadh linn ach Sir Henry féin. Bhí luisne na feirge ina cheannaithe, agus bhí i lámh leis seanbhróg a bhí lán de cheo. Bhí sé chomh fiochmhar sin gur dhícheall dó labhairt, agus nuair a rug sé ar a theanga, bhí blas ní ba leithne agus blas an Phoncánaigh iartharthaigh ní ba mhó ar a chuid canúna, ná mar a bhí, dar linn, ar maidin.

"Dar liom, is dóigh le muintir an óstáin seo gur leanbh atá acu ionamsa," ar seisean. "Feicfidh siad go bhfuil dearmad orthu mura gcuirfidh siad uathu an chleasaíocht. Dar crísce, mura bhfaighidh an buachaill sin an bhróg liom atá ar iarraidh beidh trioblóid ann. Tá gabháil le magadh agamsa chomh maith agus atá ag aon duine, ach deirim leat go bhfuil siad ag dul beagáinín rófhada an iarracht seo."

"Ag cuardach do bhróige go fóill duit?"

"Sea, agus deirim leat go bhfuilim chun í a fháil."

"Ach, táim deimhin go ndúirt tú gur bhróg nua dhonn í?"

"Ba ea, leis, a dhuine, agus anois, seancheann dubh atá inti."

"Céard é? Ní hé a mheasann tú a rá—?"

"Sin é díreach a mheasaim a rá. Ní raibh sa saol agam ach trí phéire—an péire nua donn, an seanphéire dubh, agus an péire leathair paitinn seo atá orm. Thóg siad ceann den phéire donn aréir, agus inniu tá an mhéar tugtha acu do cheann den phéire dubh. Bhuel, an bhfuil sí agat? Labhair amach, a dhuine agus ná bí i do sheasamh ansin i do stumpa!"

Bhí freastalaí Gearmánach tar éis teacht ar an láthair agus é an-chorraithe.

"Níl, a dhuine uasail; táim tar éis a bheith ag ceistiúchán ar fud an óstáin go léir, agus focal ina thaobh níl le fáil agam."

"Bhuel, caithfidh an bhróg sin teacht thar n-ais faoi dhul faoi na gréine, nó neachtar acu feicfidh mé an bainisteoir agus déarfaidh leis go n-imeoidh mé díreach amach as an óstán seo."

"Gheofar í a dhuine uasail—geallaim duit má bhíonn beagáinín foighne agat go bhfaighfear í."

"Cuimhnigh air mar is í an rud deireanach atáimse chun a chailleadh leis an gcith bithiúnach seo í. Bhuel, bhuel, a Holmes, ná tóg orm a bheith do do bhodhrú le rud chomh suarach seo—"

"Is dóigh liomsa gur mór is fiú an bhadráil é."

"Muise, dealraíonn tú an-dáiríre mar gheall air."

"Cad a dhéanfá den ghnó?"

"Níl aon fhonn orm aon rud a dhéanamh de. Is é an rud is aite agus is díchéillí a bhain riamh dom é."

"An rud is aite, b'fhéidir," arsa Holmes go maranach.

"Cad a déarfá féin leis?"

"Bhuel, nílim chun a rá go dtuigim fós é. Tá do scéal an-achrannach. Nuair a chuirfeá i gceann scéal bhás d'uncail é, agus na cúig chéad cúis cúrsaí maraithe a bhí go tábhachtach a rinne mé a láimhseáil a áireamh, táim deimhin nach raibh ceann orthu a raibh an ghéire rúin chéanna ag gabháil leis. Ach tá roinnt mhaith snáitheanna inár lámha againn, agus tá sé dian nó cuirfidh ceann éigin acu ar rian na fírinne sinn. B'fhéidir go gcaillfimis aimsir ag plé leis an snáithe mícheart, ach luath nó déanach tiocfaimid ar shnáithe ceart."

Chaitheamar ár lón ar ár sástacht, agus ba róbheag a dúramar i dtaobh an ghnó a thug le chéile sinn á chaitheamh dúinn. Chuamar go dtí an seomra suí príobháideach ina dhiaidh sin agus d'fhiafraigh Holmes de Bhaskerville cad é an fonn a bhí air.

"Tá fonn orm dul go Halla Baskerville."

"Agus cathain?"

"I ndeireadh na seachtaine."

"Maidir leis an scéal seo go coitianta," arsa Holmes, "is dóigh liom gur chiallmhar an iarracht uait í. Tá mo dhóthain faisnéise agam go bhfuiltear ar do thí i Londain, agus i measc na milliún duine atá sa chathair mhór seo ba dheacair a dhéanamh amach cérbh iad na daoine sin nó cad é an fuadar a bheadh fúthu. Más drochfhuadar atá fúthu gheobhaidís do dhíobháil a dhéanamh agus níorbh acmhainn dúinn é a chosc orthu. Ní raibh a fhios agat, a Dhochtúir Mortimer, go rabhthas ar bhur rian ar maidin ón teach agamsa?"

Baineadh ardgheit as an Dochtúir Mortimer. "Ar ár rian! Cé a bhí?"

"Sin é, mo léir, an rud nach féidir liom a insint duit. An bhfuil ar d'aitheantas nó ar do chomharsana i nDartmoor aon fhear a bhfuil aghaidh fhéasógach, dhubh air?"

"Níl—nó, feicim—muise, tá. Buitléir Sir Charles, sin fear a bhfuil aghaidh fhéasógach dhubh air."

"Ha! Cá bhfuil an buitléir?"

"Tá sé i bhfeighil an Halla."

"B'fhearr dúinn a fháil amach an bhfuil sé ann díreach, féachaint an ráineodh ar aon chúinse é a bheith i Londain."

"Conas a dhéanfá sin?"

"Sreangscéal a chur chuige. 'An bhfuil gach aon rud i gcóir do Sir Henry?' Déanfaidh sin an gnó. Seol é chun Barrymore, Halla Baskerville. Cad é an oifig sreangscéal is giorra dó? Grimpen, an ea? Seoltar ceann eile go dtí máistir an phoist féin: 'Sreangscéal do Bharrymore, chun a thabhairt isteach ina lámh féin dó. Más as baile dó, castar an sreangscéal ar Sir Henry Baskerville, Óstán Northumberland.' Ba chóir go n-inseodh sin dúinn an bhfuil an buitléir faoin tuath nó nach bhfuil."

"Is fíor sin," arsa Sir Henry. "Mo dhearmad, a Dhochtúir Mortimer, cé hé an buitléir seo ar aon chor?"

"Mac don seanairíoch tí, atá curtha. Tá siad i bhfeighil an tí le ceithre ghlúin siar. Chomh fada le mo thuairimse, tá sé féin agus a bhean ar an mbeirt is dealraithí sa chontae."

"Leis an linn chéanna," arsa Sir Henry, "is sothuigthe nuair nach bhfuil aon duine den mhuintir sa Halla go bhfuil baile breá dá gcuid féin agus gan dada le déanamh ag na daoine seo."

"Sin í an fhírinne."

"An bhfuair an buitléir aon rud ar aon chor de bharr uacht Sir Charles?" arsa Holmes.

"Fuair sé féin agus a bhean cúig chéad punt an duine."

"Ha! An raibh a fhios acu go mbeadh sé sin le fáil acu?"

"Bhí a fhios; ba mhór ag Sir Charles a bheith ag teacht thar an uacht a bhí déanta aige."

"Is mór is fiú an t-eolas sin."

"Tá súil agam," arsa an Dochtúir Mortimer, "nach mbeidh aon drochamhras agat ar gach aon duine ar fhág Sir Charles rud acu, mar d'fhág sé míle punt agam féin."

"Ar fhág! Agus ar fhág sé aon rud ag aon duine eile?"

"D'fhág sé suimeanna ag a lán daoine eile agus ag carthanais phoiblí. Thit an fuílleach le Sir Henry."

"Agus an mór a bhí san fhuílleach?"

"£740,000."

Bhí an-iontas ar Holmes.

"Níor rith sé liom riamh go mbeadh a leithéid sin de shaibhreas i gceist," ar seisean.

"Bhí sé amuigh ar Sir Charles go raibh sé saibhir, ach ní raibh a fhios againn chomh saibhir agus a bhí sé nó gur ráinigh dúinn a bheith ag scrúdú a chuid urrús. Bhí líon a mhaoine agus a chuid ollmhaitheasa buailte le milliún punt."

"Ó, a thiarcais! Duais ba ea é arbh fhiú do dhuine dul san fhiontar mar gheall air. Agus ceist eile agam ort, a Dhochtúir Mortimer. Cuir i gcás go mbainfeadh rud éigin dár gcara óg anseo—ná tóg orm a leithéid a rá—cé leis a dtitfeadh an t-eastát?

"D'éag Rodger Baskerville, an deartháir ab óige ag Sir Charles, gan pósadh, agus dá bhrí sin thitfeadh an t-eastát leis na Desmonds, atá ina ngaolta i bhfad amach. Ministir aosta is ea James Desmond i Westmoreland."

"Go raibh maith agat. Is mór is fiú an mioneolas seo. An bhfaca tú riamh James Desmond?"

"Chonaic; tháinig sé ar cuairt uair go dtí Sir Charles. Fear is ea é a bhfuil dealramh urramach air agus tá sé an-bheannaithe. Is cuimhin liom gur dhiúltaigh sé aon rud a ghlacadh ó Sir Charles, cé go raibh seisean ag iarraidh é a chur air."

"Agus sin é an fear a gheobhadh an saibhreas a bhí ag Sir Charles?"

"Chaithfeadh an talamh titim leis de réir dlí ach d'fhéadfaí an t-airgead a fhágáil le huacht ag duine éigin eile."

"Agus an bhfuil d'uacht déanta agat, a Sir Henry?"

"Níl. Ní raibh sé d'uain agam, mar is inné a fuair mé amach conas mar a bhí gach aon rud. Ach, pé scéal é, is é mo thuairimse gur cheart don airgead dul leis an teideal agus leis an eastát. Ba é sin a bhí ar aigne ag m'uncail bocht. Conas a d'fhéadfaí réim mo shinsear a thabhairt thar n-ais gan an t-airgead? Caithfidh an teach, an t-airgead agus an talamh dul le chéile."

"Díreach. Bhuel, a Sir Henry, táimse ar aon aigne maidir le do dhul síos go Devonshire gan rómhoill. Tá aon rud amháin a chaithfidh mé a chomhairliú duit. Níl aon fháil agat ar tú dul i d'aonar."

"Tá an Dochtúir Mortimer ag casadh i mo theannta."

"Ach tá a ghnó de chúram air agus beidh sé ina chónaí roinnt mílte ó do theachsa. Dá chineálta é, b'fhéidir nach dtiocfadh leis cabhrú leat. Caithfidh tú duine éigin a bhreith leat, fear muiníneach, a bheidh i gcónaí i do theannta."

"An mbeadh aon seans go bhféadfá teacht tú féin?"

"Dá mba ghá é, dhéanfainn iarracht a bheith i láthair mé féin; ach tuigfidh tú féin go maith go mbíonn oiread sin glaoch orm ó gach aird, nach féidir liom tamall fada a chaitheamh lasmuigh de Londain. I Sasana faoi láthair na huaire, táthar ag bagairt dúmháil ar dhuine de mhóruaisle na tíre, agus níl aon duine eile ach mise chun cosc a chur le scannal millteach. Ní féidir liom dul go dtí Dartmoor."

"Cé a chomhairleofása dul linn, mar sin?"

Leag Holmes a lámh ar mo ghualainn.

"Más toil le mo chara dul leat níl fear eile ab fhearr duit a bheith i do theannta. Ní hacmhainn d'aon duine é sin a rá chomh muiníneach liomsa."

Bhain an chaint an-gheit asam, ach sula raibh sé d'uain agam freagra a thabhairt uirthi, bhí greim ag Sir Henry ar mo lámh agus é á fháscadh go docht.

"Bhuel, anois, is ródheas sin uait, a Dhochtúir Watson," ar seisean. "Feicfidh tú conas mar atá an scéal agam agus tá an oiread eolais agatsa ina thaobh agus atá agamsa. Má thagann tú liom go Halla Baskerville agus mo scéal a réiteach dom, cúiteoidh mé leat é luath nó mall."

Bhí an-dúil agamsa, riamh agus i gcónaí, san eachtra, agus ba mhór agam an chaint a rinne Holmes agus an luas lenar ghlac an t-ógfhear liom mar chompánach.

"Rachaidh mé leat agus fáilte," arsa mé féin. "Ní fios dom conas a gheobhainn mo chuid aimsire a chur síos ní ba thaitneamhaí."

"Agus cuirfidh tú ar mo shúile go cruinn domsa conas mar a bheidh an scéal," arsa Holmes. "Nuair a bhéarfaidh an caol ort, mar tá a fhios agat go mbéarfaidh, inseoidh mise duit cad a dhéanfaidh tú. Is dócha go mbeidh an scéal i gcóir faoin Satharn?"

"An oirfeadh sin, a Dhochtúir Watson?"

"D'oirfeadh, ar fheabhas."

"Mar sin, mura bhfaighidh tú tuairisc uaim, teagmhóimid le chéile ag traein a 10:30 ó Phaddington."

Bhíomar tar éis éirí inár seasamh chun imeacht nuair a lig Baskerville liú áthais as, agus ag dul de shitheadh d'iarracht ar chúinne den seomra tharraing sé bróg dhonn amach ó bhonn cófra.

"An bhróg a bhí caillte!" ar seisean.

"Go n-imí ár gcuid deacrachtaí go léir amhlaidh!" arsa Holmes.

"Ach is greannmhar ar fad an rud é," arsa an Dochtúir Mortimer. "Chuardaigh mise an seomra seo go han-aireach roimh am lóin."

"Agus rinne mise an cleas céanna," arsa Baskerville. "Gach aon orlach de."

"Is deimhin nach raibh aon bhróg ann an uair sin."

"Más mar sin é, ní foláir nó is é an freastalaí a chuir ann í agus sinn ag caitheamh an lóin."

Cuireadh fios ar an nGearmánach, ach dúirt sé sin nach raibh aon eolas aige ar an scéal agus ní raibh aon toradh ar an lorgaireacht a rinneadh. B'shin mistéir bheag eile againn le réiteach anois agus ba dheacair a rá an raibh aon bhunús leis na mionrudaí aite a bhí tar éis titim amach chomh tapa sin i ndiaidh a chéile. Gan trácht ar an scéal duairc a bhain leis an mbás a fuair Sir Charles ba mhó rud dothuigthe a tháinig faoinar súile le dhá lá anuas—an litir chlóbhuailte, spiaire na féasóige duibhe sa hansam, cailliúint na bróige doinne nua, cailliúint na seanbhróige duibhe agus anois fáil na bróige doinne. Bhí Holmes ina shuí gan focal as sa chab agus sinn ag dul thar n-ais go Sráid Baker, agus bhí a fhios agam ón aghaidh dhúr a bhí air agus ón ngéire a bhí ina dhealramh go raibh a aigne, ar nós m'aigne féin, go gnóthach ag iarraidh scéim éigin a rachadh in oiriúint do na nithe neamhchoitianta scortha seo a cheapadh. D'fhan sé ar feadh an tráthnóna agus i bhfad amach san oíche ag machnamh go dian agus na néalta gaile tobac timpeall air.

Díreach roimh am dinnéir tháinig dhá shreangscéal. Is é rud a bhí sa chéad cheann ná:—

TAR ÉIS A CHLOISTEÁIL DÍREACH GO BHFUIL AN BUITLÉIR SA HALLA—BASKERVILLE

An dara ceann:

THUG MÉ CUAIRT AR THRÍ ÓSTÁN AGUS FICHE MAR A ORDAÍODH, ACH IS OTH LIOM NACH BHFUARTHAS AN LEATHANACH GEARRTHA DEN *TIMES.*—CARTWRIGHT

"Sin dhá shnáithe dár gcuid imithe, a Watson. Níl aon rud is mó a ghéaródh tú ná cás ina mbeadh gach aon rud ag dul i do choinne. Caithfimid dul ar lorg riain eile."

"Tá againn i gcónaí tiománaí an chab ina raibh an spiaire."

"Díreach. Táim tar éis sreangscéal a chuir faoi dhéin a ainm agus a sheoladh go dtí an Chlárlann Oifigiúil. Níorbh ionadh liom dá mba fhreagra é seo ar mo cheist."

Tharla go raibh rud éigin ní b'fhearr ná freagra ag gabháil leis an mbualadh a rinneadh ar an doras, mar nuair a osclaíodh é tháinig duine a raibh dealramh an-gharbh air isteach, an fear féin de réir dealraimh.

"Fuair mé teachtaireacht ón ardoifig go raibh duine uasal sa teach seo ag fiafraí i dtaobh 2704," ar seisean. "Táim ag tiomáint mo chab le seacht mbliana agus níor airigh mé fós focal gearáin ó aon duine. Tháinig mé ón nGeard anseo díreach chun a fhiafraí díot suas le do bhéal féin cad a bhí agat i mo choinne."

"Níl aon rud ar aon chor agam i do choinne, a dhuine chóir," arsa Holmes. "A mhalairt is fíor, tá leathshabhran anseo agam duit má thugann tú freagra díreach ar mo chuid ceisteanna."

"Bhuel, tá lá maith caite agam, gan aon ghó," arsa an tiománaí ag cur smiota gáire as. "Cad a bhí uait a fhiafraí díom?"

"Ar dtús, d'ainm agus do sheoladh i gcás go mbeifeá uaim arís."

"John Clayton, 3 Sráid Turpey, an Borough. Is le Geard Shipley a bhaineann an cab atá agam, tá sé gairid do Stáisiún Waterloo."

Scríobh Holmes nóta faoi.

"Anois a Chlayton, inis dom gach aon rud i dtaobh an duine a tháinig agus a bhí ag faire ar an teach seo ar a deich a chlog ar maidin, agus a lean, ina dhiaidh sin, beirt fhear uaisle síos Sráid Regent."

Tháinig iontas agus nádúr mearbhaill ar an bhfear. "Anois, níl aon mhaitheas i mise a bheith ag insint rudaí duit, mar dealraíonn sé go bhfuil an oiread feasa agat cheana féin agus atá agamsa," ar seisean. "Is é fírinne an scéil ná go ndúirt an duine uasal liom gur bhleachtaire é, agus gan focal a rá ina thaobh le héinne."

"A dhuine chóir, gnó an-dainséarach is ea é seo, agus b'fhéidir go bhfeicfeá tú féin i bpranc a bheadh contúirteach do dhóthain dá ndéanfá iarracht ar aon rud a cheilt uaimse. Deir tú go ndúirt an té a bhí i do chab leat gur bhleachtaire é?"

"Dúirt."

"Cathain a dúirt sé sin."

"Nuair a d'fhág sé mé."

"An ndúirt sé aon rud eile?"

"D'inis sé a ainm dom."

"Ó, d'inis sé a ainm duit, ar inis? Ní raibh sin ciallmhar uaidh. Cén t-ainm a dúirt sé?"

"Is é ainm a bhí air," arsa an tiománaí, "ná Sherlock Holmes."

Ní fhaca mé a leithéid de gheit á baint as mo chara riamh agus a baineadh an uair sin. Bhí sé ina thost le neart iontais ar feadh tamaillín. Ansin chuir sé scairteadh mór gáire as.

"Sin buille, a Watson—caithfear é a admháil!" ar seisean. "Dar fia ach tá sé inniúil dom. Agus deir tú gur Sherlock Holmes a bhí mar ainm air?"

"Deirim, a dhuine uasail, sin é an t-ainm a bhí ar an duine uasal."

"Go hiontach! Inis dom cár bhuail sé leat agus gach ar thit amach."

"Stad sé ar leathuair tar éis a naoi i gCearnóg Trafalgar mé. Dúirt sé gur bhleachtaire é agus thairg sé dhá ghine dom dá ndéanfainn díreach an rud a bheadh uaidh a dhéanamh ar feadh an lae agus gan aon cheisteanna a chur. Bhí mé sásta go maith glacadh leis an tairiscint. Ar dtús thiomáineamar síos go dtí Óstán Northumberland, agus d'fhanamar ann gur tháinig beirt uaisle amach agus gur chuir siad ceann de na cabanna in áirithe. Leanamar a gcab nó gur stad sé in áit éigin anseo."

"Ag an doras céanna seo," arsa Holmes.

"Bhuel, ní bhfaighinnse a bheith deimhin de sin, ach déarfainn go raibh a fhios ag an té a bhí ar iompar agam gach aon rud ina thaobh. Stadamar leath slí síos an tsráid agus d'fhanamar ann ar feadh uair an chloig go leith. Ansin ghabh an bheirt uaisle tharainn, agus leanamar orainn síos Sráid Baker agus síos—"

"Tá a fhios agam," arsa Holmes.

"Nó go rabhamar níos mó ná leath slí síos Sráid Regent. Ansin d'oscail an duine uasal in airde an clúdach a bhí i mbarr an chab agus dúirt os ard liom tiomáint ar an nóiméad chomh mear agus a bhí agam go dtí Stáisiún Waterloo. Thug mé an fhuip don láir agus bhíomar ann faoina raibh na deich nóiméad caite. Ansin, mar a dhéanfadh fear maith, thug sé an dá ghine dom, agus isteach leis sa stáisiún. Díreach agus é ag imeacht, d'iompaigh sé ar a sháil agus dúirt: 'B'fhéidir gur mhaith leat a fhios a bheith agat gurb é Sherlock Holmes a bhí sa chab agat.' Is mar sin a fuair mé teacht ar a ainm."

"Tuigim. Agus ní fhaca tú arís é."

"Ní fhaca mé, tar éis dul isteach sa stáisiún dó."

"Agus cén saghas duine an Sherlock Holmes seo?"

Thochais an tiománaí a cheann. "Bhuel, duine uasal ba ea é nárbh fhurasta a chomharthaí sóirt a thabhairt. Déarfainn go raibh sé timpeall daichead bliain, agus é cuibheasach ard, a dó nó a trí d'orlaí níos lú ná tú féin, a dhuine uasail. Bhí culaith éadaigh uasal air agus bhí féasóg dhubh air a bhí bearrtha go cearnógach ag a bun; aghaidh bhán a bhí air. Ní fheadar an bhfaighinn a thuilleadh a rá ina thaobh."

"Cén dath a bhí ar a shúile?"

"Ní fheadar, ní bhfaighinn a rá."

"Aon rud eile a bhfaighfeá cuimhneamh air?"

"Níl, a dhuine uasail. Níl aon rud eile."

"Bhuel, mar sin, sin é do leathshabhran agat. Beidh ceann eile ag fuireach leat ach amháin go dtabharfaidh tú a thuilleadh faisnéise uait. Oíche mhaith agat!"

"Oíche mhaith agat, a dhuine uasail, agus go raibh maith agat."

D'imigh Clayton agus é ag smiotaíl gháire, agus d'iompaigh Holmes ormsa, bhain croitheadh as a ghuaillí agus rinne gáire searbhasach.

"Sin deireadh leis an tríú snáithe a bhí againn," ar seisean. "An rógaire de chleasaí! Bhí a fhios aige an uimhir a bheith againn, bhí a fhios aige go raibh Sir Henry tar éis dul i gcomhairle liom, d'aithin sé mé i Sráid Regent, bhraith sé go raibh uimhir an chab tógtha agam agus go bhféadfainn greim a fháil ar an tiománaí, agus amhlaidh sin chuir sé thar n-ais an teachtaireacht dhána sin. Deirim leat, a Watson, go bhfuil fear ár ndiongbhála de namhaid againn an iarracht seo. Táthar tar éis an ball a chur orm abhus. Tá coinne agam go n-éireoidh leatsa níos fearr thall. Ach níl aigne róshochair agam ina thaobh."

"I dtaobh céard é?"

"I dtaobh tusa a chur ann. Tá an ghránnacht ag baint leis an ngnó seo, a Watson, agus sin go dóite, agus dá mhéad a fheicim de is ea is lú is mian liom é. Sea, a dhuine, a chroí, is féidir leat a bheith ag gáire leat, ach táimse á rá leat go mbeidh an-áthas orm tú a fheiceáil thar n-ais slán agus faoi mhaise arís i Sráid Baker."

CAIBIDIL VI

Halla Baskerville

Bhí Sir Henry Baskerville agus an Dochtúir Mortimer réidh ar an lá a beartaíodh, agus ghluaiseamar mar a bhí socair againn go Devonshire. Tháinig Holmes dom go dtí an stáisiún, agus thug an chomhairle dheireanach dom go sollúnta.

"B'fhearr liom gan aon teoiricí a lua anois, a Watson," ar seisean; "níl uaim ach go gcuirfeá tuairisc chruinn ar gach rud a tharlóidh chugam, agus gheobhaidh tú obair na dteoiricí a fhágáil fúmsa."

"Cén sórt rudaí?" arsa mise.

"Aon rud a mbeadh aon bhaint aige, is cuma conas, leis an scéal, agus go róspeisialta an bhaint a bheidh ag Baskerville óg leis na comharsana, nó aon nuafhaisnéis maidir le bás a uncail. Táim féin tar éis roinnt cuardaigh a dhéanamh le cúpla lá, ach is baol liom nach bhfuil aon rud dá bharr agam. Níl ach aon rud amháin deimhin, agus is é rud é sin ach gur duine uasta aosta geanúil atá in James Desmond ionas gur follas nach bhfuil aon bhaint aige sin leis an ngéarleanúint seo. Is é mo dheimhin gur féidir é sin a scrios glan amach as an scéal. Níl fágtha ach na daoine a bheidh díreach timpeall ar Sir Henry ar an riasc."

"Nár mhaith an rud ar an gcéad dul síos an ruaig a chur ar an mbuitléir sin agus ar a bhean?"

"Níor mhaith ar aon chor. Ní fhéadfá dearmad ní ba mhó a dhéanamh. Má tá siad neamhchiontach ba mhór an éagóir é, agus má tá siad ciontach beimid ag caitheamh uainn gach caoi ar a thabhairt abhaile chucu. Ní bhacfaimid leo, coimeádfaimid iad ar liosta na ndaoine atá faoi amhras. Tá giolla sa Halla más buan mo chuimhne. Tá beirt fheirmeoirí ar an riasc. Tá ár gcara, an Dochtúir Mortimer, atá, dar liomsa, macánta ceart, agus a bhean nach bhfuil a fhios againn aon rud ina taobh. Tá ann an nádúraí

64

seo Stapleton, agus a dheirfiúr, a bhfuil sé d'ainm uirthi go bhfuil sí
ina hógbhean shoineanta. Níl aon eolas againn ar Fhrankland, ó
Halla Lafter, agus tá cúpla comharsa eile san áit. Siod iad an dream
a gcaithfidh tú staidéar speisialta a dhéanamh orthu."

"Déanfaidh mé mo dhícheall."

"Tá gunnán agat, is dócha."

"Tá, cheap mé go raibh sé chomh maith agam é a bheith agam."

"Gan amhras, coimeád taobh leat é de ló agus d'oíche, agus bí
san airdeall i gcónaí."

Bhí an chéad charráiste sa traein in áirithe cheana féin ag ár
gcairde, agus iad ag fuireach linn ag an traein.

"Níl, níl aon nuacht d'aon sórt againn," arsa an Dochtúir
Mortimer, mar fhreagra ar cheisteanna a chuir mo chara air.
"Dhearbhóinn le haon rud amháin, agus sin é nach bhfuiltear ag
faire orainn le cúpla lá siar. Níor ghabhamar amach aon uair gan
a bheith san airdeall, agus ní fhéadfadh aon duine dul dár n-aire."

"Bhí sibh i dteannta a chéile i gcónaí, is dócha."

"Bhíomar ach amháin um thráthnóna inné. Is béas liomsa lá
iomlán a chaitheamh ag déanamh pléisiúir dom féin nuair a bhím
sa chathair, mar sin chaith mé an lá ar fad i Músaem Choláiste na
Máinlianna."

"Agus chuaigh mise ag féachaint ar an dream a bhíonn sa
pháirc," arsa Baskerville. "Ach níor cuireadh aon mhairg d'aon sórt
orainn."

"Ní raibh sin ciallmhar, mar sin féin," arsa Holmes, ag baint
croitheadh as a cheann agus an dáiríreacht ina fhéachaint.
"Iarraim ort gan a bheith ag gabháil timpeall i d'aonar. Bainfidh
mí-ádh éigin duit, má bhíonn. An bhfuair tú an bhróg eile?"

"Ní bhfuair, tá sí ar iarraidh go brách."

"An bhfuil? Is iontach sin. Bhuel, slán leat," ar seisean agus an
traein ag imeacht go síothóilte síos uaidh. "Cuimhnigh ar an abairt
sin atá sa seanscéal ait sin a léigh an dochtúir duit, agus seachain an
riasc le linn an dorchadais nuair a bhíonn an t-olc ina mhór-réim."

D'fhéach mé thar n-ais ar an stáisiún agus sinn imithe tamall
maith uaidh, agus chonaic mé Holmes ina sheasamh gan cor as
agus é ag féachaint inár ndiaidh.

Turas gairid aoibhinn a bhí againn. Chuir mé aithne níos fearr ar mo bheirt chompánach, agus bhí mé ag súgradh le spáinnéar an Dochtúra Mortimer. I gceann cúpla uair an chloig bhí an deirge tar éis teacht sa chré a bhí donn; bhí an chloch eibhir le feiceáil in áit na mbrící agus bhí na droimeanna ag iníor i bpáirceanna faoi fhál mar a raibh an féar go borb agus an glasra go torthúil faoin aer úr. Bhí Sir Henry ag féachaint amach an fhuinneog go fonnmhar agus chuir sé liú áthais as nuair a d'aithin sé radhairc áille Devonshire.

"Táim tar éis cuid mhaith den domhan a shiúl ó d'fhág mé é, a Dhochtúir Watson," ar seisean, "ach ní fhaca mé riamh áit a chuirfinn i gcomparáid leis."

"Ní fhaca mé fós an fear ó Dhevonshire nach dtabharfadh an chraobh dá chontae," arsa mé féin.

"Tá an oiread baint ag an ndílseacht sin le dúchas na bhfear agus atá ag an gcontae," arsa an Dochtúir Mortimer. "Ní gá duit ach féachaint ar ár gcara anseo agus feicfidh tú ceann cruinn an Cheiltigh, lena ngabhann caoindúthracht agus dílseacht na gCeilteach. An ceann a bhí ar Sir Charles bocht ní gnáth a leithéid, é leath-Ghaelach, leath-Ibheirneach ina chruth. Ach bhí tú an-óg an uair dheireanach a chonaic tú Halla Baskerville, nach raibh?"

"Bhí mé sna déaga, i mo gharsún nuair a d'éag m'athair, agus ní fhaca mé an halla riamh, mar bhí cónaí orainn i dteach beag ar an gcósta theas. Chuaigh mé díreach as sin go dtí cara dom i Meiriceá. Tá sé chomh maith agam a rá leat go bhfuilim chomh dúilmhear agus is féidir a bheith an riasc a fheiceáil."

"An bhfuil? Más mar sin é, tá do ghuí agat, mar sin é an riasc faoi do shúile agat, den chéad iarracht," arsa an Dochtúir Mortimer, á thaispeáint dó trí fhuinneog an charráiste.

Os cionn na bpáirceanna cearnógacha agus ísliú coille ar chnocán chonaiceamar tamall maith uainn liathchnoc doilbhir, a raibh mullach gágach air, é go dorcha doiléir i bhfad uainn, mar a bheadh radharc ait éigin a d'fheicfeá i dtaibhreamh. Bhí Sir Henry ina shuí ag féachaint amach air ar feadh scaithimh mhaith, a dhá shúil leagtha air, agus bhí sé le léamh agamsa ar an aghaidh íogair a bhí air méid a shuime ann, an chéad fhéachaint seo aige ar an áit strainséartha sin mar a raibh a shinsir chomh fada faoi réim agus mar ar fhág siad a rian chomh daingean. Bhí sé ina shuí ansiúd, i gcúinne de sheancharráiste traenach, culaith d'éadach corráin air agus canúint an Phoncánaigh ar a theanga, agus fós ar m'fhéachaint dom ar an aghaidh dhorcha bhríomhar a bhí air thuig mé níos fearr ná riamh go raibh mórgacht, teasaíocht, agus máistreacht a shinsear ann. Bhí an t-uabhar agus an chrógacht agus an neart sna malaí tiubha, sna polláirí mothaitheacha, agus sna súile móra donna. Dá mbeadh, ar an riasc sin an mhí-áidh, an cúng agus an caol le bualadh fúinn, ba seo comrádaí arbh fhiú do dhuine dul sa chontúirt ina theannta agus a bheith deimhin de go ndéanfadh sé féin cion fir.

Stad an traein ag stáisiún beag agus thángamar go léir amach. Lasmuigh den chlaí bán íseal bhí vaigínéad a raibh dá ghearrán faoi ag fuireach linn. De réir dealraimh ba mhór an lá acu é, mar bhailigh máistir an stáisiúin agus na póirtéirí inár dtimpeall chun ár gcuid bagáiste a iompar dúinn. Áit dheas shimplí ba ea é, ach bhí iontas orm nuair a thug mé faoi deara beirt fhear a raibh cuma an tsaighdiúra orthu ina seasamh ag an ngeata agus éidí dubha orthu. Bhí a ngunnaí mar thacaí acu, iad cromtha anuas orthu, agus thug siad súilfhéachaint an-ghéar orainn agus sinn ag gabháil tharstu. Bheannaigh an cóisteoir, duine a raibh aghaidh chrua shnaidhmeach air, don mháistir óg, agus i gceann cúpla nóiméad bhíomar ag cur dínn go mear síos an bóthar bán leathan. Bhí bánta breátha ag éirí in airde ar gach taobh dínn, agus bhí seantithe beannacha anseo agus ansiúd laistiar de na fálta tiubha glasa. Ach taobh thiar den limistéar sin a bhí go ciúin ómra d'fhéadfaí an riasc fada gruama a fheiceáil idir sinn agus an spéir le clapsholas an tráthnóna; cnoic loma a bhí go gágach tuathalach ag éirí ar a fhuaid.

D'iompaigh an vaigínéad isteach i mbóithrín casta, agus chuireamar dínn é suas. Bhí rianta na gcéadta bliain air, poirt arda ar gach taobh de, iad faoi thromchaonach agus faoi thiús chreamh na muice fia. Bhí an bhreacdhris agus an raithneach ar dhath an umha ag lonrú le dul faoi na gréine. Bhíomar ag éirí in áit a chéile i gcónaí, nó go ndeachamar thar chaoldroichead cloch eibhir, agus feadh an tsruthain a bhí ag cur de go mear glórach síos, agus é ag cur cúir de i measc na mbollán liath. Bhí an bóthar agus an sruthán ag dul suas trí ghleann a bhí lán de scotharnach darach agus giúise. Scaoileadh Baskerville liú áthais as agus é ag dul thar gach cúinne, é ag féachaint go fonnmhar ina thimpeall agus ag cur gach sórt ceiste. B'aoibhinn lena shúile sin gach aon rud, ach bhí iarracht den doilbhe, dar liomsa, ar an dúiche, mar bhí rian dhúluachair na bliana ag teacht air go dóite. Bhí na duilleoga buí feoite ag titim anuas orainn agus sinn ag dul thart. Mhaolaigh ar an bhfothram ag na rothaí againn, de réir mar a bhíomar ag dul thar chairn de dhuilliúr dreoite—dar liom féin nár róchaoin an fháilte a bhí ag an nádúr roimh oidhre óg na mBaskerville ag filleadh abhaile dó.

"Heileo!" arsa an Dochtúir Mortimer, "cad é seo?"

Bhí fána ard fhraochmhar os ár gcomhair amach; cuid den riasc a bhí ann. Ar a bharr in airde chonaiceamar saighdiúir ar muin capaill, é chomh soiléir agus a bheadh íomhá mharcaigh ar cholún cloiche, é go dúr dorcha agus a raidhfil i gcóir chun lámhaigh ina lámh aige. Bhí a shúile aige ar an mbóthar ar a rabhamar.

"Cad é seo, a Pherkins?" arsa an Dochtúir Mortimer.

Rinne an tiománaí leathchasadh a bhaint as féin ina shuíochán.

"Tá cime tar éis éalú ón gcarcair, a dhuine uasail. Tá sé imithe le trí lá anois, agus tá na gardaí ag faire gach bóthair agus gach stáisiúin, ach ní fhaca siad aon teimheal de fós. Níl feirmeoirí na háite róshásta leis an scéal, a dhuine uasail, agus sin í an fhírinne agat."

"Bhuel, airím go mbeadh cúig phunt le fáil ag an té a thabharfadh aon fhaisnéis uaidh."

"Bheadh, a dhuine uasail, ach cad é an éifeacht é seans a bheith agat ar chúig phunt a fháil seachas an seans a bheadh ar an scornach agat a ghearradh ina dhiaidh sin. Ní haon chime coitianta é deirim leat. Seo fear nach mbainfeadh aon rud leagan as."

"Cé hé féin, mar sin?"

"Is é Selden é, an dúnmharfóir ó Notting Hill."

Ba chuimhin liom an chúis go maith, mar ceann ba ea í ar chuir Holmes an-suim inti mar gheall ar an ngairbhe ainspianta a bhí sa choir agus an chrúálacht gan chéill a bhí ag gabháil le gníomhartha an dúnmharfóra. Daoradh chun báis é ach níor crochadh é mar ceapadh gur dócha go raibh sé as a mheabhair. Ráinigh an vaigínéad mullach ardáin agus os ár gcomhair amach chonaiceamar learg an réisc, í breactha le cairn chloch agus múcháin a bhí ag féachaint go cnapánach. Bhí fuarghaoth ag séideadh anuas uaidh a chuir creathán ionainn. In áit éigin ansiúd, ar an machaire

uaigneach sin, bhí an deamhan fir seo i bhfolach i bpoll sa talamh mar a bheadh ainmhí allta, an croí aige lán de mhailís don chine daonna a chuir an ruaig air. Mhéadaigh an t-eolas sin ar an ngruaim a bhí ag gabháil leis an mórfhásach, an tráthnóna dorcha

70

gaofar úd. Fiú amháin Sir Henry féin chuaigh sé ar ciúnas agus d'fháisc a chasóg mhór ní ba dhlúithe ina thimpeall.

Bhí an talamh saibhir fágtha inár ndiaidh thíos againn. Thugamar súilfhéachaint thar n-ais air, bhí gathanna na gréine a bhí go híseal ag déanamh snáitheanna óir de na srutháin agus ag lonradh ar an talamh rua a bhí nua-iompaithe ag an gcéachta agus ar an mórscrobarnach a bhí in aice na gcoillte. D'éirigh an bóthar a bhí romhainn ní ba loime agus ní b'fhiáine, é ag gabháil suas na learga rua agus glasa. Chonaiceamar carraigeacha móra anseo is ansiúd. Anois agus arís ghabhamar thar tigín réisc, na ballaí agus an ceann air déanta de chloch, agus gan fiú aon athair in aon áit a dhéanfadh é a mhaisiú beagán. Ba ghairid go rabhamar ag féachaint síos ar log a raibh déanamh an chupáin air; bhí sé breactha le crainn darach agus ghiúise a bhí casta agus lúbtha ag na gálaí leis na cianta. Bhí dhá thúr chaola arda ag éirí os cionn na gcrann. Thaispeáin an tiománaí an áit dúinn lena fhuip.

"Halla Baskerville," ar seisean.

Bhí a mháistir tar éis éirí ina sheasamh, agus é ag féachaint go géar ar an áit, luisne ina ghruanna agus loinnir ina shúile. Cúpla nóiméad ina dhiaidh sin bhíomar ag na geataí móra a bhí in aon snáithe draíochta amháin oibrithe in iarann, agus piléir a raibh rian na haimsire orthu ar gach taobh díobh, crotal ina phaistí orthu, agus ar bharr gach ceann acu ceann collaigh, suaitheantas na mBaskerville. Ní raibh i dteach an gheata ach fothrach de chloch eibhir dhubh agus gan ach na taobháin mar dhíon air, ach os a chomhair amach bhí teach nua nach raibh ach leathchríochnaithe, an chéad rud ar chuir Sir Charles cuid d'ór na hAfraice Theas ann.

Ghabhamar tríd an ngeata agus suas an bealach chun an tí. Bhí brat tiubh de dhuilleoga faoi na rothaí agus bhí na seanchrainn ag déanamh áirse dhorcha lena ngéaga os ár gcionn in airde. Tháinig creathán i Sir Henry ar a fhéachaint suas dó an cosán dorcha fada a raibh an teach ag an gceann eile de mar a bheadh samhail.

"Anseo?" ar seisean i nguth íseal.

"Ní hea, ní hea, tá Scabhat na nEo ar an taobh eile."

Thug an t-oidhre óg súilfhéachaint timpeall agus cuma na gruaime ar a aghaidh.

"Ní haon ionadh gur bhraith m'uncail an dochar ina cheann in áit mar seo," ar seisean. "Is leor é chun scáth a chur ar aon fhear. Beidh líne lóchrann aibhléise anseo aníos agam faoi cheann leathbhliana, agus ní aithneoidh tú arís é nuair a bheidh lampa mór aibhléise—cumhacht míle coinneal—díreach anseo os comhair dhoras an halla."

D'oscail an cosán amach ar fhaiche fhairsing, agus chonaiceamar an teach amach romhainn. Leis an gclapsholas a bhí ann gheobhainn a fheiceáil nach raibh ina lár ach bloc mór tí óna raibh póirse ag teacht amach. Bhí aghaidh an tí ar fad faoi eidhneán agus paiste lom gearrtha anseo agus ansiúd mar a raibh fuinneog nó armas. Ón mbloc láir seo bhí ag éirí in airde péire túr, iad ársa, greanta agus poill bheaga sna ballaí ar a bhfuaid. Bhí foirgneamh ní ba nua de chloch eibhir dhubh ar dheis agus ar chlé na dtúr. Bhí lagsholas ag taitneamh trí fhuinneoga a bhí go tromphainéalach, agus ó na simléir arda a bhí ag éirí ó cheann an tí a bhí go domhain arduilleach, bhí aon cholún amháin de dheatach dubh ag dul in airde sa spéir.

"Fáilte romhat, a Sir Henry! Is é do bheatha abhaile!"

Tháinig fear ard amach ó scáil an phóirse chun doras an vaigínéid a oscailt. Bhí bean le feiceáil i solas buí an halla. Tháinig sí amach agus chabhraigh sí leis an bhfear ag tógáil anuas na málaí.

"Ar mhiste leat mé a dhul abhaile díreach anois, a Sir Henry?" arsa an Dochtúir Mortimer. "Tá mo bhean ag coinne liom."

"Ní imeacht a dhéanfá gan blúire dinnéir a bheith agat?"

"Sea, caithfidh mé imeacht. Is dócha go mbeidh gnó éigin ag fuireach liom. D'fhanfainn chun tú a bhreith timpeall ag féachaint ar an teach, ach is fearr an buitléir chuige sin ná mise. Slán agat agus ná bíodh aon chorrabhuais ort de ló ná d'oíche fios a chur orm má bhím ag teastáil in aon slí uait."

Mheath ar ghlór na rothaí ag imeacht síos an cosán dóibh. D'iompaigh mé féin is Sir Henry isteach sa Halla, agus dhún an doras le tuairt inár ndiaidh. Ba bhreá an seomra ina rabhamar, bhí sé fairsing, ard agus taobháin mhóra darach ann a bhí dubh le haois. Bhí tine bhreá adhmaid ag cnagadh agus ag snagadh ar chúl na lúb ard iarainn a bhí ar an seantinteán breá mór ann. Théigh an bheirt againn ár lámha léi mar bhíomar préachta tar éis an turais fhada. Ansin thugamar súilfhéachaint timpeall ar an bhfuinneog ard de sheanghloine dhaite, ar an bpainéal darach, ar chinn na bhfianna, na harmais ar na ballaí, an dorchadas agus duairceas leagtha orthu ag an solas fann a bhí i lár an tseomra.

"Sin é díreach mar a cheap mé a bheadh sé," arsa Sir Henry. "Nach pictiúr ceart de sheanteach muintire é? Nach iontach gurb é seo an halla céanna inár chónaigh mo mhuintir le cúig chéad bliain! Sin smaoineamh atá ag dul i bhfeidhm orm."

Chonaic mé bláth na hóige ag teacht san aghaidh dhorcha aige agus é ag féachaint ina thimpeall. Bhí an solas ag bualadh air mar a raibh sé ina sheasamh, ach bhí scáileanna fada ag leanúint síos den bhalla agus ar crochadh mar a bheadh scáil dhubh os ár gcionn. Bhí an buitléir tar éis casadh ó bheith ag tabhairt ár gcuid giuirléidí chun na seomraí. Bhí sé ina sheasamh os ár gcomhair amach leis an linn seo agus an umhlaíocht sin a ghabhann le seirbhíseach dea-oilte ina iompar. Fear breá dealraitheach é, bhí sé ard, córach, féasóg chearnógach dhubh air agus an bháine go sofheicthe ina cheannaithe.

"Ar mhaith leat an dinnéar a bheith chugat ar nóiméad, a dhuine uasail?"

"An bhfuil sé réidh?"

"I gceann cúpla nóiméad, a dhuine uasail. Tá uisce te in bhur seomraí daoibh. Beidh ardáthas ormsa agus ar mo bhean, a Sir Henry, fuireach i d'fhochair nó go mbeidh tú socair síos i gceart, ach tuigfidh tú mar gheall ar athrú a bheith ar chúrsaí go gcaithfear foireann mhór seirbhíseach a sholáthar don teach seo."

"Cé na cúrsaí?"

"Is é a mheas mé a rá, a dhuine uasail, ach gur saol an-iargúlta a chaith Sir Charles, agus bhíomar inniúil ar fhreastal air. Bheadh uaitse, de réir dealraimh, níos mó cuideachta a bheith agat, agus amhlaidh sin beidh sé ort athrú a dhéanamh ar fhoireann seirbhíseach do thí."

"An amhlaidh atá fonn ort féin agus ar do bhean imeacht?"

"Ní imeoimid go dtí go mbeidh sé in oiriúint cheart duitse, a dhuine uasail."

"Ach tá do shinsir inár bhfochair leis na céadta bliain, nach bhfuil? Níor mhaith liom tosach a chur ar mo shaol anseo le briseadh a dhéanamh ar cheangal seanmhuintire."

Bhraith mé comharthaí corraithe ag teacht ar aghaidh bhán an bhuitléara.

"Braithaimse féin é sin, agus is amhlaidh do mo bhean. Ach chun an fhírinne a insint, a dhuine uasail, bhí an-chion againn ar Sir Charles, agus an bás a fuair sé bhain sé an-chorraí asainn agus is baol liom nach bhféadfadh aon suaimhneas aigne a bheith orainn choíche arís sa Halla seo."

"Ach cad tá fúibh a dhéanamh?"

"Is dóigh liom, a dhuine uasail, go n-éireoidh linn gnó éigin a chur ar bun. Bhí Sir Charles chomh fial sin linn go bhféadfaimis é

74

a dhéanamh. Agus anois, a dhuine uasail, b'fhéidir gurbh fhearr dom bhur gcuid seomraí a thaispeáint daoibh."

Bhí áiléar cearnógach agus ráillí air ag dul timpeall bharr an tseanhalla, agus dhá staighre ag dul suas chuige. Ón lárionad seo bhí dhá halla fhada ag dul ó thaobh taobh an árais, agus ar gach taobh díobh sin a bhí na seomraí codlata. Bhí mo cheann féin ar an taobh céanna a raibh seomra Sir Henry agus beagnach cliathánach leis. Bhí na seomraí seo ag féachaint i bhfad ní ba nua ná lár an tí, agus bhí rud éigin sa pháipéar geal agus san iomadúlacht coinnle a bhí ann a mhaolaigh ar an duairceas a tháinig ar an aigne agam ar shroicheadh na háite dúinn.

Ach bhí an ghruaim agus an duairceas ag gabháil leis an seomra bia a bhí ag oscailt amach ar an halla. Seomra fada ba ea é agus aon staighre amháin ann ag deighilt an ardáin mar a suíodh an teaghlach chun boird ó íochtar an tseomra a d'fhágtaí faoin lucht aimsire. Ag taobh amháin de bhí áiléar do cheoltóirí in airde. Bhí bíomaí dubha i ngach áit trasna os ár gcionn, agus síleáil a raibh dath an deataigh uirthi os a gcionn sin arís. B'fhéidir go ndéanfadh sraitheanna tóirsí soilseacha a thabharfadh solas dó, agus an dath agus an gharbhmheidhir a bheadh ag gabháil le fleá den tsean-aimsir, feabhas éigin a chur ar an áit; ach leis an linn seo, agus beirt fhear uaisle ina gcultacha dubha ina suí sa chiorcal beag a bhí soilsithe ag lampa a bhí faoi scáthbhrat, níorbh ionadh gur baineadh an chaint agus an misneach díobh. Bhí sraith dhuairc de phictiúir shinseartha, agus gach cóir éadaigh orthu, ó ridire ré Eilíse go dtí Beau Brummel, ag cur na súl trínn go dúr tostach. Is beag caint a rinneamar agus maidir liomsa de, is orm a bhí an t-áthas nuair a bhí deireadh leis an mbéile. Bhuaileamar isteach sa seomra billéardaí chun toitín a chaitheamh.

"Im briathar, ní róshuairc mar áit é," arsa Sir Henry. "Is dócha go rachaidh mé ina thaithí ach is ait liom an áit fós. Ní hionadh liom m'uncail a theacht beagáinín creathánach agus cónaí air ina aonar ina leithéid de theach. Pé scéal é, má oireann sé duitse, rachaimid chun suain go luath anocht, agus b'fhéidir go mbeadh cruth níos gile ar gach aon rud amárach."

Tharraing mé i leataobh mo chuirtíní sula ndeachaigh mé a chodladh agus d'fhéach mé amach an fhuinneog. Bhí radharc

agam ar an bhfaiche a bhí os comhair an dorais tosaigh. Anonn uaim bhí dhá phraip crann agus iad ag luascadh agus ag éagaoineadh le séideadh gaoithe a bhí ann. Bhí leathré le feiceáil ag briollacadh trí phúcaí scamall a bhí faoi luas ar an spéir. Leis an solas fuar a bhí uaithi chonaic mé ar an taobh thall de na crainn raon carraigeacha a bhí scáthach, agus learg fhada íseal an réisc dhoilbhir. Dhún mé an cuirtín.

Ach bhí rud eile le teacht ina dhiaidh sin. Bhraith mé féin cortha agus fós gan fonn codlata orm, mé do m'únfairt féin go mífhoighn-each ó chliathán go cliathán, ag tnúth leis an gcodladh. I bhfad ó bhaile chuala mé cling cloig éigin agus é ag bualadh in aghaidh gach ceathrú uair an chloig, ach lasmuigh de sin bhí ciúnas an bháis ina eire ar an seanteach. Agus ansin d'urchar, in am marbh na hoíche, d'airigh mé an glór, é go soiléir sofhuaimneach, agus gan aon dabht agam de. Osna mná a bhí ann, an t-éagaoineadh duainéiseach múchta a bhíonn ag duine a bhíonn faoi mhairg dhosmachtaithe. D'éirigh mé aniar sa leaba agus d'éist mé go géar. Ní fhéadfadh an glór a bheith rófhada uaim, agus bhí mé deimhin go raibh sé sa teach. Ar feadh leathuair an chloig bhí cluas le héisteacht orm agus mé ar bior ceart, agus níor airigh mé aon ghlór eile ach cling an chloig agus corraí an eidhneáin ar an mballa.

CAIBIDIL VII

Muintir Stapleton

Rinne an úrmhaise a bhí i maidin lá arna mhárach rud éigin chun an duairceas agus an dúire a bhí ar an mbeirt againn an oíche roimhe sin a dhíbirt. Nuair a bhí mé féin agus Sir Henry inár suí chun bricfeasta bhí solas na gréine ag taitneamh isteach orainn trí fhuinneoga arda na mórfhrámaí agus bhí paistí de liathsholas á gcaitheamh ó na harmais a bhí á gclúdach. Bhí an painéal dorcha ar dhath an umha ag gathanna na gréine, ionas gur dheacair a rá gurbh é seo an seomra a chuir mórualach gruama orainn an oíche roimhe sin.

"Dar liomsa, is orainn féin agus ní ar an teach is ceart dúinn milleán a bheith!" arsa Sir Henry.

"Bhíomar cortha tar éis an turais agus préachta ag an bhfuacht, ionas gur ghlacamar fuath don áit. Ach táimid go beo bríomhar inniu agus is geal linn an áit go léir."

"Agus ina dhiaidh sin níorbh í an tsamhlaíocht ar fad a bhí sa scéal," arsa mise. "Ar airigh tú, cuir i gcás, éinne, bean is dóigh liom, agus í ag éagaoineadh, i rith na hoíche?"

"Tá sé sin go hait, mar, dar liom, agus mé leath i mo chodladh gur airigh mé rud éigin den sórt. D'fhan mé ag éisteacht ar feadh tamaill, agus níor airigh mé a thuilleadh de, agus mar sin de dúirt mé nach raibh ann ach taibhreamh."

"D'airigh mise go soiléir é, agus táim deimhin de gur éagaoineadh mná a bhí ann."

"Caithfimid ceist a chur ina thaobh seo láithreach bonn."

Bhuail sé an cloigín agus d'fhiafraigh sé den bhuitléir an bhféadfadh sé aon chuntas a thabhairt sa scéal. Dar liomsa d'iompaigh an aghaidh bhán a bhí ar an mbuitléir ní ba bháine fós nuair a chuala sé an cheist.

"Níl ach beirt bhan sa teach, a dhuine uasail," ar seisean, "cailín an níocháin a chodlaíonn sa chuid eile den teach agus mo bheansa agus is acmhainn domsa freagairt di sin agus a rá nárbh fhéidir gurb í a rinne an glór."

Agus fós ba é an t-éitheach é, mar tharla gur bhuail mé lena bhean sa halla fada agus an ghrian ag taitneamh díreach ar a haghaidh tar éis an bhricfeasta. Bean mhór mheáite gan aon mhothú ba ea í, agus an dúire agus an teannas ina beola. Ach bhí a súile ata ag an ngol. Ba í sin, dá bhrí sin, a bhí ag gol i gcaitheamh na hoíche, agus ní foláir nó bhí a fhios sin ag a fear. Mar sin féin, chuaigh sé sa seans nuair a d'inis sé an bhréag sin. Cén chúis dó sin a dhéanamh? Agus cén chúis di a bheith ag gol chomh faíoch sin? Bhí iarracht den diamhracht agus den duairceas ag baint leis an bhfear dathúil bánghnúiseach seo na feasóige duibhe. Ba é an chéad duine a chonaic corp Sir Charles é, agus bhíomar i dtaobh lena chuntas sin maidir le cúrsaí báis an tseanduine. Arbh fhéidir, tar éis an tsaoil, gurbh é an buitléir a chonaiceamar sa chab i Sráid Regent? Gheofaí a rá gurbh í an fhéasóg chéanna í. De réir thuairisc an tiománaí fear ní b'ísle ba ea é, ach b'fhurasta dearmad dá leithéid sin a dhéanamh. Conas a d'fhéadfainn an pointe sin a réiteach? De réir dealraimh an chéad rud a bhí le déanamh ná máistir poist Grimpen a fheiceáil, agus a fháil amach ar cuireadh an sreangscéal tástála díreach isteach i lámh an bhuitléara féin. Pé saghas freagra a gheobhainn bheadh, ar a laghad, rud éigin agam le hinsint do Sherlock Holmes.

Bhí a lán cáipéisí le scrúdú ag an ridire óg tar éis a bhricfeasta, ionas go raibh an chaoi agam ar an turas a dhéanamh. Siúl deas a bhí ann, ceithre mhíle le faobhar an réisc, a thug mé faoi dheireadh isteach i sráidbhaile beag, mar a raibh dhá theach mhóra ag éirí ní b'airde ná an chuid eile; ba iad sin an tábhairne agus teach an Dochtúra Mortimer. Ba chuimhin le máistir an phoist, a raibh siopa grósaera aige leis, an sreangscéal go maith.

"Gan aon dabht, a dhuine uasail," ar seisean, "chuir mé an sreangscéal ag triall ar an mbuitléir díreach mar a dúradh liom."

"Cé a thug dó é?"

"An buachaill anseo agam. A James, thug tú an sreangscéal sin don bhuitléir ag an Halla an tseachtain seo caite, nár thug?"

"Sea, a dhaid, thug."

"Isteach ina lámha dó?" a d'fhiafraigh mé féin.

"Bhuel, bhí sé in airde an staighre leis an linn, ionas nach bhfaighinn é a chur isteach ina lámha féin, ach thug mé dá bhean é, agus gheall sise go dtabharfadh sí dá fear ar nóiméad é."

"An bhfaca tú an buitléir féin?"

"Ní fhaca, a dhuine uasail; nach ndeirim leat go raibh sé in airde ar an lochta?"

"Mura bhfaca, cá bhfios duit go raibh sé ar an lochta?"

"Bhuel, siúráilte, ba chóir go mbeadh a fhios ag a bhean cá raibh sé," arsa máistir an phoist, go crosta. "Nach bhfuair sé an sreangscéal? Má tá aon dearmad sa scéal is ag Mr Barrymore féin atá an gearán le déanamh."

Dhealraigh sé nárbh fhiú dul ní ba shia leis an gceistiúchán, ach bhí aon rud amháin soiléir, is é sin, d'ainneoin an chlis a d'imir Holmes nach raibh aon chruthú nach raibh an buitléir i Londain an t-am ar fad. Cuir i gcás gurb amhlaidh mar a bhí an scéal—cuir i gcás go raibh an fear céanna sin ar an bhfear deireanach a chonaic Sir Charles ina bheatha, agus ar an gcéad duine a bhí ar tí dhíobháil an oidhre ar a chasadh dó go Sasana. Cad a déarfá leis sin? Arbh amhlaidh a bheadh sé ina uirlis ag daoine eile, nó arbh amhlaidh a bheadh mífhuadar éigin faoi féin? Cén tairbhe a gheobhadh seisean as a bheith ag céasadh mhuintir Baskerville? Chuimhnigh mé ar an rabhadh neamhchoitianta a gearradh amach as príomhalt an *Times*. Cé a rinne é sin—é féin nó duine éigin eile a raibh fonn air é a chur dá threoir? Ní raibh aon bhrí eile a gheobhadh a bheith leis an scéal ach amháin an rud a dúirt Sir Henry, is é sin, dá bhfaighfí muintir an tí a sceimhliú as an áit go mbeadh baile compordach go deo ag muintir Barrymore. Ach, dar ndóigh, ní bheadh aon dealramh ar mhíniú den saghas sin do na domhainseifteanna róghlic a bhí mar a bheadh líon dofheicthe ag bailiú timpeall an Ridire. Dúirt Holmes nár bhuail aon scéal chomh hachrannach leis riamh agus a raibh d'fhadhbanna deacra curtha de aige. D'impigh mé agus mé ag siúl thar n-ais an bóthar uaigneach úd gur ghairid go mbeadh mo chara saor óna chuid dualgas agus go mbeadh sé inniúil ar theacht anuas chun an mhórualach seo a bhí orm a éadromú.

Ba ghairid gur éirigh mé as an smaoineamh, óir bhí duine ag rith i mo dhiaidh agus ag glaoch orm as m'ainm. D'iompaigh mé timpeall, le súil gurbh é an Dochtúir Mortimer a bhí chugam, ach b'ionadh liom strainséir a fheiceáil ann. Fear beag tanaí glan-bhearrtha, a raibh scoth ghruaige agus giall crua tanaí air ba ea é. Bhí sé idir tríocha agus daichead bliain d'aois agus culaith liath agus hata tuí air. Bhí bosca stáin le haghaidh samplaí de luibheanna

caite trasna a ghualainne aige, agus bhí líon uaine d'fhéileacáin i
lámh leis.

"Táim deimhin nach dtógfaidh tú orm a cheanndána agus atáim,
a Dhochtúir Watson," ar seisean, ar a theacht mar a raibh mé i mo
sheasamh agus saothar air. "Táimid an-chuideachtúil ar an riasc
agus ní bhacaimid le nósanna foirmiúla. Is dócha go bhfuil mo
chaoinchara Mortimer tar éis m'ainm a lua leat. Is mise Stapleton,
ó theach Merripit."

"D'inseodh do líon agus do bhosca an méid sin dom," arsa mise,
"mar bhí a fhios agam gur nádúraí Mr Stapleton. Ach conas a
d'aithin tú mise?"

"Táim tar éis a bheith i bhfochair Mortimer, agus thaispeáin
seisean tríd an bhfuinneog thú dom agus tú ag gabháil thar bráid.
Ós rud é go rabhamar ag gabháil an tslí chéanna, cheap mé go
mbéarfainn ort agus go gcuirfinn mé féin in aithne duit. Tá coinne
agam nár ghoill a thuras ar Sir Henry."

"Tá sé go han-mhaith, go raibh maith agat."

"Bhí eagla orainn go léir nach gcónódh an t-ógfhear san áit seo
tar éis an anbháis a fuair a uncail. Is deacair iarraidh ar fhear
saibhir teacht anuas agus maireachtáil ina leithéid d'áit iargúlta,
ach ní gá dom a insint duit gur mór is fiú do mhuintir na háite seo
é. Ní chuireann piseoga na háite aon eagla air is dócha."

"Déarfainn nach gcuirfeadh."

"Is dócha go bhfuil eolas agat ar an bhfabhalscéal a ghabhann leis
an gcú diabhalta atá i ndiaidh a mhuintire."

"D'airigh mé trácht air."

"Is iontach an creideamh atá ag muintir na háite seo!
Thabharfadh a lán acu an leabhar go bhfuil siad tar éis a leithéid de
chréatúr a fheiceáil ar an riasc." Bhí an gean gáire air agus é ag caint
ach léigh mé ar na súile aige go raibh sé ní ba dháiríre i dtaobh an
scéil. "Is mór a luigh an scéal ar aigne Sir Charles, agus ní
déarfainn ná gurbh é ba chiontach leis an droch-chríoch a bhí air."

"Ach conas?"

"Bhí sé chomh neirbhíseach sin go mb'fhéidir go dtitfeadh an
t-anam as dá bhfeicfeadh sé aon mhadra ba chuma cén saghas é,
bhí a chroí chomh tugtha sin. Déarfainn go bhfaca sé rud éigin den
sórt sin an oíche dheireanach sin i Scabhat na nEo. Bhí eagla orm

i gcónaí go dtarlódh matalang éigin, mar bhí mé an-cheanúil ar an seanduine, agus bhí a fhios agam go raibh an croí lag aige."

"Conas a bhí a fhios sin agat?"

"Dúirt mo chara Mortimer liom é."

"Is dóigh leat, dá bhrí sin, gur lean madra éigin Sir Charles, agus gur éag sé le heagla dá chionn."

"An bhfuil aon mhíniú níos fearr ná sin agat?"

"Níor thug mé aon iarracht faoin scéal a mhíniú go fóill."

"Agus cén tuairim atá ag Sherlock Holmes?"

Bhain na focail an anáil díom ar feadh tamaill bhig, agus nuair a thug mé súilfhéachaint ar an aghaidh chiúin agus ar na súile forasta a bhí ar mo chompánach chonaic mé nach raibh sé ar intinn aige ionadh a chur orm.

"Níl aon mhaitheas dúinn a bheith ag ligean orainn nach aithnid dúinn thú, a Dhochtúir Watson," ar seisean. "Tá tuairisc do bhleachtaire tar éis teacht chun cuain anseo agus ní fhéadfá a mholadh gan tú féin a chur in iúl. Nuair a d'inis Mortimer d'ainm domsa ní fhéadfadh sé a cheilt orm cé a bhí ann. Ós rud é go bhfuil tusa anseo, is ionann sin agus a rá go bhfuil Sherlock Holmes ag cur suime sa scéal, agus b'fhiú go deimhin a chloisteáil cad é an tuairim a bheadh aige."

"Is baol liom nach féidir liom an cheist sin a fhreagairt."

"Ar mhiste dom a fhiafraí an bhfuil sé chun cuairt a thabhairt orainn é féin?"

"Ní féidir dó an chathair a fhágáil faoi láthair. Tá cúrsaí eile a gcaithfidh sé suim a chur iontu."

"Nach trua sin! Bheadh sé inniúil ar sholas éigin a chaitheamh ar an rud atá chomh diamhair sin. Ach chomh fada agus a théann do chuid féin den taighde, má tá aon slí ar aon chor a bhfaighinnse aon rud a dhéanamh duit, tá súil agam go ndéanfaidh tú úsáid díom. Dá mbeadh aon mhéar ar eolas agam ar an saghas amhrais atá caite agat leis an scéal, nó ar an modh oibre a bheidh agat, b'fhéidir go mbeinn fiú amháin anois, inniúil ar chúnamh nó ar chomhairle éigin a thabhairt duit."

"Creid uaim é go bhfuilim anseo ar cuairt chun mo charad, Sir Henry, agus nach bhfuil aon sórt cúnaimh ar aon chor uaim."

"Go maith ar fad!" arsa Stapleton. "Tá an ceart ar fad agat a bheith go haireach ciallmhar. Tuigim cad é mar thuathal atá déanta agam, agus geallaim duit nach luafaidh mé an scéal arís."

Thángamar go dtí áit mar a raibh cosán ag imeacht ón mbóthar trasna an réisc. Bhí cnoc ard a raibh clocha móra ar a fhuaid, a bhí sa tseanaimsir ina chairéal cloch eibhir, ar ár ndeis. Bhí a aghaidh a bhí orainn ina haill dhorcha, agus raithneach agus fiaile ag fás sna scoilteacha a bhí ann. Bhí ardán tamall maith uainn agus snáithe deataigh ag éirí as.

"Níl ach siúl cuibheasach gairid ar an gcosán seo go dtí Teach Merripit," ar seisean. "B'fhéidir go bhféadfá uair an chloig a spáráil agus cuirfidh mé in aithne do mo dheirfiúr thú."

Ba é an chéad rud a rith liom gur cheart dom a bheith le cois Sir Henry. Ach ansin chuimhnigh mé ar an gcarn de pháipéar agus de bhillí a bhí ar an mbord staidéir aige. Bhí a fhios agam nach bhfaighinn aon chúnamh a thabhairt dó leo sin. Agus bhí Holmes tar éis a rá, le deimhin, gur cheart dom staidéar a dhéanamh ar na comharsana a bhí ar an riasc. Ghlac mé le cuireadh Stapleton, agus d'iompaíomar i dteannta a chéile síos an cosán.

"Is iontach an áit é mar riasc," ar seisean, ag féachaint timpeall dó ar na learga móra glasa. Chonaiceamar mar a bheadh círíní de chloch eibhir anseo is ansiúd agus cuma ait orthu. "Ní thiocfadh duine cortha choíche den riasc. Ní bhfaighfeá cuimhneamh ar na hiontais atá faoi cheilt ann. Tá sé chomh fairsing, chomh lom, agus chomh lán sin de dhraíocht."

"Tá eolas maith agat air, mar sin?"

"Nílim anseo ach le dhá bhliain. Is é rud a thabharfadh muintir na háite orm ná strainséir. Thángamar tamall tar éis do Sir Charles cur faoi ann. Ach tharla go ndearna mé cuardach ar an dúiche mórthimpeall, le linn dom a bheith ag obair agus is é mo dhóigh gur beag duine is fearr a bhfuil eolas aige ar an áit ná agam."

"An bhfuil sé chomh deacair sin eolas a chur air?"

"An-deacair. Feiceann tú, cuir i gcás, an machaire fairsing ó thuaidh anseo, agus na cnoic aite sin ag éirí amach as. An dtugann tú faoi deara aon rud neamhchoitianta air sin?"

"B'iontach an áit é d'iarracht marcaíochta."

"Ba dhóigh leat sin air, agus is mó duine a chaill a anam cheana toisc an dearmad céanna a dhéanamh. An dtugann tú faoi deara na paistí glasa sofheicthe sin atá scaipthe chomh tiubh sin ar a fhuaid?"

"Tugaim; dealraíonn siad níos toirtiúla ná an chuid eile."

Gháir Stapleton. "Sin Slogach mór Grimpen," ar seisean. "Dá dtabharfadh duine nó beithíoch coiscéim iomraill ansin b'shin deireadh leis. Fiú amháin inné chonaic mé ceann de ghearrchapaill an réisc ag bualadh isteach ann. Níor tháinig sé amach as ó shin. Bhí mé ag féachaint ar a cheann ar feadh i bhfad agus é sínte amach aige as an bpoll móna, ach slogadh síos ann é sa deireadh. Fiú amháin le linn aimsire tirime tá contúirt i ngabháil trasna ann ach tar éis an tromlaigh fearthainne a bhí i rith an fhómhair ann sceimhle is ea an áit. Agus ina dhiaidh sin is féidir liomsa mo shlí a dhéanamh isteach i gcroí na háite agus teacht thar n-ais beo as. Dar fia, seo agat ceann eile de na gearrchapaill mhí-ámharacha seo!"

Bhí rud éigin a raibh dath donn air ag únfairt agus ag corraí sa riasc glas. Ansin aníos le muineál fada lúbtha a bhí i ngarbhghuais agus d'éirigh liú uamhnach ar fud an réisc. Chuir an radharc sceimhle an domhain orm ach dhealraigh sé go raibh mo chompánach níos crua ná mé féin.

"Tá sé imithe," ar seisean. "Tá sé gafa ag an slogaire. Dhá cheann in dhá lá, agus b'fhéidir a lán eile, mar téann siad i dtaithí a bheith ag dul ann leis an aimsir thirim, agus ní fios dóibh an difear nó go bhfuil siad greamaithe ag an slogaire. Sin drocháit, Slogach mór Grimpen."

"Agus deir tú gur féidir leat gabháil tríd."

"Is féidir; tá cosán nó dhó is féidir le fear an-bhríomhar a thabhairt air. Tá siad déanta amach agam."

"Ach cén fonn a bheadh ort dul isteach ina leithéid sin d'áit uafásach?"

"Bhuel, an bhfeiceann tú na cnoic sin anonn uait? Níl iontu díreach ach oileáin atá gearrtha amach ó gach taobh ag an slogach nach féidir d'aon duine dul tríd, agus atá tar éis éalú timpeall orthu leis an aimsir. Is ansin atá na plandaí neamhchoitianta agus na féileacáin, dá mbeadh sé de ghus ionat dul a fhad leo."

"Déanfaidh mé iarracht lá éigin."

D'fhéach sé orm agus ionadh a chroí air.

"Ar son Dé, cuir an smaoineamh sin amach as do cheann," ar seisean. "Bheinn ciontach i do bhás. Deirim leat nach mbeadh aon seans go gcasfá beo. Is as ucht mise a bheith inniúil ar chuimhneamh ar mharcanna an-achrannach a fhaighim a dhéanamh."

"Heileo," arsa mé féin. "Cad é seo?"

Bhí lag-éagaoineadh, nach raibh aon insint ar an díomá a bhí ann, ar fud an réisc. Bhí an t-aer lán aige agus fós ba dheacair a rá cén áit ar ghluais sé as. Ní raibh ann ach foghar íseal ar dtús nó gur bhorr sé go raibh sé ina ghéargheoin, agus ansin d'iompaigh sé ina mhonabhar dúbhróin creathánach arís. D'fhéach Stapleton orm agus dealramh an-ait ar a aghaidh.

"Is ait an riasc é!" ar seisean.

"Ach cad é an rud é?"

"Deir na tuathánaigh gurb é cú na mBaskerville é ar lorg a choda. Táim tar éis é a aireachtáil uair nó dhó cheana féin ach níor airigh mé riamh é ag glamaíl chomh hard sin."

Thug mé súilfhéachaint i mo thimpeall, agus creathán ionam le neart sceimhle, ar an machaire ábhalmhór a bhí breactha le paistí glasa luachra. Ní raibh cor as aon rud ar a fhuaid go léir ach amháin as cúpla fiach dubh a bhí ag scréachach ar chreig taobh thiar dínn.

"Ach tá oideachas ortsa. Ní chreidfeá a leithéid sin de raiméis!" arsa mise. "Cad is dóigh leat is brí leis an nglór úd?"

"Bíonn glór ait á dhéanamh ag portaigh uaireanta. Is é an pluda é atá ag dul síos, nó an t-uisce atá ag éirí nó rud éigin."

"Ní hé, ní hé ar aon chor, b'shin guth créatúir éigin."

"Bhuel, b'fhéidir gurbh ea. Ar airigh tú riamh grág an bhonnáin bhuí?"

"Níor airigh."

"Éan an-neamhchoitianta is ea é—is ar éigean a d'fheicfeá ceann sa tír faoi láthair, ach gheobhadh aon rud a bheith ar an riasc. Sea, níorbh ionadh liom dá mba é sin an bonnán deireanach a chualamar."

"Is é an rud is ainriochtaí agus is uaigní dár airigh mé riamh le mo shaol é."

"Is é, is aerach an áit ar fad é. Féach ar thaobh an chnoic thall. Cad is dóigh leat atá ansin?"

Bhí an fhána dhomhain go léir clúdaithe le fáinní cloch, fiche ceann acu ar a laghad.

"An cróite caorach iad?"

"Ní hea, sin iad bailte ár sinsear. Bhí an-chuid daoine ina gcónaí ar an riasc anallód ar fad, agus óir nár chónaigh aon duine áirithe ann ó shin i leith, feicimid go bhfuil pé rud a rinne an seandream díreach mar ar fhág siad é. Seo iad a gcuid brácaí agus na cinn imithe díobh. Is féidir duit fiú amháin an tinteán agus an chóir leapa a bhí acu a fheiceáil ach dul isteach."

"Ach dar ndóigh, baile mór atá ann. Cathain a bhí daoine ann?"

"Daoine den aois Neoiliteach a bhí iontu—ní fios cad é an dáta."

"Cén gléas beatha a bhí acu?"

"Chuiridís a gcuid beithíoch ar féarach ar na hardáin seo, agus d'fhoghlaim siad conas rómhar a dhéanamh ar lorg stáin nuair a bhí an claíomh umha ag buachan ar an tua cloiche. Féach ar an iomaire mór ar an gcnoc thall uait. D'fhág siad é sin ina ndiaidh. Sea, is mó comhartha ait a fheicfidh tú ar fud an réisc, a Dhochtúir Watson. Ó, gabhaim pardún agat nóiméad. Is é fathach na haon-súile é siúráilte."

Bhí cuileog nó leamhan tar éis preabadh trasna an chosáin romhainn, agus i nóiméad na huaire bhí Stapleton ag rith ar a dhícheall ina dhiaidh. Thug an créatúr a aghaidh díreach ar an slogach mór, rud nár thaitin liomsa, ach níor stad mo chomrádaí ar aon chor, ach é ag léim ó thortóg go tortóg taobh thiar de agus a líon uaine ag imeacht san aer. An t-éadach liath a bhí air agus an luascán anonn is anall a bhí ar siúl aige ina chuid reatha, chuir siad mar a bheadh dealramh míoltóige móire air féin. Bhí mé i mo sheasamh ag faire air sa tóir agus an meas a bhí agam ar an mbrí a bhí ann arna mheascadh leis an eagla a bhí orm go n-imeodh a chosa uaidh sa slogach fealltach, nuair a d'airigh mé glór coiscéime agus cad a d'fheicfinn ar mo chasadh timpeall dom ach bean taobh liom ar an gcosán. Bhí sí tar éis teacht ón aird ina raibh an snáithe deataigh ag taispeáint ionad Theach Merripit, ach bhí an log a bhí sa riasc á ceilt nó gur tháinig sí gairid dúinn.

Ní raibh aon amhras agam ná gurbh í seo deirfiúr Stapleton mar gur bheag bean uasal d'aon sórt a bhí ar an riasc, agus ba chuimhin liom gur airigh mé duine éigin a rá gur bhean dhathúil í. An bhean a tháinig chugam bhí sí dathúil gan aon ghó. Ní fhéadfadh difear ní ba mhó a bheith idir dearbráthair agus deirfiúr, mar bhí iarracht den léithe i Stapleton, agus gruaig thanaí air agus na súile glas aige, agus í sin ní ba dhorcha ná aon chrónchailín dá bhfaca mé riamh i Sasana—éadrom, maorga agus ard. Bhí aghaidh bhreá uaibhreach fhuinte uirthi, í chomh rialta sin agus go measfá nach mbeadh aon mhothú inti murach an béal mothaitheach agus na súile deasa géara a bhí uirthi. Mar gheall ar an gcruth deas a bhí uirthi agus an chóir éadaigh uasal a bhí uirthi, ba neamhchoitianta an teagmhálaí í gan aon amhras ar chosán uaigneach réisc. Bhí a súile ar a dearththáir ar mo chasadh timpeall dom, agus ansin ghéaraigh sí sa siúl d'iarracht orm. Bhí mo hata bainte díom agam, agus bhí mé ar tí rud éigin a rá, nuair a chuir na focail a dúirt sí féin ar rian eile ar fad mé.

"Téigh thar n-ais!" ar sise. "Téigh thar n-ais díreach go Londain ar nóiméad."

Ní fhéadfainn ach a bheith ag féachaint idir an dá shúil uirthi, agus an daille agus an t-iontas do mo chaochadh. Bhí nimh na súl aici ionam agus í ag bualadh na talún go mífhoighneach lena cos.

"Cén chúis a rachainn thar n-ais?" arsa mise.

"Ní féidir liom a rá leat." Labhair sí i nguth íseal díograiseach, agus bhí bailbhe ait éigin ina teanga.

"Ach ar son Dé déan an rud a deirim leat. Téigh thar n-ais agus ná leag cos arís ar an riasc."

"Ach nílim ach díreach tar éis teacht."

"A dhuine, a dhuine!" ar sise. "Nach féidir duit a thuiscint gur ar mhaithe leat atáim? Téigh thar n-ais go Londain! Bog leat anocht! Imigh as an áit seo ar chuma nó ar chleas! Éist, seo chugainn mo dhearththáir! Ná habair focal i dtaobh an ruda atáim a rá! Ar mhiste leat an magairlín sin i measc na gcolgrach sin thall a fháil? Tá a lán magairlíní ar an riasc anseo againn, cé go bhfuil tú roinnt déanach chun maise cheart na háite a fheiceáil."

Bhí Stapleton tar éis éirí as an bhfiach agus tháinig sé thar n-ais chugainn ar tromshaothar agus luisne ann ag an iarracht reatha.

"Heileo, a Bheryl!" ar seisean, agus dar liomsa nach raibh an chaoinfháilte ar fad ina ghlór.

"Bhuel, a Jack, tá tú an-te ionat féin."

"Táim, bhí mé ag fiach fhathach na haonsúile. Is tearc a chineál, agus is annamh a fhaightear i ndeireadh an fhómhair é. Nárbh é an trua gur chaill mé é!"

Bhí sé ag caint dála cuma liom, ach bhí na súile beaga a bhí ann ag gabháil de shíor óna dheirfiúr chugamsa.

"Tá sibh tar éis aithne a chur ar a chéile, feicim."

"Tá. Bhí mé á insint do Sir Henry go raibh sé déanach aige a bheith ag brath ar an maise cheart a bhí ag gabháil leis an riasc a fheiceáil."

"Cé is dóigh leat atá agat ann?"

"Cheap mé gurbh é Sir Henry Baskerville a bheadh ann."

"Ní hé, ní hé ar aon chor," arsa mise. "Níl ionam ach duine coitianta, ach is mé a chara. Is mise an Dochtúir Watson."

Tháinig luisne an oilc ar a ceannaithe.

"Bhí dul amú orainn," ar sise.

"Muise, ní mórán aimsire a bhí agat chun cainte," arsa a deartháir, agus an fhiosracht chéanna ina shúile.

"Bhí mé ag caint díreach agus dá mb'áitritheoir a bheadh sa Dochtúir Watson in ionad a bheith ina chuairteoir," ar sise. "Is róchuma leis-sean cé acu luath déanach atá sé do na magairlíní. Ach tiocfaidh tú linn, nach dtiocfaidh, chun Teach Merripit a fheiceáil?"

Shroicheamar teach réisc sceirdiúil tar éis siúil ghairid. Teach feirmeora a bhí ann tráth ach bhí deisiú déanta air anois, agus é curtha in oiriúint mar theach nua-aimseartha. Bhí úllord timpeall air, ach bhí na crainn, mar is gnáth ar riasc, bhí siad ciorraithe feoite, agus bhí dealramh táir doilbhir ar an áit go léir. Sean-seirbhíseach fir a raibh seanchasóg mheirgeach air a scaoil isteach sinn, dealramh neamhchoitianta an tseandraoi air, agus é cosúil go leor leis an teach. Ach laistigh bhí seomraí móra a raibh an troscán chomh breá sin iontu, gur chuir mé i leith na mná uaisle é. Ag féachaint tríd an bhfuinneog dom ar an riasc carraigeach a bhí á shíneadh amach go bun na spéire ba mhór an t-ionadh liom fear léannta agus bean álainn dá leithéid a bheith san áit sin.

"Áit ann féin é, nach ea?" ar seisean, mar a bheadh sé ag tabhairt freagra ar mo cheist. "Agus ina dhiaidh sin táimid an-sásta leis, nach bhfuil, a Bheryl?"

"An-sásta," ar sise, ach ní raibh fuinneamh na fírinne ina caint.

"Bhí scoil agam sa tuaisceart," arsa Stapleton. "Ba leamh liom an obair féin cé gur mhór agam comhluadar an aosa óig agus stiúradh a n-aigne. Ní raibh an t-ádh liom. Tharla galar uafásach sa scoil, agus cailleadh triúr de na garsúin. Lean an mí-ádh ar an áit agus chaill mé lear mór airgid leis. Dá mba nach mbeadh comhluadar na mbuachaillí i gceist, gheobhainn áthas a bhaint as an mí-ádh céanna, mar tá togha saothair eolaíochta ar siúl agam anseo, agus is aoibhinn leis an mbeirt againn an áit uaigneach seo. Sin é mo fhreagra, a Dhochtúir Watson, ar an gceist a thuig mé a bhí i d'intinn agus tú ag féachaint amach an fhuinneog ar an riasc."

"Rith sé liom, gan aon amhras, gurbh acmhainn dó a bheith beagáinín uaigneach—níos uaigní do do dheirfiúr ná duit féin."

"Níl, ar aon chor," ar sise, "ní bhímse uaigneach aon uair."

"Tá leabhair againn, tá ábhar staidéir agus comharsana an-suimiúil againn. Fear an-léannta ina shlí féin is ea an Dochtúir Mortimer. Compánach iontach ba ea Sir Charles bocht féin. Ba mhaith an aithne a bhí againn air, agus níl aon insint againn ar conas mar a airímid uainn é. Ní fheadar ar mhiste le Sir Henry é dá mbuailfinn chugaibh tráthnóna inniu agus aithne a chur air?"

"Táim deimhin go mbeadh ardáthas air."

"Más mar sin é, b'fhéidir go ndéarfá leis go bhfuil an fonn sin orm. B'fhéidir go bhféadfaimis beagán a dhéanamh dá laghad é chun a chúrsaí a réiteach nó go dtiocfaidh sé i dtaithí na háite i gceart. An dtiocfá in airde an staighre, a Dhochtúir Watson, go dtaispeánfaidh mé duit an bailiúchán féileacán atá agam? Is dóigh liom gurb é an bailiúchán is iomláine sa taobh thiar theas de Shasana é. Beidh an lón beagnach i gcóir um an dtaca sin."

Ach bhí fonn orm dul thar n-ais i mbun mo ghnó. An mór-uaigneas a bhí ag gabháil leis an riasc, an t-anbhás a fuair an gearrchapall mí-ámharach, an glór uamhnach a chuir i gcuimhne dom fabhalscéal ainriochtach na mBaskerville—bhí gach aon rud acu seo ag méadú ar mo lionn dubh. Ansin i dteannta na nithe seo tháinig an bhagairt shoiléir dhíreach a rinne deirfiúr Stapleton orm, agus an méid sin den fhíordháiríreacht sa bhagairt nach raibh aon amhras agam ná go raibh fuaimint éigin léi. Mar sin, níor fhan mé leis an lón, cé go raibh muintir an tí ag tathant orm fuireach agus chuir mé díom thar n-ais ar nóiméad, ar an gcosán féir céanna a thángamar.

Dhealraigh sé, áfach, go raibh cóngar éigin ann dóibh seo a bhí ar an aitheantas, mar sular tháinig mé a fhad leis an mbóthar b'ionadh liom an ógbhean a fheiceáil ina suí ar charraig ar thaobh an chosáin. Bhí luisne na cantachta ar a gné ón dithneas a bhí déanta aici, agus bhí a lámh lena cliathán aici.

"Táim tar éis rith an tslí ar fad ag iarraidh teacht romhat, a Dhochtúir Watson," ar sise. "Ní raibh sé d'uain agam hata féin a chur orm. Níl aon ghnó agam fuireach, mar d'aireodh mo dhearthháir uaidh mé. Bhí sé uaim a rá leat go raibh an-chathú orm

mar gheall ar an dearmad díchéillí a rinne mé a chuimhneamh gur thusa Sir Henry. Déan dearmad ar na focail a dúirt mé, le do thoil, mar níl aon bhaint ar aon chor acu leatsa."

"Ach ní féidir dom a ndearmad," arsa mise. "Cara do Sir Henry mé, agus is mór an bhaint atá agam lena leas. Inis dom cén chúis duit a bheith chomh himníoch i dtaobh Sir Henry a dhul thar n-ais go Londain?"

"Aiteas mná, a Dhochtúir Watson. Nuair a bheidh aithne níos fearr agat orm feicfidh tú nach féidir dom i gcónaí cúis a thabhairt leis na rudaí a dhéanaim nó a deirim."

"Ní dhéanfaidh sin. Is cuimhin liom go maith an creathán a bhí i do ghlór. Is cuimhin liom an scéin a bhí i do shúile. Más é do thoil é, bí díreach, mar ón nóiméad a tháinig mé anseo, tá sé ag rith liom go bhfuil samhlacha i mo thimpeall. Mothaím mar a bheadh slogach mór de shaghas Shlogach Grimpen fúm anseo, é lán de phaistí beaga glasa a shlogfadh duine síos go feallltach. Inis dom, mar sin, cad a bhí i d'aigne agus geallaim duit go dtabharfaidh mé do theachtaireacht do Sir Henry."

Bhí sé de dhealramh uirthi ar feadh tamaill bhig go raibh sí bogtha, ach tháinig an cruas ina súile arís agus í ag freagairt orm.

"Tá tú ag déanamh an iomarca den scéal, a Dhochtúir Watson," ar sise. "Bhí mise agus mo dhearthár an-trína chéile mar gheall ar bhás Sir Charles. Bhí na seacht n-aithne againn air, mar is trasna an réisc chun ár dtí-ne a théadh sé ag déanamh a chos i gcónaí. Chuireadh sé an-suim sa mhallacht a bhí ar a mhuintir, agus nuair a tharla an marú seo rith sé liomsa, dar ndóigh, go raibh brí éigin leis an eagla a bhíodh air. Bhí eagla orm, dá bhrí sin, nuair a tháinig duine eile den mhuintir chun cónaithe anseo, agus bhraith mé nach mbeadh ach an ceart ann an dainséar a bhí ina cheann a chur ar a shúile dó. Sin a raibh uaim a rá leis."

"Ach cad é an dainséar é?"

"Tá a fhios agat scéal an chú?"

"Ní chreidim ina leithéid de dhíth céille."

"Ach creidimse. Más cara do Sir Henry thú, beir leat é as an áit atá chomh dainséarach sin dá mhuintir i gcónaí. Tá an domhan fada fairsing. Cad é an chúis a mbeadh sé uaidh a bheith ina chónaí san áit a bhfuil an chontúirt?"

"Mar gurb é áit na contúirte é. Sin é an nádúr atá i Sir Henry. Is eagal liom mura dtabharfaidh tú faisnéis níos doimhne ná seo go mbeadh sé ar eire agam é a chorraí as an áit."

"Ní hacmhainn domsa aon rud deimhin a rá, mar níl aon rud deimhin ar eolas agam."

"Ba mhian liom ceist eile a chur ort. Mura raibh aon rud eile ar d'aigne ach an méid seo nuair a labhair tú liomsa, cad é an chúis nach raibh sé uait do dhearthráir a aireachtáil cad a dúirt tú? Níl aon rud a gheobhadh seisean ná aon duine eile cur ina choinne ann."

"Tá an-fhonn ar mo dhearthráir daoine a bheith ina gcónaí sa Halla, mar is dóigh leis gurb é sin leas mhuintir an réisc. Bheadh sé ar buile ceart dá mbeadh a fhios aige go ndúirt mise aon rud a chabhródh le Sir Henry a chur chun siúil as an áit. Ach tá mo dhualgas comhlíonta agam anois, agus ní déarfaidh mé a thuilleadh. Caithfidh mé dul thar n-ais nó aireoidh sé uaidh mé agus beidh sé in amhras gur labhair mé leat. Slán agat!" Bhí sí imithe ó mo radharc laistiar de na bolláin scáinte i gceann cúpla nóiméad. Shiúil mé thar n-ais go dtí an Halla agus ualach ar mo chroí.

CAIBIDIL VIII

An Chéad Tuairisc ón Dochtúir Watson

As seo amach leanfaidh mé cúrsaí an scéil le hathscríobh a dhéanamh ar mo litreacha chuig Holmes, agus tá siad anseo os mo chomhair ar an mbord. Tá aon leathanach amháin ar iarraidh, ach i ngach slí eile tá siad díreach mar a scríobhadh iad, agus déanfaidh siad an t-amhras agus an mothú a bhí agam ar na héachtaí marfacha seo le linn na huaire a thaispeáint níos cruinne ná mar a dhéanfadh mo chuimhne é, dá ghéire í mo chuimhne.

HALLA BASKERVILLE
13 Deireadh Fómhair

A HOLMES, A CHARA,—Tá na litreacha agus na sreangscéalta a chuir mé chugat go nuige seo tar éis a bhfuil tite amach sa bhall iargúlta seo a chur in iúl duit. Dá fhad a d'fhanfadh duine anseo is ea is mó a bheadh an riasc seo ag dul i bhfeidhm air, an fhairsinge atá ann, agus an draíocht dhiamhair atá ag gabháil leis. Nuair a bhím ag siúl air mothaím nach bhfuil aon rian den aois seo ar an áit, ach ar an taobh eile de, feicim mórthimpeall orm tithe na n-áitreabhach is ársa dá raibh riamh sa tír. Agus ní hiad na tithe amháin a fheicim ach na huaigheanna agus na monailití móra a thaispeánann, a deirtear, na teampaill a bhí acu. Nuair a bheifeá ag féachaint ar na brácaí liathchloiche sin atá ar thaobh na gcnoc mantach, ní bhacfá le do ré féin, agus dá dtarlódh go bhfeicfeá gruagach d'fhear a mbeadh seithe ainmhí mar chóir éadaigh air agus é ag snámh leis amach tríd an doras íseal agus é ag cur saighde a mbeadh barr cloch thine uirthi ina bhogha, déarfá gur cirte dósan bheith ann ná duit féin. Is é rud is iontaí sa scéal ach a iomadúlaí agus a bhí siad ar thalamh a bhí chomh bocht sin. Ní

96

haon ársaitheoir atá ionam, ach déarfainn nach raibh iontu ach treibh gan chrógacht arbh éigean dóibh glacadh leis an áit nach mbacfadh aon duine eile leis.

Scéal thairis é sin! Is dócha go bhfuil tú róghnóthach chun aon suim a chur ann. Is cuimhin liom fós a laghad suime a bhí agat i dtaobh cé acu an ghrian a bhí ag déanamh timpeall na cruinne nó an chruinne timpeall na gréine. Dá bhrí sin, tá sé chomh maith agam tabhairt faoi na nithe a bhaineann le cúrsaí Sir Henry.

Mura bhfuil aon scéala faighte agat i gcaitheamh an chúpla lá atá imithe is é cúis é ach nach raibh aon rud arbh fhiú trácht air leat le hinsint go dtí inniu. Ansin tharla rud éigin iontach a gcuirfidh mé síos air leat anois. Ach ar an gcéad dul síos caithfidh mé rudaí eile a bhaineann leis an scéal a nochtadh duit.

Rud acu seo, nach bhfuil mórán ráite agam ina thaobh, is ea an cime a d'éalaigh agus a bhí ar an riasc. Táthar deimhin anois go bhfuil sé tar éis éalú ar fad, agus b'aoibhinn le muintir na háite uaigní seo an scéal sin a chloisteáil. Tá coicís caite ó d'éalaigh sé, agus ní fhaca aon duine ó shin é, ná níor airíodh aon rud ina thaobh. Ba dheacair a rá go bhféadfadh sé seasamh an fad sin ar an riasc. Gan amhras, chomh fada agus a rachadh a cheilt ní raibh aon deacracht ansin. Dhéanfadh aon cheann de na brácaí cloiche é a cheilt. Ach ní raibh aon rud le hithe aige mura mbéarfadh sé ar cheann de chaoirigh an réisc agus í a mharú. Is dóigh linn, dá bhrí sin, go bhfuil sé imithe agus gur sáimhide codladh na bhfeirmeoirí é.

Tá ceathrar fear tréan láidir sa teach seo, ionas gurb acmhainn dúinn aireachas maith a thabhairt dúinn féin, ach deirimse leat nach aigne róshocair a bhíonn agam féin aon uair a chuimhním ar mhuintir Stapleton. Níl aon chomharsana in aon chor i ngiorracht mílte dóibh. Tá aon chailín tí amháin acu, seanseirbhíseach fir, an deirfiúr agus an deartháir, fear nach bhfuil róláidir. Ní bheadh aon chabhair iontu dá mbeidís in iomaidh le duine dainséarach mar an cime seo ó Notting Hill, an túisce a gheobhadh sé brú isteach orthu. Bhí mé féin agus Sir Henry ag cur an scéil trína chéile, agus dúradh gur chóir don ghrúmaeir dul anonn chun codlata ann, ach ní cheadódh Stapleton a leithéid in aon chor.

Is amhlaidh mar atá an scéal ach go bhfuil ár gcara, an ridire, ag cur an-taitneamh sa chomharsa d'ógbhean seo againn. Ní haon

ionadh sin, mar is deacair do dhuine, go háirithe d'fhear fuinniúil
mar é, an aimsir a chur síos in áit uaigneach mar seo, agus, rud eile,
bean an-taitneamhach, an-dathúil is ea í. Tá iarracht den allúrach
ag gabháil léi agus níl sí cosúil lena deartháir stuama staidéarach ar
aon chor. Ach mar sin féin, déarfainn go bhfuil meon paiseanta go

leor aige. Gan aon amhras is mór atá sí faoina anáil aige, mar thug mé do m'aire í ag síorfhéachaint air agus í ag caint faoi mar a bheadh sí ag iarraidh é a shásamh i gcónaí. Tá súil agam go mbíonn sé go deas léi. Tá leamhchorraí ina shúile, agus an daingne sin sna beola tanaí, a thagann do nádúr a bheadh ródheimhneach agus b'fhéidir a mbeadh an ghairbhe ann leis. B'fhiú leatsa staidéar cruinn a dhéanamh air.

Tháinig sé i leith chun bualadh le Sir Henry an chéad lá sin, agus an mhaidin díreach ina dhiaidh sin thug sé an bheirt againn leis chun a thaispeáint dúinn an áit, mar a bhí ráite, ar cuireadh crann ar an bhfabhalscéal i dtaobh an Hugo dhamanta seo. Bhí roinnt mílte sa turas trasna an réisc go dtí áit atá chomh dorcha sin nach ionadh scéal dá leithéid a bheith ina thaobh. Gleann gairid a bhí ann idir ardáin gharbha agus é ag déanamh amach ar spás oscailte féarach a raibh an ceannbhán ina shlaodanna air. Ina lár istigh bhí dhá chloch mhóra ina seasamh, a mbarra caite agus faobhraithe, nó gur dhealraigh siad leis na fiacla móra dreoite a bheadh ar ainmhí ábhalmhór. D'oir sé i ngach slí don scéal oidhe a insítear fós ina thaobh. Chuir Sir Henry an-suim san áit, agus ba mhinic a d'fhiafraigh sé de Stapleton ar chreid sé le deimhin gurbh fhéidir don diabhlaíocht a bheith ag cur isteach ar dhaoine saolta. Ní raibh sé ach ag caint dála cuma liom, ach d'aithneofá air go raibh an dáiríreacht ann leis. Bhí Stapleton an-aireach ina chuid freagraí, ach b'fhurasta a fheiceáil go ndúirt sé i bhfad ní ba lú ná mar a bhí ina aigne, agus nach raibh sé d'fhonn air a thuairim ar fad a thabhairt le neart na tuisceana a bhí aige do chúrsaí an ógfhir. D'aithris sé dúinn cásanna dá leithéid, inar fhulaing teaghlach de dheasca aindiagachta, agus ba é ár dtuairim óna chaint ná gur chreid sé sa scéal ar nós cách.

Ar ár dteacht thar n-ais d'fhanamar agus chaitheamar lón i dTeach Merripit, agus ba ann a chuir Sir Henry aithne ar an ógbhean. Ón gcéad uair a leag sé súil uirthi dhealraigh sé a bheith an-gheanúil léi, agus is mór é mo dhearmad murarbh amhlaidh di sin leis. Rinne sé tagairt di arís agus arís eile agus sinn ag déanamh ár slí abhaile, agus ó shin i leith is dícheall má tháinig lá nach bhfacamar iad. Beidh siad ar dinnéar anseo anocht, agus tá trácht éigin ar sinne a bheith ag dul ar cuairt chucu an tseachtain seo

chugainn. Cheapfadh duine gur mhór ag Stapleton cleamhnas dá
leithéid, agus ina dhiaidh sin, táim tar éis an-mhíshástacht a léamh
ar a aghaidh minic go leor agus Sir Henry ag brú muintearais ar a
dheirfiúr. Tá sé an-cheanúil uirthi gan aon dabht agus b'uaigneach
a bheadh a shaol ina héagmais, ach dar ndóigh, ba leithleach an
duine a bheadh ann dá gcoiscfeadh sé uirthi a leithéid de
cleamhnas ámharach a dhéanamh. Mar sin féin, déarfainn nach
bhfuil sé uaidh a gcuid muintearais a theacht ina ghrá, agus tá sé

100

tugtha faoi deara agam roinnt uaireanta go ndéanann sé a dhícheall ar gan comhrá beirte bheith acu. Mo dhearmad, an rud sin a dúirt tú liom i dtaobh gan Sir Henry a ligean amach ina aonar, tiocfaidh sé an-dian orm má tá cúrsaí grá le teacht i gceann gach cruais eile atá sa scéal seo. Ba ghairid nach mbeifí róbhuíoch díom dá ndéanainn do chomhairlese go dtí an sprioc.

An lá faoi dheireadh—Déardaoin chun a bheith cruinn—bhí an Dochtúir Mortimer ag caitheamh lóin inár bhfochair. Tá sé tar éis a bheith ag cuardach seanleasa agus tá cloigeann réamhstairiúil faighte aige a bhfuil áthas a chroí air ina thaobh. Ní raibh an oiread den chaoindúthracht i nduine riamh leis! Tháinig muintir Stapleton isteach ina dhiaidh sin, agus thug an dochtúir cóir sinn go léir go Scabhat na nEo, ar iarraidh Sir Henry, chun a thaispeáint dúinn díreach conas mar a tharla gach aon rud oíche an mharaithe úd. Siúl fada duairc is ea é, an scabhat céanna, tá sé idir dhá bhalla arda d'fhál atá sciota, agus ciumhais chaol féir ar gach taobh de. Ag an gceann is sia uait de tá seanghrianán. Leath slí síos tá geata an réisc mar ar fhág an seanduine uasal luaith na todóige. Geata bán adhmad is ea é ar a bhfuil laiste. Ar an taobh eile de tá an riasc. Chuimhnigh mé ar an teoiric a bhí agatsa i dtaobh an scéil agus rinne mé iarracht ar ar tharla a thabhairt do m'aire. A fhad agus a bhí an seanduine ina sheasamh ann chonaic sé an rud ag teacht trasna an réisc, an rud a sceimhligh é nó gur chaill sé a mheabhair, agus rith sé leis nó gur éag sé le neart uafáis agus corthachta. B'shin an t-aibhinne fada dorcha trínar ghabh sé síos. Agus cad uaidh? Ó mhadra caorach réisc? Nó ó spioradchú dubh, ábhalmhór, gan ghlam? An raibh aon duine daonna sa scéal? An raibh ní ba mhó ná mar ab áil leis a insint ar eolas ag an mbuitléir aireach mílítheach? Ba dhuairc doiléir an scéal é, ach mothaím go raibh rian na coirpeachta air.

Táim tar éis aithne a chur ar chomharsa eile ó scríobh mé cheana chugat. Sin é Frankland a bhfuil cónaí air in Halla Lafter timpeall ceithre mhíle ó dheas uainn. Fear aosta is ea é, aghaidh dhearg agus gruaig bhán air, agus é cochallach go leor. Dlí na Breataine an rud is gaire dá chroí, agus is mór an fortún atá caite aige leis mar dhlí. Is aoibhinn leis mar chaitheamh aimsire a bheith ag troid ar son troda, agus is cuma leis cé acu taobh a chosnaíonn sé. Mar sin ní haon ionadh an caitheamh aimsire a theacht costasach air. Uaireanta dúnann sé cosán a mbíonn gabháil na ndaoine ann agus cuireann sé dúshlán faoin bparóiste nach n-osclóidh sé é. Uaireanta eile briseann sé lena dhá lámh féin geata fir eile agus deir go raibh cosán san áit sin ó rith an tuile, agus cuireann a dhúshlán faoin úinéir an dlí a chur air i dtaobh é a dhéanamh. Tá sé an-oilte ar chearta na seanmhainéar agus ar chearta comhchoiteanna, agus cuireann sé a chuid eolais ag obair uaireanta i bhfabhar áitritheoirí an tsráidbhaile agus uaireanta eile ina gcoinne, ionas go mbíonn sé, de réir uaine, á iompar ar ghuaillí na ndaoine faoi ghairdeas síos an sráidbhaile nó neachtar acu a shamhail á dó le déistin dó féin, de réir mar a thiteann. Tá sé amuigh air go bhfuil seacht gcúis dlí ar láimh aige faoi láthair, rud is dóigh a chuirfidh an méid dá fhortún atá fágtha i ndísc, ionas go dtraochfaidh sin an chealg ann agus nach mbeidh aon díobháil ann feasta. Dealraíonn sé a bheith ina dhuine cineálta dea-nádúrtha ar gach slí eile agus is é an chúis a n-airím ar aon chor é ach go raibh sé uaitse go gcuirfinn chugat tuairisc éigin ar na daoine a bhí inár dtimpeall. Tá obair an-ait ar siúl aige faoi láthair, mar, tá sé tugtha don réalteolaíocht, agus tá teileascóp iontach aige, agus ní bhíonn lag air gach aon lá ach é féin agus a ghloine sínte ar bharr an tí aige ag síorshúil go bhfaighidh sé amharc ar an gcime a d'éalaigh. Dá gcloífeadh sé leis an obair seo ar fad ní bheadh baol ar an scéal, ach tá ráfla ar siúl go bhfuil fonn air an dlí a chur ar an Dochtúir Mortimer mar gheall ar uaigh a oscailt gan aon chead ón ngaol is neasa, mar gur bhain sé cloigeann Neoiliteach sa lios i Long Down. Coimeádann sé an leadrán as ár saol, agus tugann sé iarracht den ghreannmhaireacht don áit nuair a bhíonn práinn dhóite léi.

Agus anois, toisc go bhfuil mo scéal inste go nuige seo duit maidir leis an gcime a d'éalaigh, muintir Stapleton, an Dochtúir Mortimer, agus Frankland, lig dom críoch a chur leis le rud atá níos tábhachtaí, agus a thuilleadh a aithris duit i dtaobh an bhuitléara, agus a mhná, agus go róspeisialta i dtaobh an ruda iontaigh a tharla aréir.

Ar an gcéad dul síos, i dtaobh an tsreangscéil tástála a chuir tú ó Londain chun deimhin a dhéanamh de go raibh an buitléir anseo gan teip. Táim tar éis a insint cheana duit go dtaispeánann fianaise mháistir an phoist nárbh fhiú dada an tástáil agus nach bhfuil aon chruthú againn mar seo ná mar siúd. D'inis mé do Sir Henry conas mar a bhí an scéal, agus ar nóiméad dearg, cad a dhéanfadh seisean, sin é an sórt slí dhíreach atá aige, ná fios a chur ar an mbuitléir agus a fhiafraí de an bhfuair sé an sreangscéal é féin. Dúirt seisean go bhfuair.

"Ar thug an garsún isteach i do dhá lámh duit féin é?" arsa Sir Henry.

Ghabh iarracht den trína chéile é ansin agus chrom sé ag déanamh a mharana ar feadh scaithimh.

"Níor thug," ar seisean, "bhí mé i seomra na mboscaí leis an linn, agus thug mo bhean aníos chugam é."

"Ar fhreagair tú é tú féin?"

"Níor fhreagair; d'inis mé do mo bhean cad a déarfadh sí, agus chuaigh sí sin síos chun é a scríobh."

Um thráthnóna tharraing sé féin anuas an scéal arís gan éinne á iarraidh air.

"Ní fhéadfainn an bhrí dhíreach a bhí agat le do chuid ceisteanna ar maidin a thuiscint, a Sir Henry," ar seisean. "Tá súil agam nach gciallaíonn siad go bhfuil aon rud déanta agam as an tslí a chaillfeadh do chuid muiníne ionam."

Chaith Sir Henry a chur ina luí air nárbh amhlaidh a bhí agus suaimhneas a chur air le cuid mhaith dá chuid seanéadaigh a thabhairt dó, mar bhí an chóir éadaigh a fuair sé i Londain tar éis teacht chuige um an dtaca seo.

Cuirim an-suim i mbean an bhuitléara. Duine trom, daingean, an-docht, an-dealraitheach ar fad is ea í, agus déarfainn go raibh sí caolaigeanta go leor. Go deimhin ní bheifeá ag súil gur duine sochorraithe í. Mar sin féin, d'inis mé cheana conas a d'airigh mé ag gol go faíoch í an chéad oíche dá ráinigh mé anseo, agus ó shin i leith táim tar éis rian na ndeor a fheiceáil ar a haghaidh níos mó ná aon uair amháin. Tá mórualach éigin ar an gcroí aici. Uaireanta fiafraím díom féin an amhlaidh a rinne sí coir éigin atá á crá anois, agus uaireanta eile bím in amhras gur tíoránach ceart atá ina fear. Bhí sé ag rith liom i gcónaí go raibh rud éigin neamhchoitianta amhrasach i gcáilíocht an fhir seo, ach an rud a tharla aréir neartaíonn sé le gach amhras a bhí agam ina thaobh.

Agus ina dhiaidh sin b'fhéidir nach bhfuil ann ach an beagán ann féin. Tá a fhios agat nach duine mé a chodlaíonn go róshámh, agus ón uair a cuireadh ar m'aire féin mé sa teach seo is éadroime ná riamh an codladh a dhéanaim. Aréir, timpeall a dó ar maidin, mhúscail coiscéim éadrom a bhí ag gabháil thar an seomra mé. D'éirigh mé, d'oscail an doras, agus thug glúic amach. Bhí scáil

104

fhada dhubh ag sleamhnú léi síos an halla. Fear a bhí ag siúl go réidh síos an halla agus coinneal ina lámh aige a bhí ann. Bhí a léine agus a bhríste air, agus é cosnochta. Ní raibh ach a fhíor ar éigean le feiceáil agam, ach d'aithin mé ar a airde gurbh é Barrymore a bhí ann. Bhí sé ag siúl go mall agus go haclaí, agus bhí camastaíl éigin ina dhealbh go léir nárbh fhurasta cur síos uirthi.

Táim tar éis a rá go bhfuil áiléar cruinn idir dhá leath an halla fhada. D'fhan mé go raibh sé imithe ó mo radharc, agus ansin lean mé é. Nuair a bhí an t-áiléar cruinn curtha díom agam bhí mo dhuine tar éis teacht a fhad leis an dara cuid den halla, agus chonaic mé ón léas solais a bhí ag teacht trí dhoras a bhí oscailte go raibh sé tar éis dul isteach i gceann de na seomraí. Bhuel, anois, tá gach seomra acu gan aon troscán agus gan éinne iontu, ionas go raibh ní ba mhó den diamhracht sa tascar seo ná riamh. Bhí an solas ag taitneamh go forasta mar a bheadh sé ina sheasamh gan aon chor as. D'éalaigh mé liom síos an halla chomh ciúin agus ab fhéidir liom agus chuir mé gliúc orm féin timpeall de chúinne an dorais.

Bhí Barrymore ar a chromada ag an bhfuinneog agus an choinneal i gcoinne an phána aige. Bhí a leathcheann leathiompaithe orm, agus bhí a aghaidh mar a bheadh sí teann leis an aidhm a bhí aige agus é ag briollacadh amach ar an riasc dorcha. D'fhan sé ag faire go géar mar sin ar feadh roinnt nóiméad. Ansin chuir sé cnead mhillteach as, agus mhúch sé an choinneal go mífhoighneach. Rinne mise mo shlí thar n-ais chun mo sheomra den iarracht sin, agus ba ghairid i mo dhiaidh a bhí na coisréimeanna ag goid na slí ar a gcasadh arís. Tamall maith ina dhiaidh sin agus mé ag dúdaireacht chodlata d'airigh mé eochair á casadh i nglas in áit éigin, ach ní bhfaighinn a rá cárbh as ar tháinig an glór. Ní bhfaighinn a thomhas cad is brí leis an scéal go léir, ach tá rud éigin ar siúl faoi rún i dteach an duaircis seo a chaithfimid a fhoilsiú luath nó mall. Nílimse chun tú a bhodhrú le teoiricí mar dúirt tú liom gan ach fírící a sholáthar duit. Táim tar éis comhrá fada a bheith agam le Sir Henry ar maidin inniu agus tá seift ceaptha againn as ucht ar thug mé faoi deara aréir. Ní déarfaidh mé aon rud mar gheall air anois díreach, ach ba chóir go ndéanfadh sé scéal suimiúil don chéad litir eile a gheobhaidh tú uaim.

CAIBIDIL IX

An Dara Tuairisc ón Dochtúir Watson: An solas ar an riasc

HALLA BASKERVILLE,
15 Deireadh Fómhair

A HOLMES, A CHARA,—Má bhí sé orm tú a fhágáil gan mórán nuachta i dtosach mo chuairte anseo caithfidh tú a admháil go bhfuil tú ag fáil do dhóthain anois, agus go bhfuil rudaí ag teacht go mear agus go tiubh sa mhullach orm. I mo thuairisc dheireanach d'fhág mé Barrymore ag an bhfuinneog, agus anois tá cheana féin agam ualach a chuirfidh, mura bhfuilim ag déanamh dearmaid, an-iontas ort. Tá athrú tar éis teacht ar an scéal nach bhféadfainn a fheiceáil roimh ré. Ar chuma éigin tá sé tar éis teacht níos soiléire laistigh de na 48 uair an chloig atá caite agus i slí eile tá sé tar éis teacht níos crosta, ach inseoidh mé gach aon rud duit, agus is féidir duit féin do bhreith féin a bheith agat.

Roimh am bricfeasta an mhaidin i ndiaidh an éachta sin, ghabh mé síos an halla agus scrúdaigh mé an seomra ina raibh Barrymore an oíche roimhe sin. Thug mé faoi deara go raibh aon rud amháin ag baint leis an bhfuinneog ar an taobh thiar trína raibh sé ag féachaint nach raibh ag baint le haon fhuinneog eile sa teach—is uaithi atá an radharc is cóngaraí ar an riasc. Tá oscailt idir dhá chrann a bheireann caoi do dhuine féachaint díreach air síos ón bpointe seo, agus ní bheadh le fáil ó na fuinneoga go léir eile ach lagamharc air. Ar an ábhar sin ní foláir nó bhí Barrymore, mar nach raibh aon fhuinneog eile a dhéanfadh an gnó dó, ag faire chuige ar rud éigin nó ar dhuine éigin ar an riasc. Bhí an oíche an-dorcha ionas gur dheacair dom a chuimhneamh conas a bheadh sé ag coinne le haon duine a fheiceáil. Rith sé liom go mb'fhéidir gur

106

chúrsaí grá a bheadh i gceist. B'shin míniú ar an ngadaíocht a bhí ina chuid gluaiseachta agus fós ar an míshuaimhneas aigne a bhí ar a bhean chéile. Fear a bhfuil an-dealramh air is ea é, agus atá in oiriúint cheart chun an croí a bhogadh ag cailín tuaithe, agus amhlaidh sin gheobhadh rud éigin a bheith sa teoiric. An t-am úd a d'airigh mé an doras á oscailt tar éis dul thar n-ais do mo sheomra dom, b'fhéidir gurbh amhlaidh a bhí sé tar éis imeacht i gcoinne cailín éigin. Mar sin de chuir mé an scéal trína chéile i m'aigne ar maidin, agus táim ag insint an amhrais atá caite agam leis an scéal, is cuma cé mhéad a thaispeánfaidh an toradh nach raibh aon bhunús leis.

Ach pé brí díreach a gheobhadh a bheith le himeachtaí an bhuitléara, bhraith mé nár cheart dom an scéal a choimeád agam féin. Chuaigh mé d'fhios an ridire ina sheomra staidéir tar éis an bhricfeasta, agus d'inis mé dó gach a bhfaca mé. Bhí ní ba lú iontais air ná a cheap mé.

"Bhí a fhios agamsa go mbíodh Barrymore ag siúl timpeall mar sin d'oíche, agus bhí mé ar aigne labhairt leis ina thaobh," ar seisean. "Táim tar éis a choiscéim a aireachtáil cúpla uair sa halla, ag imeacht is ag teacht, díreach an uair chéanna a deir tusa."

"B'fhéidir, mar sin, go dtugann sé cuairt ar an bhfuinneog áirithe sin gach oíche," arsa mé féin.

"B'fhéidir go dtugann. Má dhéanann, ba chóir go bhfaighimis é a fhaire, agus a fheiceáil cén fuadar atá faoi. Ní fheadar cad a dhéanfadh do chara Holmes dá mbeadh sé anseo?"

"Déarfainn go ndéanfadh sé an rud céanna atá beartaithe agatsa a dhéanamh anois," arsa mise. "Leanfadh sé é agus d'fheicfeadh sé cad a dhéanfadh sé."

"Mar sin déanfaimid é i dteannta a chéile."

"Ach, dar ndóigh, aireoidh sé sinn."

"Tá an fear beagán bodhar, agus pé scéal é caithfimid dul sa seans. Fanfaimid inár suí i mo sheomrasa anocht go dtí go mbuailfidh sé amach." Chuimil Sir Henry a lámha le háthas, agus bhraithfeá air go raibh fáilte aige roimh an scéal mar mhalairt ar an gciúnas a bhí ina shaol ar an riasc.

Tá sé tar éis scríobh chuig an ailtire a tharraing amach na pleananna do Sir Charles agus chuig fear tógála tithe ó Londain, ionas go bhfuil coinne againn le lánathrú a bheith ar an áit faoi cheann tamaill. Tá lucht maisithe tithe agus lucht troscán tar éis a bheith anseo leis, agus is cosúil go bhfuil ardaidhm ag fear an tí agus go ndéanfaidh sé a sheacht ndícheall chun seanghradam a shinsear a athbheochan. Nuair a bheidh an teach athdhéanta agus troscán ann ní bheidh ag teastáil uaidh ach an bhean chun críoch cheart a chur ar an scéal. Eadrainn féin, tá sé soiléir go leor nach mbeidh an t-easnamh seo ann má tá an bhean uasal toilteanach, mar is annamh a chonaic mé fear chomh mór i ngrá le bean agus mar atá seisean i ngrá lenár gcomharsa chanta. Agus ina dhiaidh sin is uile níl rith an fhíorghrá chomh síothóilte agus a bheadh duine ag coinne leis. Inniu, cuir i gcás, bhain rud éigin nach raibh aon choinne ar aon chor leis barrthuisle as, rud atá tar éis mórbhuaireamh agus crá a dhéanamh dó.

Nuair a bhí deireadh leis an gcomhrá atá luaite thuas agam, i dtaobh an bhuitléara, chuir Sir Henry a hata air chun bualadh amach. Rinne mise, dar ndóigh, an cleas céanna.

"An amhlaidh atá tusa ag teacht, a Watson?" ar seisean ag féachaint go hait orm.

"Má tá tú ag dul ar an riasc," arsa mise.

"Táim cheana."

"Bhuel, tá a fhios agat an t-ordú atá agamsa. Is oth liom a bheith ag cur isteach ort, ach d'airigh tú chomh dáiríre agus a chuir Holmes orm gan tú a fhágáil, agus go róspeisialta nár cheart duit dul i d'aonar ar an riasc."

Leag Sir Henry a lámh ar mo ghualainn agus lig a ghean gáire taitneamhach.

"A chara mo chroí," ar seisean, "dá mhéad gaoise atá in Holmes níor thuar sé rudaí atá tar éis titim amach ó tháinig mé go dtí an riasc. Tuigeann tú mé? Táim deimhin nach amhlaidh ab áil leat ciotaí a dhéanamh do dhuine. Caithfidh mé dul amach i m'aonar."

Chuir sin mise i bponc. Ní raibh a fhios agam cad a déarfainn ná cad a dhéanfainn, agus sula raibh m'aigne socair agam rug sé ar a mhaide agus bhog leis.

Ach nuair a thosaigh mé ag cur an scéil trína chéile i m'aigne bhí an coinsias ag cur orm mar gheall ar ligean dó imeacht as mo radharc ar aon chúinse. Chuimhnigh mé ar conas mar a bheinn dá mbeadh sé orm casadh ortsa agus a admháil go raibh mí-ádh éigin tar éis titim amach mar gheall ar gan toradh a thabhairt ar an rud a dúirt tú liom. Deirim leat gur tháinig luisne i mo ghruanna nuair a chuimhnigh mé air. B'fhéidir nach mbeadh sé ródhéanach anois féin teacht suas leis ionas gur bhog mé chun siúil den iarracht sin go Teach Merripit.

Luathaigh mé an bóthar chomh mear agus a bhí agam gan aon phioc de Sir Henry a fheiceáil, nó gur ráinigh mé an áit mar a bhfuil géaga ag imeacht amach ó chosán an réisc. Ansin dom, agus eagla orm, tar éis gach aon rud, gur tháinig mé an tslí mhícheart, chuaigh mé in airde ar chnoc mar a mbeadh radharc fairsing agam—an cnoc céanna atá i mbéal an chairéil. Is ansin a chonaic mé ar nóiméad é. Bhí sé ar chosán an réisc, timpeall ceathrú míle uaim, agus bhí bean uasal lena chois—ní fhéadfadh aon duine eile a bheith ann ach ár gcomharsa álainn. B'fhurasta a aithint go raibh an scéal socair eatarthu cheana féin agus gurbh ionad

coinne a bhí déanta acu. Bhí siad ag siúl leo go mall agus iad go domhain i gcomhrá, agus chonaic mé í ag déanamh gothaí beaga bríomhara lena lámha mar a bheadh sí an-dáiríre maidir le pé rud a bhí sí a rá agus é sin ag éisteacht go han-ghéar, agus uair nó dhó chroith sé a cheann mar a bheadh sé in easaontas lena cuid cainte. Stad mé i measc na gcarraigeacha ag faire orthu, agus mé in amhras i dtaobh cad a dhéanfainn ina dhiaidh sin. Ba náireach an mhaise dom iad a leanúint agus cur isteach orthu, agus ina dhiaidh sin ba é m'fhíordhualgas gan é a scaoileadh as mo radharc ar feadh nóiméid. Is gránna mar obair a bheith ag déanamh spiaireachta ar chara duit. Ina dhiaidh sin is uile, níorbh fhios dom rud ab fhearr a dhéanamh ná é a fhaire ón gcnoc, agus an t-ualach a thógáil de mo choinsias ina dhiaidh sin lena insint dó go ndearna mé é. Is deimhin dá mbéarfadh aon chontúirt d'urchar air go raibh mé rófhada uaidh chun aon chabhair a thabhairt dó, ach mar sin féin táim deimhin go n-aontóidh tú liom sa mhéid seo, go raibh an chrostacht sa scéal, agus nach bhfaighinn a mhalairt a dhéanamh.

Stad an bheirt acu ar an gcosán, agus bhí siad ina seasamh agus iad ag caint i gcónaí, nuair a bhraith mé d'urchar nár mé féin an t-aon fhinné amháin a bhí acu. Thug mé faoi deara sop uaine ag gluaiseacht san aer, agus súilfhéachaint eile dár thug mé chuir sí ar mo shúile dom go raibh sé ar iompar ar bhata ag fear a bhí ag gluaiseacht sa talamh briste. Ba é Stapleton agus a líon féileacán a bhí ann. Bhí sé i bhfad ní ba ghiorra don bheirt ná mar a bhí mise, agus dhealraigh sé ar a bheith ag déanamh orthu. Leis an linn seo díreach tharraing Sir Henry an ógbhean go tobann taobh leis. Bhí a ghéag ina timpeall, ach, dar liomsa, bhí sí á fuascailt féin uaidh agus a ceann fúithi. D'ísligh sé a cheann d'iarracht ar a ceann, agus d'ardaigh sise lámh léi mar a bheadh sí ag diúltú dó. Ar nóiméad dearg ina dhiaidh sin chonaic mé iad ag preabadh óna chéile agus ag iompú timpeall go mear. Ba é Stapleton ba chiontach leis an gcorraí seo. Bhí sé ag rith go fraochta d'iarracht orthu, agus a líon scothach ag teacht go sraoilleach ina dhiaidh. Bhí sé ag cur gothaí air féin agus é beagnach ag rince le huafás os comhair na beirte eile. Ní fhéadfainn féin a dhéanamh amach cad a bhí ar siúl, ach ba é a mheas mé ná go raibh Stapleton ag tabhairt faoi Sir Henry, a bhí ag iarraidh réiteach a dhéanamh leis, agus go raibh an réiteach ag

teacht
ina
achrann
de réir mar a
bhí an fear eile
ag diúltú dó.
Bhí an bhean
ina seasamh
amach uathu
agus an t-uabh-
ar ina cuid ciún-
ais. Faoi dheireadh
d'iompaigh Stapleton
ar a sháil agus bhagair go
daingean ar a dheirfiúr teacht leis, agus tar éis di sin féachaint idir
dhá chomhairle a thabhairt ar Sir Henry, d'imigh léi le cois a
dearthár. Ba léir ó na cumaí feirge a bhí ar Stapleton go raibh sé i
bhfeirg leis an mbean uasal leis. Stad an ridire ar feadh nóiméad ag
féachaint ina dhiaidh, agus ansin shiúil go mall thar n-ais an tslí ar
tháinig sé, a cheann faoi, pictiúr ceart na díomá ann.

Ní fheadar féin den domhan cad é an bhrí a bhí leis an ngnó ar aon chor, ach bhí náire mo chroí orm a bheith ag féachaint ar radharc dá leithéid i ngan fhios do mo chara. Rith mé síos an cnoc, ar an ábhar sin, agus bhuail mé leis ag a bhun. Bhí luisne na feirge ina aghaidh agus muc ar gach mala aige mar a bheadh duine nach mbeadh fios aige cad ba mhaith dó a dhéanamh.

"Heileo, a Watson!" ar seisean. "Ní hamhlaidh a lean tú mé tar éis gach aon rud?"

Chuir mé mo scéal i dtuiscint dó: conas mar a lean mé, agus conas mar a chonaic mé gach ar tharla. Bhí sceana ina shúile agus é ag féachaint orm ar feadh scaithimh bhig, ach mhaolaigh an neamhurchóid a bhí ionam ar a chuid feirge, agus faoi dheireadh rinne sé gáire mairgneach.

"Nár dhóigh leat go bhféadfadh duine dul óna chairde i lár an mhachaire úd," ar seisean, "ach dar an spéir, ach go bhfuil an dúiche go léir amach anseo chun mé a fheiceáil ag suirí—agus suirí nach bhfuil mórán den sult leis! Cá raibh suí ort?"

"Bhí mé ar an gcnoc sin."

"Ar an suíochán ba shia siar, arbh ea? Ach bhí a deartháir siúd chun tosaigh go maith. An bhfaca tú ag teacht amach chugainn é?"

"Chonaic, ambaiste."

"Ar rith sé riamh leat go raibh sé ait ann féin—an deartháir seo aici?"

"Ní bhfaighinn a rá gur rith."

"Is dócha nár rith. Cheap mé féin go raibh ciall aige go dtí inniu, ach tóg uaimse é gur cheart domsa nó dó siúd a bheith i dteach na ngealt. Cad tá bun os cionn liomsa ar aon chor? Tá tusa in aontíos liom le roinnt seachtainí anois, a Watson. Inis dom díreach, anois! An bhfuil aon rud a bhacfadh domsa a bheith i mo dhea-chéile do bhean a mbeinn i ngrá léi?"

"Déarfainn nach mbeadh."

"Ní bhfaigheadh sé cur i gcoinne mo chuid sa saol, mar sin is orm féin atá an mímheas aige. Cad atá aige i mo choinnese? Níor ghortaigh mé fear ná bean riamh i mo shaol go bhfios dom. Agus fós ní leomhfadh sé dom baint fiú amháin le barra a méar."

"An ndúirt sé sin?"

"Sin! agus i bhfad ní ba mhó. Deirim an méid seo leat, a Watson, níl aithne agam uirthi ach le cúpla seachtain ach ó thús mheas mé gurbh í a bhí déanta díreach dom, agus í sin leis—ba í a bhí sásta i m'fhochair, agus thabharfainn an leabhar air sin. Bíonn solas i súile mná a nochtann rún a croí níos fearr ná aon chaint. Ach ní ligeann seisean dúinn teacht le chéile aon am, agus is inniu an chéad iarracht a shíl mé aon chaoi a bheith agam ar chúpla focal a bheith againn inár n-aonar. Bhí áthas uirthi bualadh liom, ach nuair a rinne, ní haon ghrá a bhí uaithi a lua liom, agus ní ligfeadh sí domsa labhairt ina thaobh ach oiread dá bhféadfadh sí stad a chur liom. Níor stad sí ach á shíorlua liom gurbh áit dhainséarach an áit seo, agus nach mbeadh sí ar a suaimhneas choíche nó go bhfágfainn é. Dúirt mé léi ón uair a leag mé súil uirthi nach raibh aon fhonn orm é a fhágáil, agus má bhí uaithi díreach mé a fhágáil, ní raibh aon slí chun a oibriú ach í sin a shocrú ar theacht in éineacht liom. Leis sin dúirt mé go bpósfainn í, ach sula bhfuair sí freagra a thabhairt orm, seo chugainn an deartháir seo aici, agus é ag rith d'iarracht orainn agus an aghaidh a bhí air mar a bheadh aghaidh geilte. Bhí dath an bhalla air le neart confaidh, agus na súile geala úd atá ann bhí siad ar sceana le neart mire. Cad a bhí mise a dhéanamh leis an mbean uasal? Conas a gheobhainnse cur isteach a dhéanamh uirthi nach mbeadh sí sásta leis? An raibh sé ag rith liomsa go bhfaighinn mo rogha rud a dhéanamh toisc teideal a bheith agam? Murach gurbh é a deartháir é gheobhainn freagra fearúil a thabhairt air, ach mar a bhí an scéal dúirt mé leis nár náir liom aon rud a bhí ar siúl idir mé féin agus a dheirfiúr, agus go raibh coinne agam go ndéanfadh sí rud orm lena bheith mar bhean chéile agam. Bhraith mé nach ndearna sin aon fheabhas a chur ar an scéal, ionas gur tháinig olc ormsa leis, agus bhí ní ba mhó ná mar ba mhaith liom, b'fhéidir, den teasaíocht i mo chuid labhartha leis, toisc í sin a bheith ann. Ionas gurbh é deireadh a bhí ar an scéal ná gur imigh seisean ina fochair, mar a chonaic tú féin, agus anseo domsa agus mé chomh mór ar mearbhall le haon fhear sa chontae seo. Inis dom, díreach, cén bhrí atá leis an ngnó ar fad, a Watson, agus beidh mé faoi chomaoin agat go deireadh mo shaoil."

Rinne mé iarracht nó dhó teacht faoin scéal, ach, mo leabhar duit, go raibh mé féin ar mórmhearbhall, leis. An teideal atá ag ár gcara, a chuid saibhris, a aois, a chuid cáilíochta agus a dhealramh, tá siad go léir somholta agus ní heol dom aon rud a bheadh ina choinne murab í an oidhe dhiamhair seo atá ag gabháil lena mhuintir a bheadh ann. Is ait an scéal é go ndiúltófaí dó chomh garbh sin gan an scéal a chur i gcomhairle na mná uaisle agus gan focal uaithi féin. Pé scéal é, rinne an chuairt a thug Stapleton féin orainn an tráthnóna sin ár gcuid tuairimí a chur ar leataobh. Tháinig sé chun a leithscéal a ghabháil mar gheall ar a ghairbhe agus a bhí sé ar maidin, agus tar éis scaitheamh maith a thabhairt i dteannta Sir Henry, an bheirt acu le chéile, i seomra an staidéir, ba é toradh a gcomhrá ach go bhfuil an t-achrann réitithe, agus go bhfuilimid le dul ar dinnéar chun Teach Merripit Dé hAoine seo chugainn dá chomhartha sin féin.‑

"Ní deirim anois nach duine ait é," arsa Sir Henry; "ní féidir liom dearmad a dhéanamh ar an bhféachaint a bhí ina shúile nuair a bhí sé ag déanamh orm ar maidin, ach caithfidh mé a admháil nach bhféadfadh aon fhear leithscéal ba thaitneamhaí a ghabháil ná mar atá déanta aige."

"Ar thug sé aon mhíniú ar a chuid mí-iompair?"

"A dheirfiúr an t-aon duine amháin ar an saol seo atá aige, deir sé. Is fíor sin. Tá áthas orm go bhfuil oiread sin measa aige uirthi. Tá siad i bhfochair a chéile riamh, agus de réir a chuntais sin bhí saol an-uaigneach aige, gan aige ach í sin mar chompánach, ionas gur scéiniúil an rud dó cuimhneamh ar scaradh léi. Dúirt sé nach raibh a fhios aige go raibh mé ag titim i ngrá léi, ach nuair a chonaic sé lena dhá shúil cinn féin gurbh amhlaidh a bhí, agus go mb'fhéidir go mbéarfaí uaidh í, chuir sin a leithéid sin de chorraí air go raibh sé ar feadh scaithimh ina leithéid sin de riocht nach raibh sé ciontach in aon rud a bhí sé a rá ná a dhéanamh. Bhí an-aithreachas air mar gheall ar an rud a tharla, agus thuig sé an díth céille agus an leithleachas a bhí ann agus a chuimhneamh go bhfaigheadh sé bean álainn mar a dheirfiúr a choimeád aige féin ar feadh a shaoil. Dá mbeadh sé uirthi a fhágáil b'fhearr leis a titim le comharsa mar mé féin ná le héinne eile ach pé scéal é, ba mhór an buille a bheadh ann dó, agus bhainfeadh sé roinnt aimsire de sula bhfaigheadh sé smaoineamh air. Bhí sé sásta éirí as an scéal ar fad dá ngeallfainnse dó an scéal a fhágáil mar a bhí sé go ceann trí mhí, agus a bheith sásta ar a bheith ag brú cairdis ar an mbean uasal ar feadh an aga sin gan aon ghrá a bheith i gceist. Gheall mé an méid sin dó, agus amhlaidh sin tá an scéal ina chairde."

Mar sin de tá ceann dár rúndiamhra beaga nochta. Is maith an rud tóin poill a bhualadh in áit éigin sa mhóinteán seo ina bhfuilimid ag ruathaireacht. Tá a fhios againn anois cén chúis a raibh míthaitneamh ag Stapleton don té a bhí i ndiaidh a dheirféar—bíodh gurbh é an duine sin Sir Henry féin. Agus anois tá fadhb eile réitithe agam sa mhórachrann, an rún a ghabhann le holagón na hoíche, an aghaidh dheorach a bhí ar bhean an bhuitléara, turas rúnmhar an bhuitléara chun na fuinneoige laitíse thiar. Tréaslaigh dom, a Holmes, a chroí, agus abair liom nach bhfuil teipthe orm sa ghnó a chuir tú orm—nach bhfuil tú in aithreachas na muiníne a chuir tú ionam nuair a chuir tú anseo mé. Tá an scéal go léir againn de bharr saothair aon oíche amháin.

Deirim "saothar aon oíche amháin," ach, le fírinne, bhí saothar dhá oíche ann, mar an chéad oíche ní raibh faic le fáil againn. D'fhan mé i bhfochair Sir Henry ina sheomra nó go raibh sé beagnach a trí a chlog ar maidin, ach glór d'aon sórt níor airíomar ach amháin an clog ar an staighre ag bualadh. Ba chráite an fhaire againn í ionas gurbh í deireadh a bhí uirthi ná gur thiteamar dár gcodladh inár gcathaoireacha. Bhí sé d'ádh linn gan titim in éadóchas, agus chinneamar ar thástáil eile a bheith againn. An dara hoíche d'íslíomar an solas sa lampa agus bhíomar inár suí ag caitheamh toitíní, gan pioc glóir á dhéanamh againn. Ba dheacair a chreidiúint an righne a bhí sna huaireanta an chloig agus iad ag imeacht agus ina dhiaidh sin bhíomar chomh foighneach faireach le haon fhiagaí a bheadh ag faire a chuid inneall féin. Bhuail a buille, agus a dó, agus bhí beagnach deireadh na foighne caite againn an dara huair agus sinn chun tabhairt suas, nuair a shuigh an bheirt againn aniar inár gcathaoireacha, agus ár gcuid céadfaí, a bhí cortha, ar inneall arís. Bhíomar tar éis cnag coiscéime a aireachtáil sa halla.

D'airíomar í ag sleamhnú léi go haireach nó gur éag an glór beag i bhfad uainn. Ansin d'oscail fear an tí an doras go ciúin deas, agus bhogamar amach sa tóir. Bhí ár mbuachaill imithe timpeall an áiléir cheana féin agus bhí an halla go léir faoi dhorchadas.

Shleamhnaíomar linn go ciúin nó gur ráiníomar an taobh eile den teach. Bhíomar díreach in am chun súil a bheith ar fhíor ard na féasóige duibhe, a shlinneáin cruinnithe, agus é ag siúl ar a bharraicíní síos an halla. Ansin ghabh sé tríd an doras céanna a ghabh sé cheana, agus thaispeáin solas na coinnle sa dorchadas é mar bhí aon gha buí amháin ag teacht trasna dhiamhracht an halla. Dhruideamar leis go haireach, agus sinn ag triail gach cláir sula leomhfaimis ár lánmheáchan a luí air. Bhí sé de ghaois ionainn ár gcuid bróg a fhágáil inár ndiaidh, ach, mar sin féin, bhí na seanchláir ag sníomh agus ag cnagadh fúinn. Uaireanta ritheadh sé liom nach bhfaigheadh sé gan sinn a aireachtáil. Pé scéal é, tá an fear saghas bodhar, buíochas le Dia, agus bhí a aigne ar fad sáite sa rud a bhí roimhe a dhéanamh. Faoi dheireadh, nuair a ráiníomar an doras agus nuair a thugamar súilfhéachaint isteach chonaiceamar ar a chromada é, coinneal ina lámh aige, agus a aghaidh bhán i gcoinne na fuinneoige aige, díreach mar a chonaic mé é dhá oíche roimhe sin.

Ní raibh beartaithe againn ar aon rud áirithe a dhéanamh, ach fear is ea an ridire óg a bhfuil sé de nádúr ann an rud díreach a dhéanamh i gcónaí. Shiúil sé isteach sa seomra, agus ar a dhéanamh, léim an buitléir siar ón bhfuinneog ag siosarnach dó, agus sheas os ár gcomhair amach agus an bháine agus an creathán ann. Bhí an dá shúil a bhí air, agus iad ag glinniúint amach tríd an mbánchealtair d'aghaidh a bhí air, lán d'uamhan agus d'uafás agus é ag féachaint ó dhuine go dtí an duine eile againn.

"Cad tá tú a dhéanamh anseo, a Bharrymore?" arsa Sir Henry.

"Dada, a dhuine uasail." Bhí sé chomh corraithe sin gur dhícheall dó labhairt, agus bhí na scáileanna síos suas ag an luascadh a bhí ag an gcoinneal. "An fhuinneog, a dhuine uasail. Téim timpeall gach oíche féachaint an mbíonn siad dúnta i gceart."

"Ar an dara hurlár?"

"Sea, gach aon fhuinneog riamh."

"Féach leat," arsa Sir Henry, go daingean, "tá sé socair againne an fhírinne a fháil asat, ionas go ndéanfaidh sé níos lú trioblóide duit í a insint dúinn luath nó mall. Níl aon éitheach uainn! Cad a bhí tú a dhéanamh ag an bhfuinneog?"

D'fhéach an duine orainn go cásmhar, agus chrom ag fáscadh a lámh mar a dhéanfadh duine a mbeadh srathair na hainnise air agus mearbhall thar fóir.

"Ní raibh mé ag déanamh aon díobhála, a dhuine uasail. Bhí mé ag coimeád coinnle leis an bhfuinneog."

"Agus cad é an chúis duit a bheith ag coimeád coinnle leis an bhfuinneog?"

"Ná fiafraigh díom, a Sir Henry—ná fiafraigh díom! Táim ag tabhairt m'fhocail duit, a dhuine uasail, nach é mo rún féin é, agus nach acmhainn dom a aithris. Mura mbeadh aon bhaint ag éinne leis ach agam féin ní bheinn á choimeád uait."

Rith rud éigin liom féin den iarracht sin, agus thóg mé an choinneal de bhonn na fuinneoige, mar ar leag an buitléir í.

"Caithfidh sé a bheith ag déanamh comharthaí léi," arsa mise. "Feicimis an bhfuil aon fhreagra." Coimeád mé í mar a rinne seisean agus d'fhéach amach trí dhorchadas na hoíche. Ar éigean a bhí an toirt dhubh crann le feiceáil agam, agus fairsinge an réisc a bhí ní ba shoiléire, mar bhí an ghealach ar chúl na scamall. Agus ansin scaoil mé liú áthais asam, mar bhris léas beag suarach de bhuísholas d'urchar tríd an gcochall dorchadais a bhí ann: i lár na cearnóige duibhe a rinne an fhuinneog a bhí sé ag taitneamh.

"Sin é agat é!" arsa mise.

"Ní hé, ní hé, a dhuine uasail, ní dada é—ní dada ar aon chor é," arsa an buitléir ag cur isteach orainn; "creid uaim é, a dhuine uasail—"

"Druid an solas agat trasna na fuinneoige, a Watson!" arsa an máistir óg. "Féach, tá an ceann eile ag corraí leis! Anois, a rascail, an féidir leat a shéanadh gur comhartha atá ann? Sea, labhair amach! Cé hé seo atá amuigh anseo atá i gcomhar leat, agus cén saghas uisce faoi thalamh atá ar siúl?"

Las an dánacht in aghaidh an fhir.

"Sin é mo ghnósa, agus níl aon bhaint agatsa leis. Ní inseoidh mé."

"Más mar sin é, caithfidh tú imeacht as mo sheirbhís ar nóiméad."

"Tá go maith, a dhuine uasail. Má chaithim imeacht, caithfidh."

"Agus tá tú ag imeacht faoi náire. Dar an spéir ba cheart duit náire a bheith ort. Tá do shinsir ina gcónaí faoi na fraitheacha seo le mo mhuintirse le breis is céad bliain, agus anseo is ea a fheicim tú agus tú sáite go domhain i gcomhcheilg éigin chun mo dhíobháil a dhéanamh."

"Ní hea, a dhuine uasail, ní chun do dhíobhálasa é." Glór mná a bhí ann, agus bhí bean Barrymore, agus í ní ba mhílíthí agus ní ba scéiniúla ná a fear, ina seasamh sa doras. An toirt a bhí inti ina seál agus ina sciorta dhéanfadh sí greannmhaireacht a chur sa scéal murach méid na mairge a bhí le feiceáil ar a pearsa.

"Caithfimid a bheith ag imeacht, a Eliza. Siod é an deireadh atá ar an scéal. Gheobhaidh tú ár gcuid rudaí a phacáil," arsa an buitléir.

"Ó, a John, a John! An bhfuilim tar éis an chríoch seo a thabhairt ort? Is mise is ciontach, a mháistir—mise faoi deara gach aon rud. Níl aon rud déanta aige ach ar mo shonsa, is mise a d'iarr air a dhéanamh."

"Labhair amach mar sin! Cén bhrí atá leis?"

"Tá mo dheartháir mí-ámharach á chailleadh leis an ocras ar an riasc. Ní hacmhainn dúinn ligean dó bás a fháil ag na geataí againn. Tá comhartha sa solas dó go bhfuil bia ag fuireach leis, agus an solas aige sin taispeánann sé an áit chun an bia a thabhairt."

"Mar sin is é do dheartháir—"

119

"An cime atá ar teitheadh, a dhuine uasail—Selden, an meirleach."

"Sin í an fhírinne, a dhuine uasail," arsa an buitléir. "Dúirt mé leat nárbh é mo rún féin é agus nach bhféadfainn a insint duit. Ach anois tá sé airithe agat, agus feicfidh tú má bhí comhcheilg sa scéal nach chugatsa a bhí sé."

Ba é seo, dá bhrí sin, an bhrí a bhí le turas diamhair na hoíche agus leis an solas ag an bhfuinneog. Chrom mé féin agus Sir Henry ag féachaint idir an dá shúil ar an mbean le hiontas. Arbh fhéidir go raibh an fhuil chéanna sa duine dealraitheach staidéarach seo agus a bhí sa mheirleach ba mhó trácht air sa tír?

"Sea, a dhuine uasail, Selden ba shloinne domsa, agus bhí seisean ar an deartháir ab óige agam. Rinneamar an iomarca peataireachta air agus é ina gharsún, agus thugamar cead a chinn dó, nó gur cheap sé go ndearnadh an saol dó féin agus dá chuid pléisiúir, agus go bhféadfadh sé a rogha rud a dhéanamh ann. Ansin, de réir mar a tháinig aois dó, bhuail sé le droch-chompánaigh, agus fuair an diabhal greim air, nó gur bhris sé croí mo mháthar agus go ndearna ár n-ainm a thruailliú. Bhí sé ag dul ó choir go coir, ag titim agus ag titim, ionas nach bhfuil ann ach grásta Dé nach bhfuil sé crochta; ach is cuimhin liomsa fós an buachaillín beag a dtugainn aire dó agus a n-imrínn leis fadó. Ba é sin an chúis ar theith sé as an bpríosún, a dhuine uasail. Bhí a fhios aige go raibh mise anseo, agus nach bhfaighimis gan cúnamh a thabhairt dó. Nuair a tharraing sé é féin isteach anseo oíche, é go tnáite agus é caillte leis an ocras, agus na gardaí ag a shála, cad a bhí le déanamh againn? Thugamar bheith istigh dó, agus thugamar bia agus aireachas dó. Ansin tháinig sé thar n-ais, a dhuine uasail, agus cheap mo dhearbháir go mbeadh sé ní ba mhó ó bhaol ar an riasc ná in aon áit eile nó go mbeadh an tóir thart, mar sin de tá sé i bhfolach ann. Ach gach re oíche rinneamar deimhin de go raibh sé ann i gcónaí le solas a chur san fhuinneog agus dá mbeadh aon fhreagra bheireadh m'fhear céile roinnt aráin agus roinnt feola amach chuige. Bhímis ag coinne gach aon lá go mbeadh sé imithe, ach chomh fada agus a bheadh sé ann ní dhéanfaimis an dorn dubh air. Sin é lom láir na fírinne agat, mar Críostaí mná macánta is ea mé agus feicfidh tú má tá aon mhilleán ag gabháil leis an scéal, nach é

120

m'fhear céile atá ciontach, ach mise. Is ar mo shonsa a rinne sé a bhfuil déanta aige."

Bhí an oiread sin den dáiríreacht i mbriathra na mná go gcaithfeadh duine í a chreidiúint.

"An í seo an fhírinne?"

"Is í, a mháistir," arsa an buitléir. "Gach aon fhocal di."

"Bhuel, ní fhéadfainn aon mhilleán a bheith agam ort mar gheall ar chabhrú le do bhean féin. Déan dearmad den ní atá ráite agam. Téigh chun bhur seomra, an bheirt agaibh, agus déanfaimid a thuilleadh cainte i dtaobh an ruda ar maidin."

Nuair a bhí siad imithe d'fhéachamar amach an fhuinneog arís. Bhí Sir Henry tar éis í a oscailt, agus bhí gaoth fhuar na hoíche ag bualadh san aghaidh orainn. I bhfad uainn sa dorchadas bhí an léas beag buí solais ar lasadh i gcónaí.

"Is ionadh liomsa go bhfuil sé de dhánacht ann é a dhéanamh," arsa Sir Henry.

"B'fhéidir nach bhfuil sé le feiceáil ach ón bpointe seo."

"Cá fhad ó bhaile a déarfá atá sé?"

"Amach cois an Cleft Tor, déarfainn."

"Níl sé níos mó ná dhá mhíle ó bhaile."

"Is dícheall má tá sé an méid sin."

"Bhuel, ní féidir dó a bheith rófhada má chaith an buitléir an bia a thabhairt amach ann. Agus tá an coirpeach sin an áit a bhfuil an choinneal. Dar an spéir, a Watson, nó go bhfuilim ag dul amach chun an fear sin a ghabháil!"

Rith an rud céanna liom féin. Ní hamhlaidh a bhí an scéal go raibh an bheirt acu tar éis a muinín a chur ionainn. Is amhlaidh a baineadh an rún astu. Sciúirse mí-áidh ba ea an fear céanna sa dúiche, cladhaire críochnaithe nach raibh pioc trua ná taise ag éinne dó. Ba é ár ndualgas rud éigin a dhéanamh chun é a chur thar n-ais go dtí an áit nach bhféadfadh sé aon díobháil a dhéanamh. Le neart an fhoréigin agus na cruála a bhí ina nádúr dhíolfaí a thuilleadh as mura ndéanaimis an rud ceart. B'fhéidir go dtabharfadh sé fogha faoi na comharsana againn, oíche éigin, cuir i gcás, agus b'fhéidir gurbh é seo an rud a rith le Sir Henry agus a chuir fonn air tabhairt faoi.

"Rachaidh mé leat," arsa mise.

"Mar sin faigh do ghunnán agus cuir ort do bhróga. An túisce a imeoimid is ea is fearr, mar b'fhéidir go múchfadh an duine a choinneal agus go gcuirfeadh sé de."

I gceann cúig nóiméad bhíomar lasmuigh den doras agus sinn ag cur dínn ar ár gcuairt. Luathaíomar tríd an scotharnach sa dorchadas, agus gaoth an fhómhair ag éagaoineadh inár dtimpeall, agus na duilleoga ag titim. Bhí aer na hoíche go trom úr leis an bhfeo a bhí i ngach rud. D'fheicimis an ghealach anois agus arís ar feadh scaithimh bhig, ach bhí scamaill ag cur díobh trasna na spéire, agus díreach agus sinn ag teacht amach ar an riasc chrom sé ag ceobhrán fearthainne. Bhí an solas ar lasadh leis i gcónaí romhainn amach.

"An bhfuil tú armtha?" arsa mise.

"Tá fuip leathair agam."

"Caithfimid teacht air d'urchar, mar deirtear gur fealltach an duine é. Bainfimid geit as agus beidh sé ar ár dtoil againn sula bhfaighidh sé aon chur inár gcoinne a dhéanamh."

"Féach," arsa an ridire óg, "cad a déarfadh Holmes leis an obair seo? Cad mar gheall ar uair an dorchadais sin ina mbíonn cumhacht an diabhail i réim?"

Díreach agus dá mba á fhreagairt é d'éirigh den iarracht sin as mórdhiamhracht an réisc an bhéic ainriochtach a d'airigh mé cheana féin ar Shlogach Grimpen. Tháinig sí as an ngaoth le ciúnas na hoíche, monabhar fada, íseal, ansin scread mhillteach, agus ansin an t-éagaoineadh léanmhar lenar éag sí. Tháinig sí arís agus arís eile, bhí an t-aer go léir ar crith léi, í ag cneadach, í lán d'anfa agus d'uafás. Rug an t-ógfhear ar mo mhuinchille agus bhí an bháine le feiceáil ar a aghaidh sa leathdhorchadas.

"A thiarna an domhain, cad é sin?"

"Ní fheadar. Glór éigin is ea é atá acu ar an riasc. D'airigh mé uair amháin cheana é."

Stad sé, agus níor fhan ach an fíorchiúnas inár dtimpeall. Bhíomar inár seasamh agus cluas orainn, ach an drae rud a bhí le haireachtáil againn.

"A Watson," arsa an t-ógfhear. "Glam cú a bhí ann."

Reodh an fhuil ionam, mar bhí stad ina chaint a chuir i dtuiscint dom an t-uafás uamhnach a bhí tar éis é a ghabháil.

"Cad a thugann siad ar an nglór seo?" ar seisean.

"Cé hiad?"

"Muintir na háite seo."

"Ó, dream ainbhiosach is ea iad sin. Cén chiall duitse a bheith ag cuimhneamh ar cad a thugann siad air?"

"Inis dom, a Watson, cad a deir siad ina thaobh?"

Stad mé féin, ach ní bhfaighinn dul ón gceist.

"Deir siad gurb é glam Chú na mBaskerville é."

Lig sé cnead as, agus ní dúirt focal go ceann cúpla nóiméad.

"Cú a bhí ann," ar seisean faoi dheireadh, "ach ba dhóigh liom gur tháinig sé na mílte ó bhaile ón taobh thall ansin."

"Ba dheacair a rá cárbh as ar tháinig sé."

"Bhí sé ag éirí agus ag maolú leis an ngaoth. Nach bhfuil Slogach mór Grimpen sa treo sin?"

"Tá."

"Bhuel, thuas ansin a bhí sé. Téanam anois, a Watson, nár mheas tú féin gur ghlam cú a bhí ann? Ní haon pháiste mise. Ní gá duit aon eagla a bheith ort an fhírinne a insint."

"Bhí Stapleton i m'fhochair nuair a d'airigh mé cheana é. Dúirt sé go mb'fhéidir gur scréach éin neamhchoitianta éigin é."

"Níorbh ea, níorbh ea, cú ba ea é. Go bhféacha Dia orainn, an féidir go bhfuil fírinne sna cainteanna seo? An féidir gur fíor mé a bheith i gcontúirt ag ní chomh diamhair sin? Ní chreideann tusa go mbeinn, an gcreidfeá?

"Ní chreidim ar aon chor."

"Agus ina dhiaidh sin gheofá bheith ag magadh faoin scéal i Londain, ach rud eile is ea a bheith anseo in uaigneas an réisc agus a bheith ag éisteacht le scréach mar sin. Agus m'uncail! Bhí rian cos an chú lena ais mar a raibh sé sínte. Tá gach aon rud in oiriúint dá chéile. Ní dóigh liom gur duine meata atá ionam, ach rinne an glór sin, dar liom, leac oighir de mo chuid fola. Bain le mo lámh!"

Bhí sí chomh fuar le cloch mharmair.

"Beidh tú i do cheart amárach."

"Ní dóigh liom go bhfaighidh mé an scréach sin a chur as mo cheann. Cad a chomhairleofá a dhéanfaimis anois?"

"An rachaimid thar n-ais?"

"Ní dhéanfaimid, i m'anam; táimid tar éis teacht amach chun tabhairt faoin bhfear sin, agus déanfaimid sin. Táimidne ar thóir an chime, agus tá cú ó ifreann, de réir dealraimh, ar ár dtóirne. Téanam. Ní stríocfaimid anois má tá a bhfuil de dheamhain in ifreann ag fóisíocht ar fud an réisc."

Chuireamar dínn go righin agus go leadránach tríd an dorchadas, agus na cnoic charraigeacha dhubha inár dtimpeall, agus an léas beag buí solais i gcónaí ar lasadh romhainn amach. Níl aon rud a mheallfadh tú ach an fad a bheadh solas uait oíche a bheadh chomh dubh le pic, ionas gur dhóigh leat uaireanta eile go raibh sé i ngiorracht cúpla slat duit. Ach faoi dheireadh gheobhaimis a fheiceáil cárbh as a bhí sé ag teacht, agus ansin bhí a fhios againn go rabhamar an-ghairid dó. Bhí coinneal leathleagtha sáite i scoilt a bhí sna carraigeacha agus carraig ar gach taobh di chun í a chosaint ón ngaoth, agus fós chun nach mbeadh sí le feiceáil ach amháin sa treo ina raibh an Halla. Bhí bollán dár scáthú, agus shleamhnaíomar linn ar ár gcromada taobh thiar de nó go bhfuaireamar sracfhéachaint a thabhairt ar sholas an chomhartha. B'ait féachaint ar an gcoinneal aonaránach úd agus í ag dó léi i lár an réisc gan aon chréatúr beo taobh léi—aon rud ach an lasair dhíreach bhuí agus í ag taitneamh ar an gcarraig ó gach taobh.

"Cad ab fhearr dúinn a dhéanamh anois?" arsa Sir Henry ina chogar.

"Fuireach anseo. Caithfidh sé a bheith gairid don solas atá aige. Féachaimis an féidir linn aon radharc a fháil air."

Ní túisce na focail ráite agam ná chonaiceamar araon é. Os cionn na gcarraigeacha, sa phluais ina raibh an choinneal ar lasadh, bhí aghaidh bhuí mhillteach, sáite amach, aghaidh uafásach mar a bheadh ar ainmhí, í lán de rianta agus de riastaí gach míphaisin. Bhí sí lán de lathach agus féasóg cholgach uirthi, agus an ghruaig go scothach ina slaodanna léi; gheofá a rá gurbh aghaidh í a bhíodh ar cheann de na sean-fhiadhaoine úd a mbíodh cónaí orthu sna cuasa ar thaobh na gcnoc. Bhí an solas ag lonrú aníos ar a shúile beaga glice agus é ag briollacadh go scéiniúil ó thaobh taobh sa dorchadas, ar nós ainmhí allta sárghlic a bheadh tar éis coiscéimeanna na bhfiagaithe a aireachtáil.

Bhí rud éigin, de réir dealraimh, tar éis é a chur ar a aire. B'fhéidir gurbh amhlaidh a bhí comhartha éigin príobháideach ag Barrymore nach ndearnamarna dó, nó b'fhéidir go raibh cúis éigin eile ag an duine lena chuimhneamh nach raibh an scéal ina cheart aige, ach, pé scéal é, bhí mé inniúil ar an eagla a léamh ar a aghaidh mhallaithe. Gheobhadh sé an solas a mhúchadh aon nóiméad agus tabhairt faoin dorchadas. Phreab mé chun cinn, dá bhrí sin, agus rinne Sir Henry an cleas céanna. Leis an linn chéanna chuir an cime grith de mhallacht as agus chaith cloch mhór linn a ndearnadh smidiríní di i gcoinne an bholláin a bhí dár ndíon. Chaith mé súilfhéachaint ar an bhfior bheag, théagartha, láidir a bhí aige agus é ag éirí agus ag iompú chun cur de na boinn. Ar an nóiméad céanna, ámharach go leor, d'fhuascail an ghealach í féin ó na scamaill. Ritheamar linn thar mhullach an chnoic, ach bhí ár mbuachaill ag rith go mear síos an taobh eile den chnoc agus é ag léim thar na clocha a tháinig ina shlí chomh hoilte agus a dhéanfadh aon ghabhar sléibhe é. B'fhéidir go ndéanfadh urchar maith fada as mo ghunnán cláiríneach de, ach is chun mé féin a chosaint a thug mé liom é, agus ní chun fear gan aon arm a lámhach agus é ag teitheadh uaim.

Bhíomar ar aon go maith chun reatha, ach ba ghairid gur thuigeamar nach raibh aon bhreith againn air. Bhíomar ag féachaint air ar feadh scaithimh mhaith le solas na gealaí nó nach raibh ann ach oiread na fríde ag cur de go mear thar na bolláin ar chliathán cnoic a bhí tamall maith uainn. Leanamar den sciuird reatha nó nach raibh breith againn ar ár n-anáil, ach bhí méadú ar an spás a bhí eadrainn. Faoi dheireadh stadamar agus shuíomar ar dhá charraig cloiche agus sinn faoi dhiansaothar, nó go bhfacamar é ag imeacht as ár radharc le fad na slí.

Agus is leis an linn chéanna seo a tharla rud a bhí an-neamhchoitianta agus nach raibh pioc coinne leis. Bhíomar tar éis éirí inár seasamh ón dá charraig agus iompú chun dul abhaile, mar bhíomar éirithe as an tóir. Bhí an ghealach go híseal ar ár ndeis, agus í ar dhath an airgid, agus bhí mullach gágach creige in airde ina coinne. Is ansiúd a chonaic mé, ar an gcreig agus é díreach chomh dubh le híomhá éabainn ann, fíor fir. Ná tuig gur aon sclimpíní a bhí ar mo shúile, a Holmes. Táim á rá leat nach bhfaca mé riamh i mo shaol aon rud ní ba shoiléire. Chomh fada agus a gheobhainn a rá fíor fir aird thanaí a bhí ann. Bhí sé ina sheasamh agus a chosa beagán scartha óna chéile, a ghéaga trasna ar a chéile, a cheann crom, mar a bheadh sé ag marana ar an mórfhairsinge fhiáin mhóna a bhí roimhe amach. Gheofá a rá gurbh é spiorad na

126

háite
uafásaí sin é.
Níorbh é an cime
é. Bhí an fear seo i
bhfad ón áit ina ndeach-
aigh an duine sin ó radharc.
Ina fhochair sin, fear i bhfad ní
b'airde ba ea é. Le liú áthais bhí
mé á thaispeáint do mo chompánach
óg, ach ar an nóiméad a d'iompaigh mé
timpeall chun breith ar a lámh bhí an fear imithe.
Bhí mullach géar na carraige ansiúd i gcónaí agus é ag
gearradh chorrán na gealaí, agus ní raibh aon teimheal den fhíor
úd ar a bharr.

Bhí sé uaim dul an treo sin agus an chreig a chuardach ach bhí sí
rófhada ó bhaile. Bhí mo chompánach ar crith i gcónaí ón scréach
úd, a rinne athbheochan dó ar dhuaircscéal a mhuintire, agus ní

raibh aon tóir aige ar úr-éachtaí. Ní fhaca sé an duine aonaránach ceannasach úd a bhí ar an gcreig, agus amhlaidh sin ní fhéadfadh sé an gheit a bhain an radharc asamsa a shamhlú. "Garda, gan aon amhras," ar seisean, "tá an riasc dubh leo ó d'éalaigh an duine seo." Bhuel, b'fhéidir go raibh an ceart aige, ach ba mhaith liom cruthú ní ba threise a bheith agam air. Inniu tá fonn orainn scéala a chur go dtí muintir Princetown chun a insint dóibh cá bhfuil an té atá ar iarraidh uathu, ach is trua nach bhfuil sé d'ádh linn é bheith le rá againn gur thugamar féin thar n-ais mar phríosúnach é. Sin iad agat eachtraí na hoíche aréir, agus caithfidh tú a admháil, a Holmes, a chara, go bhfuil déanta go maith agam sa tuairisc seo atá scríofa agam duit. Níl mórán práinne lena lán dá bhfuil inste agam duit, ach mar sin féin, is é mo thuairim gur fearr dom gach aon rud a insint duit agus ligean duit togha a dhéanamh tú féin ar na rudaí is fearr a oirfidh chun teacht faoin scéal. Táimid gan aon amhras ag déanamh dul chun cinn éigin. Chomh fada agus a théann an buitléir agus a bhean, tá fáth a ngníomhartha faighte amach againn, agus tá sin tar éis glanadh mór a dhéanamh ar an scéal. Ach tá an riasc agus a chuid diamhrachta agus a chuid áitritheoirí aite fós chomh doscrúdaithe agus a bhí riamh. B'fhéidir go bhfaighinn solas éigin a thabhairt duit air seo, leis, i mo chéad tuairisc eile. Ach ba é rud ab fhearr a gheofá a dhéanamh ná teacht anuas tú féin.

CAIBIDIL X

Giota ó Chín Lae an Dochtúra Watson

Go nuige seo bhí mé inniúil ar na tuairiscí a chuir mé ag triall ar Holmes a chur síos anseo. Anois, áfach, caithfidh mé éirí as an gcleas sin agus dul i muinín mo chuimhne arís, ach amháin go mbeidh mé ag fáil cabhrach ón gcín lae atá agam. Is leor cúpla giota as sin ar ar tharla roimh an éacht sin atá snaidhmthe go doscaoilte agus go mion i mo chuimhne. Leanfaidh mé orm, mar sin, ón maidin i ndiaidh an fhiaigh in aistear a rinneamar ar an gcime agus na rudaí neamhchoitianta eile a tharla dúinn ar an riasc.

16 Deireadh Fómhair.—Lá trom ceo, agus ceobhrán fearthainne atá ann. Tá an teach faoi bhrú púcaí scamall, iad ag éirí ó am go chéile ag taispeáint na gcastaí uaigneacha atá ar an riasc, agus na riastaí tanaí geala atá ar chliatháin na gcnoc, agus na bolláin fhliucha i bhfad ar shiúl ag lonrú nuair a bhíonn an solas orthu. Tá an lionn dubh istigh agus amuigh. Tá an máistir óg go dubhach domheanmnach tar éis na hoíche corraithe a bhí againn aréir. Braithim féin an t-ualach ar mo chroí agus an dainséar atá i mo cheann—dainséar atá ann i gcónaí, agus is amhlaidh is milltí é nuair nach féidir a rá cad tá ann.

Agus nach bhfuil cúis agam leis an mothú sin? Cuimhnigh ar na héachtaí go léir atá ag bagairt ar mhailís éigin agus atá ag obair inár dtimpeall. Féach bás an duine eile sa Halla, a chomhlíonann chomh firinneach sin coinníollacha fhabhalscéal a mhuintire, agus féach síoraithris na dtuathánach i dtaobh an chréatúir neamhchoitianta a fheictear ar an riasc. Táim tar éis a aireachtáil faoi dhó le mo dhá chluas féin an glór atá cosúil le glam cú i bhfad ó bhaile. Ní chreidfeadh éinne go bhféadfadh sé a bheith le deimhin lasmuigh de dhlí coitianta an nádúir, agus ní féidir é. Spioradchú a fhágann rian a chos ina dhiaidh agus a bhaineann crith as an spéir lena ghlamaíl, is deacair a rá go bhfaigheadh a leithéid a bheith ann. B'fhéidir go ngéillfeadh Stapleton dá leithéid de dhiabhlaíocht, agus Mortimer leis; ach gheobhainn a rá go bhfuil mé stuama go leor gan géilleadh don saghas sin. Dá ngéillinn, bheinn ar aon dul leis na tuathánaigh bhochta nach bhfuil sásta fiú amháin le deamhan de chú, ach a chaithfidh tine ifrinn a bhíonn ag stealladh amach as a bhéal agus as a shúile a chur ina leith leis. Fear is ea Holmes nach dtabharfadh cluas dá leithéidí sin de smaointe, agus is mise a ghníomhaire. Ach ní bréag í an fhírinne agus táimse tar éis a bheith ag éisteacht faoi dhó leis an nglamaíl seo ar an riasc. Cuir i gcás go mbeadh le deimhin cú an-mhór éigin scaoilte ar a fhuaid: rachadh sin i bhfad ar an scéal a mhíniú. Ach cá bhféadfadh a leithéid de chú a bheith i bhfolach, cá bhfaigheadh sé a chuid bia, cá has a dtiocfadh sé, conas nach bhfeicfeadh éinne de ló é? Caithfear a admháil go bhfuil an chrostacht chéanna sa mhíniú nádúrtha le haon mhíniú eile. Agus fós, gan aon trácht a dhéanamh ar an gcú, cuimhnigh ar an duine daonna sin a bhí i Londain, an fear sa chab agus an litir a thug an rabhadh do Sir Henry i dtaobh an réisc. Bhí an méid seo, pé scéal é, fírinneach, ach gheobhadh cara an méid sin a dhéanamh ar mhaithe leis an bhfear óg. Cá raibh an cara nó an namhaid sin anois? Ar fhan sé i Londain, nó ar lean sé anuas anseo sinn? An féidir—an féidir gurb é sin an strainséir a chonaic mé in airde ar an gcreig?

Is fíor nach raibh ach an t-aon fhéachaint amháin agam air, agus fós tá roinnt rudaí a bhfuilim réidh chun dearbhú leo. Ní héinne é dá bhfuil feicthe anseo agam, agus táim tar éis bualadh leis na comharsana go léir anois. Bhí an fhíor i bhfad ní b'airde ná fíor Stapleton, i bhfad ní ba thanaí ná fíor an bhuitléara, ach bhí seisean fágtha inár ndiaidh againn, agus táim deimhin nach bhféadfadh sé sinn a leanúint. Bhí strainséir ar ár dtí i Londain. Nílimid tar éis é a chur dár mboladh fós. Dá bhfaighinnse mo lámh a leagan ar an bhfear sin, ansin faoi dheireadh thiar thall b'fhéidir go mbeadh againn réiteach ár gcruashnaidhmeanna. Caithfidh mé mo lánneart a chur ag obair ar an aon rud amháin seo anois.

Ba é an chéad rud a rith liom ná na seifteanna go léir a bhí ceaptha agam a insint do Sir Henry. An dara rud agus an rud is ciallmhaire ach mo chuid cártaí féin a imirt agus gan ach caolchuid

a rá le héinne. Tá Sir Henry an-tostach
smaointeach inniu. Tá trína chéile an-mhór
déanta air ag an nglór úd ar an riasc. Ní déarfaidh
mé aon rud a mhéadóidh ar a chuid míshuaimhnis,
ach leanfaidh mé mo rian féin chun réiteach a dhéanamh ar mo
chuid féin den scéal.

Tharla rud beag ar maidin tar éis am bricfeasta. D'iarr Barry-
more cead chun labhairt le Sir Henry, agus bhí siad i dteannta a
chéile sa seomra staidéir aige ar feadh tamaill bhig. Bhí mé i mo
shuí síos istigh sa seomra billéardaí, agus d'airigh mé na guthanna
ag ardú ní ba mhinice ná aon uair amháin, agus bhí mé in amhras

go maith i dtaobh an ruda a bhí ar siúl eatarthu. Tar éis tamaill d'oscail an t-ógfhear an doras agus ghlaoigh orm.

"Is dóigh le Barrymore go bhfuil cúis ghearáin aige," ar seisean. "Is dóigh leis nach raibh sé ceart againne dul ar thóir dheartháir a chéile nuair a d'inis seisean an rún dúinn dá dheoin féin."

Bhí an buitléir ina sheasamh, agus é go mílítheach agus go cruinnithe, os ár gcomhair.

"B'fhéidir go raibh an iomarca den teasaíocht i mo chuid cainte leat, a dhuine uasail," ar seisean, "agus má bhí, táim deimhin nach dtógfaidh tú orm é. Mar sin féin, ba mhór é m'ionadh nuair a d'airigh mé gur tháinig an bheirt agaibhse, beirt uasal, thar n-ais ar maidin agus go raibh sibh ag fiach Selden. Tá a dhóthain ag troid in aghaidh an duine bhoicht gan mise a bheith ag cur a thuilleadh ar a thí."

"Dá mba rud é go n-inseofá dúinn é de do dheoin féin bheadh a mhalairt de scéal ann," arsa an máistir leis. "Níor inis tú dúinn é, nó is é a mheasaim a rá nár inis do bhean dúinn é, go dtí gur baineadh asaibh é agus nach raibh aon leigheas agaibh ach a dhéanamh."

"Shíl mé go bhfágfá an scéal mar a bhí, a Sir Henry—go deimhin shíl mé."

"Dainséar don phobal is ea an fear. Tá tithe aonaránacha scaipthe ar fud an réisc, agus fear is ea é nach bhfuil aon teorainn leis. Níor ghá duit ach radharc a fháil ar a aghaidh chun a fhios sin a bheith agat. Féach ar theach Stapleton, cuir i gcás, agus gan éinne ach é féin chun é a chosaint. Níl éinne ó bhaol go dtí go mbeidh sé faoi ghlas."

"Ní bhrisfidh sé isteach in aon teach, a dhuine uasail. Táim ag tabhairt m'fhocail duit air sin. Agus ní dhéanfaidh sé pioc corrabhuaise d'éinne sa tír seo arís. Táim á rá leat, a Sir Henry, go mbeidh gach aon ullmhúchán déanta againn i gceann cúpla lá agus beidh sé ar an bhfarraige go Meiriceá Theas. Ar son Dé, a dhuine uasail, iarraim ort gan a insint do na póilíní go bhfuil sé ar an riasc fós. Tá siad tar éis scor den tóir, agus gheobhaidh sé a bheith ar a shuaimhneas nó go mbeidh an long réidh dó. Ní bhfaighidh tú é a ghearán gan mise agus mo bhean a thabhairt ciontach leis. Iarraim ort, a dhuine uasail, gan aon rud a rá leis na pílir."

132

"Cad a déarfása, a Watson?"

Bhain mé croitheadh as mo shlinneáin. "Dá mbeadh sé slán folláin amach as an tír laghdódh sé an t-ualach ar lucht cánacha a dhíol."

"Ach cad mar gheall air má dhéanann sé éagóir ar dhuine éigin sula n-imeoidh sé?"

"Ní dhéanfaidh sé aon ghealtachas mar sin, a dhuine uasail. Táimid tar éis a bhfuil uaidh a thabhairt dó. Dá ndéanfadh sé coir thaispeánfadh sin go raibh sé i bhfolach."

"Is fíor sin," arsa Sir Henry. "Bhuel, a Bharrymore—"

"Beannacht Dé ort, a dhuine uasail, agus táim buíoch díot ó mo chroí. Mharódh sé mo bhean chéile é a ghabháil arís."

"Is baol liom go bhfuilimid ag cabhrú agus ag neartú le coirp-eacht, a Watson? Ach tar éis a bhfuil airithe agam, braithim orm féin nach bhféadfainn an fear a thabhairt suas, mar sin de bíodh deireadh leis an scéal. Tá go maith, a Bharrymore, imigh leat."

Dúirt an fear cúpla focal buíochais go balbh agus d'iompaigh uainn, agus stad sé arís agus tháinig thar n-ais.

"Tá tú tar éis a bheith chomh cneasta linn, a dhuine uasail, gur mhaith liom an rud is fearr atá ar m'acmhainn a dhéanamh mar chúiteamh. Tá a fhios agamsa rud éigin, a Sir Henry, agus b'fhéidir gur cheart dom é a rá leat cheana, ach b'fhada i ndiaidh an choiste cróinéara a bheith ann a fuarthas amach é. Ní dúirt mé focal ina thaobh fós le duine beo. Is mar gheall ar bhás Sir Charles bhoicht é."

Léim an bheirt againn inár seasamh den iarracht sin.

"An bhfuil a fhios agat conas a maraíodh é?"

"Níl a fhios agam sin, a dhuine uasail."

"Abair leat mar sin."

"Tá a fhios agam cad a thug go dtí an geata an oíche sin é. Is chun teagmháil le bean a bhí sé ann."

"Chun teagmháil le bean! É siúd?"

"Sea, a dhuine uasail."

"Inis dom ainm na mná."

"Ní féidir dom an t-ainm a thabhairt duit, a dhuine uasail, ach tá na ceannlitreacha agam. L.L. na ceannlitreacha."

"Conas tá a fhios sin agat?"

"Bhuel, a Sir Henry, fuair d'uncail litir an mhaidin úd. Thagadh a lán litreacha de ghnáth chuige, mar fear poiblí ba ea é agus bhí sé d'ainm air croí maith a bheith aige, ionas go mbíodh daoine ag iarraidh cabhrach air go minic. Ach an mhaidin sin, tharla nach raibh ann ach an t-aon litir amháin, agus amhlaidh sin ba mhó a tháinig sí faoi m'aire. Ó Choombe Tracey ba ea í, agus déarfaí gur bean a scríobh an seoladh.

"Bhuel?"

"Bhuel, a dhuine uasail, níor chuir mé a thuilleadh suime sa scéal, agus ní chuirfinn choíche murach mo bhean. Cúpla seachtain ó shin bhí sí ag glanadh amach sheomra staidéir Sir Charles—níor baineadh leis ón uair a fuair sé bás—agus fuair sí luaith litreach a bhí dóite i gcúl an ghráta. Bhí an chuid ba mhó di dóite ina píosaí, agus bhí aon bhlúire beag amháin, ciumhais bunleathanaigh, le chéile, agus gheofaí an scríbhneoireacht a bhí ar a léamh, cé gur dhath liath a bhí ar an bpáipéar dubh. Dar linn, nóta beag a bhí ann, ag bun na litreach, agus is é a bhí ann: 'Más é do thoil é, óir gur duine uasal thú, dóigh an litir seo, agus bí ag an ngeata ar a deich a chlog.' Faoin mbun bhí scríofa na ceannlitreacha L.L."

"An bhfuil an blúire sin den leathanach agat?"

"Níl, a dhuine uasail, d'imigh sé ina bhlúiríní miona tar éis dúinn é a fhágáil ar leataobh."

"An bhfuair Sir Charles aon litir eile ar a raibh an scríbhneoireacht chéanna?"

"Bhuel, a dhuine uasail, ní chuirinn aon suim ina chuid litreacha. Ní thabharfainn faoi deara an ceann seo murach í a theacht ina haonar."

"Agus níl aon amhras agat ar cé hí L.L.?"

"Níl, a dhuine uasail, ach chomh beag agus atá agat féin. Ach bheadh coinne agam dá bhfaighimis lámh a leagan ar an mbean uasal sin go mbeadh eolas níos mó le fáil againn i dtaobh bhás Sir Charles.

"Ní féidir dom a thuiscint, conas mar a fuair tú ionat féin an fhaisnéis thábhachtach seo a choimeád faoi cheilt."

"Bhuel, a dhuine uasail, is ina dhiaidh sin díreach a tháinig ár gcuid féin trioblóide abhaile chugainn. Agus, ansin arís, a dhuine uasail, bhí an bheirt againn an-cheanúil ar Sir Charles, rud nárbh ionadh tar éis a ndearna sé dúinn. Ní dhéanfadh an ceann a bhaint den scéal seo aon chabhair dár máistir bocht, agus ní mór do dhuine a bheith an-aireach má bhíonn bean sa scéal. Fiú amháin an té is fearr orainn—"

"Cheap tú go mb'fhéidir go ndéanfadh sé díobháil dá cháil?"

"Bhuel, a dhuine uasail, cheap mé nach dtiocfadh aon mhaitheas as. Ach anois tá tú tar éis a bheith go maith dúinn, agus braithim nach mbeinn macánta leat mura n-inseoinn duit gach aon rud i dtaobh an scéil."

"Tá go maith; imigh leat." Nuair a bhí an buitléir imithe uainn, d'iompaigh Sir Henry ormsa. "Bhuel, a Watson, cad is dóigh leat den scéal anois?"

"Dar liomsa, fágann sé an diamhracht níos duibhe ná mar a bhí sé aon uair."

"Is amhlaidh liomsa é. Ach dá bhfaighimis an L.L. a dhéanamh amach ba chóir go ndéanfadh sé an scéal ar fad a réiteach. Tá an méid sin gafa againn. Tá a fhios againn go bhfuil duine éigin a bhfuil an t-eolas aici ach amháin í a fháil amach. Cad a déarfá ab fhearr a dhéanamh?"

"An scéal a insint do Holmes ar nóiméad. Tabharfaidh sé dó an mhéar ar eolas atá sé a lorg. Is mór é mo dhearmad mura dtabharfaidh sin anuas chugainn é."

Chuaigh mé den iarracht sin go dtí an seomra agam, agus scríobh mé tuairisc ar chomhrá na maidine do Holmes. B'fhollas dom go raibh sé an-ghnóthach le deireanaí, mar na nótaí a fuair mé ó Shráid Baker, bhí siad go gann agus go gairid, gan aon tagairt don fhaisnéis a bhí tugtha agam dó, ná aon fhocal beagnach ar an ngnó a bhí agam anseo. Níl aon dabht go bhfuil an chúis sin an dúmháil ag tabhairt a mhórdhóthain le déanamh dó. Agus ina dhiaidh sin níl aon amhras ná go gcuirfidh sé ardsuim sa nuascéal seo atá againn dó agus go ndéanfaidh sé rud de. B'fhearr liom go mbeadh sé anseo.

17 Deireadh Fómhair.—Tá sé ag stealladh fearthainne ó mhaidin inniu, agus tá an t-uisce ag glóráil ar an eidhneán agus ag sileadh den chleitín. Bhí mé ag cuimhneamh ar an gcime amuigh ar an riasc lom, fuar, gan fothain. An fear bocht! Pé coireanna atá déanta aige tá sé ag díol astu anois. Agus ansin chuimhnigh mé ar an duine eile sin—an aghaidh sa chab, an fhíor a chonaic mé faoi sholas na gealaí. An raibh seisean leis amuigh sa tuile sin—faraire na diamhrachta? Um thráthnóna chuir mé orm mo chasóg

fearthainne agus shiúil mé tamall maith amach ar an riasc, m'aigne faoi dhuaircmharana, an fhearthainn ag bualadh ar m'aghaidh agus an ghaoth ag seordán i mo chluasa. Go bhfóire Dia orthu a gheobhadh isteach sa slogach mór an uair seo, mar fiú amháin na hardáin chrua bhí siad ina mbogaigh. Ráinigh mé an chreig dhubh ar a bhfaca mé an faraire aonaránach, agus ón mullach carraigeach a bhí air d'fhéach mé féin síos trasna na n-ísleán doilbhir. Bhí gála fearthainne ag séideadh thar an talamh crón úd, agus bhí na mothaill throma scamall a bhí ar dhath na slinne ar liobarna go híseal os cionn an radhairc, agus ag gluaiseacht go sraoilleach ina bpúcaí liatha síos de chliathán na gcnoc. Sa log a bhí tamall ó bhaile ar mo chlé, leathcheilte ag an gceo, chonaic mé dhá thúr chaola Halla Baskerville, ag éirí os cionn na gcrann. Ba iad an t-aon chomhartha amháin a bhí le feiceáil iad a chuirfeadh i gcuimhne dom an duine saolta, ach amháin na brácaí réamhstairiúla úd a bhí go tiubh ar shleasa na gcnoc. Ní raibh aon teimheal den duine aonaránach a chonaic mé ar an bpaiste céanna dhá oíche roimhe sin le feiceáil.

Ar mo shiúl thar n-ais dom, tháinig an Dochtúir Mortimer suas liom; bhí sé ag tiomáint ar chosán garbh réisc a bhí ag teacht amach ó theach feirmeora de chuid Foulmire. Bíonn sé an-chúramach inár dtaobh agus is beag lá a thagann nach mbuaileann sé go dtí an Halla chun fios a fháil conas tá ag éirí linn. Chuir sé d'fhiacha orm teacht in airde ar an gcarr aige agus thug marcaíocht abhaile dom. Chonaic mé go raibh sé an-trína chéile i dtaobh an spáinnéar beag a bheith imithe uaidh. Chuaigh sé ag fóisíocht ar fud an réisc agus níor chas pioc de. Chuimhnigh mé ar an ngearrchapall a bhí ar Shlogach Grimpen agus measaim nach bhfuil aon fháil ag an dochtúir ar a mhadra a fheiceáil níos mó.

"Is dócha, a Mhortimer," arsa mé féin, agus sinn ag luascadh linn ag cur an gharbh-bhóthair dínn, "is dócha gur beag duine ina chónaí i ngiorracht turais tiomána don áit seo nach bhfuil aithne agat air?"

"Is dícheall má tá éinne."

"An féidir leat, más ea, ainm aon mhná a thabhairt dom a bhfuil L.L. mar cheannlitreacha ina hainm?"

Chrom sé ag cuimhneamh.

"Ní féidir," ar seisean, faoi cheann cúpla nóiméad. "Tá roinnt giofóg agus lucht oibre nach bhfuil aon chur amach agam orthu, agus i measc na bhfeirmeoirí agus na n-uasal níl éinne a bhfuil na ceannlitreacha seo ina hainm. Mar sin féin, fan tamaillín," ar seisean ag stad. "Cad mar gheall ar Laura Lyons, L.L. na ceannlitreacha atá ina hainm sin—ach cónaíonn sise i gCoombe Tracey."

"Cé hí féin?" d'fhiafraigh mé féin.

"Is í iníon Frankland í."

"Céard é? Sean-Fhrankland, an cráiteachán?"

"Díreach. Phós sí ealaíontóir darb ainm Lyons, a tháinig ag dathadóireacht chun an réisc. Bligeard a bhí ann agus d'imigh sé uaithi. B'fhéidir, chomh fada agus a airímse, nach raibh an locht ar fad ar an bhfear. Dhiúltaigh an t-athair aon bhaint a bheith aige léi, mar phós sí gan a chead a fháil, agus b'fhéidir mar gheall ar chúis nó dhó eile, leis. Mar sin tá saol súgánach aici idir an seanpheacach agus an duine óg."

"Conas a mhaireann sí?"

"Is dóigh liom go bhfaigheann sí beagáinín ó Shean-Fhrankland, ach is é an beagán é, mar tá an scéal in aimhréidh go maith aige féin. Pé rud a bhí tuillte aici, ní fhéadfadh duine í a ligean le fán ar fad. Chuaigh a cúrsaí i mbéal na ndaoine, agus rinne roinnt de na daoine anseo rud éigin a thug caoi di ar mhaireachtáil mhacánta a dhéanamh. Thug Stapleton cabhair di agus Sir Charles leis. Thug mise beagáinín di mé féin. Chun í a chur i mbun gnó clóscríbhneoireachta ba ea é."

Bhí sé uaidh fios a fháil uaim ar cén chúis dom a bheith ag fiosrú ina taobh, ach d'éirigh liom a chuid fiosrachta a shásamh gan fios an iomarca a thabhairt dó, mar níl aon bhrí dúinn in ár muinín a chur in éinne. Ar maidin amárach déanfaidh mé mo shlí go dtí Coombe Tracey, agus más féidir dom an bhean seo, a bhfuil a cáil chomh hamhrasach, a fheiceáil, rachaidh sin tamall maith chun réiteach a dhéanamh ar aon cheann amháin de na rúndiamhra. Gan aon amhras táim ag tarraingt chugam ghaois na nathrach nimhe, mar nuair a bhí Mortimer ag dul ródhian orm lena chuid ceisteanna d'fhiafraigh mé dála cuma liom de cén treibh cloigeann ar bhain cloigeann Frankland leis, ionas nár airigh mé cur síos ar aon rud eile ach ar an gceist seo as sin amach. Ní in aisce atáimse, leis na blianta, in aontíos le Sherlock Holmes.

Níl ach aon eachtra amháin eile agam le hinsint in aghaidh an lae stoirmigh dhoilbhir seo. Is é sin an seanchas a bhí agam leis an

138

mbuitléir anois díreach, seanchas a bheireann dom cárta maith láidir eile a gheobhaidh mé a imirt nuair a thiocfaidh an uain.

Chaith Mortimer a dhinnéar inár bhfochair, agus chuaigh sé féin agus fear an tí ag imirt *écarté* ina dhiaidh sin. Thug an buitléir mo chuid caife isteach sa leabharlann chugamsa agus rinne mé rud den chaoi chun cúpla ceist a chur air.

"Bhuel," arsa mise, "an bhfuil an cara gaoil sin imithe fós, nó an bhfuil sé á cheilt féin thall ansin i gcónaí?"

"Níl a fhios agam, a dhuine uasail. Tá súil le Dia agam go bhfuil sé imithe, mar níl sé tar éis aon rud eile ach trioblóid a thabhairt orainn! Níor airigh mé aon teacht thairis ó leag mé amach an bia chuige an uair dheireanach, agus tá trí lá imithe thart ó shin."

"An bhfaca tú an uair sin é?"

"Níl a fhios agam, a dhuine uasail; ach bhí an bia imithe an chéad uair eile a ghabh mé an tslí sin."

"Mar sin bhí sé ann gan aon agó?"

"De réir dealraimh, bhí, a dhuine uasail, murarbh é an fear eile a thóg leis é."

Bhí mé i mo shuí agus cupán an chaife leath slí chun mo bhéil, agus thug mé súil air.

"Tá a fhios agat go bhfuil fear eile ann, mar sin?"

"Tá a fhios, a dhuine uasail; tá fear eile ar an riasc."

"An bhfuil tú tar éis é a fheiceáil?"

"Nílim, a dhuine uasail."

"Conas tá a fhios agat ina thaobh, mar sin?"

"D'inis Selden dom ina thaobh, a dhuine uasail, seachtain ó shin nó mar sin. Tá seisean i bhfolach, leis, ach ní cime é, chomh fada agus is féidir liomsa a dhéanamh amach. Ní maith liom é, a Dhochtúir Watson—táim á rá leat díreach, a dhuine uasail, nach maith liom é." Tháinig an dáiríreacht d'urchar ina chuid cainte.

"Anois, éist liom! Níl de bhaint agamsa leis an ngnó seo ach chomh fada agus a bhaineann sé le do mháistir. Níor tháinig mé anseo chun dada eile ach chun cabhrú leis. Inis dom, díreach, cad é atá ann nach maith leat?"

Chuaigh an buitléir ar a mharana ar feadh tamaill, mar a bheadh aithreachas air i dtaobh na hadmhála a rinne sé, nó neachtar acu go raibh sé dian air an rud a bhí ar aigne aige a chur i mbriathra.

"Níl ann ach na rudaí seo atá ar siúl, a dhuine uasail," ar seisean os ard, faoi dheireadh ag baint corraí as a lámh d'iarracht ar an bhfuinneog a raibh an fhearthainn ag bualadh uirthi, agus a bhí os comhair an réisc. "Tá drochobair ar siúl in áit éigin, agus tá meirleachas mallaithe ar gor, thabharfainn mo leabhar air sin! Is ormsa a bheadh an t-áthas, a dhuine uasail, dá bhfeicfinn Sir Henry ar an mbóthar thar n-ais go Londain arís."

"Ach cad é an rud atá ag cur eagla ort?"

"Féach ar bhás Sir Charles! Bhí sin dona go leor, is cuma cad a dúirt an cróinéir. Éist leis na glórtha sin a bhíonn ar an riasc istoíche. Níl an fear sin ann a rachadh trasna ann tar éis luí gréine ar aon airgead. Féach

ar an strainséir seo atá i bhfolach thall anseo, agus é ag fuireach agus ag faire. Cad leis a bhfuil sé ag fuireach? Cén bhrí atá leis? Ní haon bhrí fhónta atá ann d'éinne de shliocht Baskerville, agus is ormsa a bheidh an t-áthas a bheith réidh leis an ngnó go léir an lá a bheidh seirbhísigh nua Sir Henry i gcóir chun an Halla a thógáil ar láimh.

"Ach i gcúrsaí an strainséara seo," arsa mise. "An féidir leat aon rud a insint dom ina thaobh? Cad a dúirt Selden? An bhfuair sé amach cá raibh sé i bhfolach nó cad a bhí sé a dhéanamh?"

"Chonaic sé uair nó dhó é, ach duine domhain is ea é, agus is deacair aon rud a fháil as. Ar dtús shíl sé gur bhleachtaire a bhí ann, ach ba ghairid go bhfuair sé amach go raibh plean dá chuid féin aige. Sórt duine uasail a bhí ann, dar leis, ach ní fhéadfadh sé a dhéanamh amach cad a bhí sé a dhéanamh."

"Agus cá ndúirt sé a raibh cónaí air?"

"I measc na seanbhothán ar thaobh an chnoic—na brácaí cloiche mar a gcónaíodh an seandream."

"Ach cad mar gheall ar a chuid bia?"

"Fuair Selden amach go raibh buachaill beag aige a oibríonn dó agus a thugann chuige gach a mbíonn uaidh. Is é mo thuairim go dtéann sé go dtí Coombe Tracey faoi dhéin aon rud a bhíonn ag teastáil uaidh."

"Tá go maith," arsa mise, "b'fhéidir go mbeadh a thuilleadh seanchais againn ina thaobh uair éigin eile." Nuair a bhí an buitléir imithe shiúil mé anonn go dtí an fhuinneog dhubh agus d'fhéach mé trí phána múchta ar na scamaill a bhí faoi sheol agus ar na crainn ag luascadh leis an ngaoth. Is fiáin an oíche istigh í, ach nach seacht measa í i mbráca cloiche ar an riasc? Cén saghas fuath-phaisin a gheobhadh a bheith ann a ghríosódh duine chun a bheith á cheilt ina leithéid d'áit faoin síon úd? Agus cad é an doimhneacht agus an dáiríreacht a chaithfidh a bheith sa ghnó atá á chur air a dhéanamh? Is ansin, sa bhothán ar an riasc, is cosúil atá bun agus barr na faidhbe sin. Dar mo leabhar ach nach rachaidh lá eile tharam nó go ndéanfaidh mé cion fir chun teacht ar lom láir na rúndiamhaire seo.

CAIBIDIL XI

An Fear ar an gCreig

Tá an giota as an gcín lae phríobháideach agam, an t-ábhar atá sa chaibidil dheireanach, tar éis mo scéal a thabhairt chomh fada leis an 18 Deireadh Fómhair, an uair a thosaigh na heachtraí neamhchoitianta seo ag gluaiseacht go mear chun na críche uafásaí a bhí i ndán dóibh. Tá éachtaí an chúpla lá a leanas scríofa go docht i mo chuimhne, agus is acmhainn dom iad a scríobh gan bacadh leis na nótaí a thóg mé orthu leis an linn. Táim ag leanúint orm, dá bhrí sin, ón lá i ndiaidh an lae sin a rinne mé amach dhá ní thábhachtacha, ceann acu, gur scríobh Mrs Laura Lyons ó Choombe Tracey chun Sir Charles Baskerville agus go raibh ionad coinne déanta aici leis ag an áit chéanna agus ag an nóiméad céanna a fuair sé bás, an ceann eile go raibh an fear a bhí i bhfolach ar an riasc le fáil ar fud na mbothán cloiche ar thaobh an chnoic. Nuair a bhí an dá ní seo i mo sheilbh bhraith mé orm féin gurbh í mo mheabhair nó neachtar acu mo chuid misnigh a chaithfeadh a bheith lochtach mura bhfaighinn solas éigin ní ba shoiléire a fháil ar na háiteanna dorcha seo.

Ní raibh aon chaoi agam ar a insint d'fhear an tí i dtaobh ar airigh mé i dtaobh Laura Lyons an oíche roimhe sin, mar bhí an Dochtúir Mortimer ina fhochair ag imirt chártaí nó go raibh sé andéanach. Ag an mbricfeasta, áfach, d'inis mé dó i dtaobh a bhfuair mé amach agus d'fhiafraigh de arbh áil leis teacht i mo theannta go Coombe Tracey. Ar dtús bhí an-fhonn air teacht, ach ar athsmaoineamh dúinn araon cheapamar gur mó an toradh a thiocfadh as an scéal dá rachainnse i m'aonar. Dá mhéad den fhoirmiúlacht a chuirfimis san fhiosrú ba ea ba lú eolas a gheobhaimis, b'fhéidir. D'fhág mé mo chara i mo dhiaidh, dá bhrí sin, cé gur lag liom é a dhéanamh, agus bhog mé liom ar mo nuaghnó.

Nuair a ráinigh mé Coombe Tracey dúirt mé le Perkins na capaill a scor agus chuir mé tuairisc na mná uaisle a tháinig mé a fhiosrú. Ní raibh aon dua agam lena fháil amach cá raibh sí ag cur fúithi, bhí a cuid seomraí go sofheicthe agus go hoiriúnach. Thug cailín aimsire isteach mé gan a thuilleadh moille, agus ar mo dhul isteach sa seomra suí dom bhí bean uasal ina suí os comhair clóscríobháin, Remington a bhí aici, agus phreab sí ina seasamh, agus an gean gáire ar a pearsa, do m'fháiltiú. Dhubhaigh ar a ceannaithe, áfach, nuair a chonaic sí gur strainséir a bhí ionam, agus shuigh sí síos arís agus d'fhiafraigh díom cad a thug ann mé.

Ba é an chéad rud a bhraith mé i dtaobh Laura Lyons ná gur bhean an-mhaisiúil í. Bhí a súile agus a cuid gruaige ar comhdhath, donnbhuí, agus bhí a gruanna, cé go raibh siad bricíneach go maith, faoi luisne fhinnebhláth na doinne, an bándearg néata a bhíonn ina chodladh i gcroí rós na ruibhe. B'álainn liom í ar an gcéad amharc. Bhí rud éigin den lúbaireacht san aghaidh, rud éigin ina raibh an ghairbhe ina féachaint, teanntacht éigin, b'fhéidir ina súile, boige éigin sna beola a bhain ón bhfoirfeacht agus ón maise a bhí iontu. Ach gan amhras, níl ansin ach athsmaoineamh. Ar dtús bhí mé deimhin go raibh mé i láthair mná an-chanta, agus go raibh sí ag fiafraí díom cad a thug ann mé. Níor thuig mé, díreach, go dtí sin an deacracht a bhí i mo chuid teachtaireachta.

"Tá sé lena rá agam," arsa mise, "go bhfuil aithne agam ar d'athair."

Ba leibideach an tosach agam é, agus chuir an bhean uasal sin ar mo shúile dom.

"Níl aon bhaint ag an mbeirt againn le chéile," ar sise. "Níl aon éileamh aige orm, agus dá bhrí sin, níl aon éileamh agamsa ar a chairde sin. Murach Sir Charles atá curtha agus roinnt daoine eile a raibh an charthanacht iontu gheobhainn bás leis an ocras faoina dtiocfadh m'athair i mo ghaire."

"Is mar gheall ar Sir Charles Baskerville a tháinig mé anseo chun tú a fheiceáil."

D'éirigh na bricíní ar aghaidh na mná uaisle.

"Cad is féidir domsa a insint duit ina thaobh?" ar sise, agus bhí a méara ag corraí go neirbhíseach ar eochracha an chlóscríobháin.

"Bhí aithne agat air, nach raibh?"

"Tá sé ráite agam cheana, go bhfuilim faoi chomaoin aige mar gheall ar a chneasta a bhí sé liom. Ní bheinn inniúil ar mé féin a chothú murach an tsuim a chuir seisean sa staid mhí-ámharach ina raibh mé."

"Ar scríobh tú chuige?"

Thug an bhean uasal súil orm go tobann, agus bhí iarracht den olc ag rince ina súile crónbhuí.

"Cén bhrí atá leis na ceisteanna seo?" ar sise go géar.

"Táim á gcur ort chun dul ó scannal poiblí. Is fearr dom iad a chur anseo, ná a ligean don scéal dul ónár smacht."

Bhí sí ina tost agus an mhílítheacht ina haghaidh. Faoi dheireadh d'ardaigh sí a ceann agus bhí iarracht den dánacht ina dealramh.

"Bhuel, freagróidh mé," ar sise. "Cad iad na ceisteanna atá le cur agat?"

"An scríobhtá chun Sir Charles?"

"Scríobh mé chuige, gan aon dabht, uair nó dhó chun a chneastacht agus a fhéile a admháil leis."

"An bhfuil dátaí na litreacha seo agat?"

"Níl."

"Ar bhuail tú leis riamh?"

"Bhuail, uair nó dhó, nuair tháinig sé isteach go Coombe Tracey. Fear an-chiúin ba ea é, agus b'fhearr leis an mhaith a dhéanamh faoi cheilt."

"Ach mura bhfaca tú ach chomh hannamh sin é, agus murar scríobh tú ach chomh hannamh sin chuige, conas a d'éirigh leis cabhrú leat faoi mar a deir tú a rinne sé?"

Níor chuir sé pioc corrabhuaise uirthi teacht ar an bponc.

"Bhí roinnt daoine uaisle a raibh eolas acu ar an saol mí-ámharach a rug orm, agus chuir siad le chéile chun cabhrú liom. Duine acu ba ea Mr Stapleton comharsa agus cara an-mhór do Sir Charles. Bhí sé an-chineálta ar fad liom agus ba é sin a chuir mo chúrsaí i gcéill do Sir Charles.

Bhí a fhios agam cheana féin gurbh é Stapleton a rinne an déirc a roinnt do Sir Charles ar uairibh, ionas go raibh dath na fírinne ar an gcaint sin.

"Ar scríobh tú riamh chun Sir Charles á iarraidh air teacht amach i do choinne?" arsa mise ag leanúint orm.

Tháinig deirge an oilc ina haghaidh.

"Gan aon amhras, a dhuine uasail, is éachtach ar fad an cheist í seo."

"Is oth liom, a bhean uasal, go gcaithfidh mé a cur arís."

"Freagróidh mé thú más ea: deirim leat le cinnteacht nár scríobh."

"Ní dhearna tú an lá céanna a fuair Sir Charles bás?"

D'imigh an deirge an nóiméad sin, agus chonaic mé os mo chomhair amach aghaidh a raibh lí an bháis uirthi. Ní fhéadfadh na beola tirime a bhí uirthi an "ní dhearna" a rá ach thuig mé gurbh iad sin na focail a bhí sí ag iarraidh a rá.

"Tá sé dian nó is í do chuimhne atá do do mhealladh," arsa mise. "Gheobhainn, fiú amháin, giota de do litir a aithris leat. Mar seo a bhí sé. 'Más é do thoil é, óir gur duine uasal tú, dóigh an litir seo, agus bí ag an ngeata ar a deich a chlog.'"

Shíl mé gur tháinig fanntais uirthi, ach d'fhuascail sí í féin le tréaniarracht.

"An amhlaidh nach féidir duine uasal a fháil in aon áit?" ar sise go scéiniúil.

"Tá tú ag déanamh éagóra ar Sir Charles. Rinne sé an litir a dhó. Ach uaireanta is féidir litir a léamh agus í dóite. Admhaíonn tú anois gur scríobh tú an litir?"

"Sea, scríobh mé í," ar sise ag nochtadh a haigne le mórchith focal. "Scríobh mé í. Cén chúis a rachainn á shéanadh? Níl aon chúis agam le ceann faoi a bheith orm ina thaobh. Cheap mé dá bhfaighinn dul á fhiosrú go bhfaighinn teacht ar chabhair uaidh, mar sin de d'iarr mé air labhairt liom."

"Ach cén chúis gur ar an uair sin a bheartaigh tú?"

"Mar ní raibh mé ach díreach tar éis aireachtáil go raibh sé ag dul go Londain an lá ina dhiaidh sin agus go mb'fhéidir go mbeadh sé as baile go ceann roinnt míonna. Ní bhfaighinn a bheith ann ní ba thúisce."

"Ach cén chúis ionad coinne a dhéanamh leis sa ghairdín in ionad dul chun a thí?"

"An dóigh leatsa go bhfaigheadh bean dul ina haonar an t-am sin d'oíche go dtí teach baitsiléara?"

"Bhuel, cad a tharla nuair a chuaigh tú ann?"

"Ní dheachaigh mé riamh ann."

"Ní thuigim!"

"Ní dheachaigh, mo lámh agus m'fhocal duit air. Ní dheachaigh ar aon chor. Tháinig rud éigin sa tslí orm a bhac dom dul ann."

"Cad é an rud é sin?"

"Sin rud príobháideach. Ní féidir dom a insint."

"Admhaíonn tú, mar sin, go ndearna tú ionad coinne le Sir Charles ag an áit chéanna agus ag an uair chéanna a bhfuair sé bás, ach tá tú ag dul á shéanadh go ndeachaigh tú go dtí an áit."

"Sin í an fhírinne."

Cheistigh mé arís agus arís eile í, ach ní raibh aon dul ní ba shia ná sin agam.

"A bhean chóir," arsa mise agus mé ag éirí as an bhfiosrú fada nach raibh aon mhaith ann. "B'fhearr duit cuimhneamh in am ná in antráth agus do scéal a insint amach díreach. Má bhíonn sé ormsa na póilíní a thabhairt isteach chugat feicfidh tú an dainséar atá i do scéal. Má tá tú neamhchiontach, cén chúis duit, ar an gcéad dul síos dul á shéanadh gur scríobh tú chun Sir Charles an lá sin?"

"Mar shíl mé go mbainfí droch-chiall éigin as, agus go mb'fhéidir gur cúrsaí scannail a thiocfadh as dom."

"Agus cén chúis duit a bheith chomh dáiríre sin i dtaobh Sir Charles do litir a dhó?"

"Má tá an litir léite agat tá a fhios agat an chúis."

"Ní dúirt mé go raibh an litir ar fad léite agam."

"Rinne tú cuid di a aithris."

"D'aithris mé an bun-nóta a bhí inti. Bhí an litir, mar atá ráite agam, dóite, agus níorbh fhéidir í go léir a léamh. Iarraim ort arís cén chúis duit a bheith chomh dáiríre sin i dtaobh an litir seo a fuair sé ar lá a bháis a dhó."

"Scéal an-phríobháideach is ea é."

"Sin é an chúis ar fad gur cheart duit do dhícheall a dhéanamh ar dhul ó cheistiúchán poiblí."

"Inseoidh mé duit é, mar sin. Má tá tú tar éis aon rud a aireachtáil i dtaobh mo ré anró-sa tá a fhios agat nár éirigh mo phósadh liom agus nach ionadh mé a bheith ina aithreachas."

"Táim tar éis sin a aireachtáil."

"Tá an dearg-ghráin agam ar m'fhear céile agus ba mhór an crá dom le fada é. Tá an dlí ar a thaobh, agus níl lá a thagann orm nach mbíonn eagla orm go gcaithfinn, b'fhéidir, dul in aontíos leis arís. An uair a scríobh mé an litir seo chun Sir Charles bhí mé tar éis a fháil amach go raibh slí chun teacht ar an tsaoirse dá mbeadh sé ar m'acmhainn costais áirithe a dhíol. Gheobhainn gach rud a bhaint amach dom féin arís—suaimhneas aigne, sonas, féinmheas. Bhí a fhios agam a fhéile a bhí Sir Charles, agus cheap mé dá n-aireodh sé an scéal ó mo bhéal féin go gcabhródh sé liom."

"Cad ina thaobh mar sin nach ndeachaigh tú ann?"

"Mar fuair mé an chabhair idir an dá linn ar chuma éigin eile."

"Cad ina thaobh, mar sin, nár scríobh tú chun Sir Charles agus nár mhínigh tú sin dó?"

"Ba é sin ba chóra dom a dhéanamh murach go bhfaca mé scéala a bháis ar an bpáipéar maidin lá arna mhárach."

Bhí dealramh ar scéal na mná agus ní raibh aon mhaith dom a bheith ag iarraidh aon leagadh a bhaint aisti le mo chuid ceisteanna. Ní raibh aon slí agam chun preab a bhaint aisti ach a dhéanamh amach an raibh sí ag cur isteach ar an gcolscaradh a fháil óna fear le linn nó timpeall am a mharaithe.

Níor dhócha go ndéarfadh sí nach raibh sí ag Halla Baskerville dá mbeadh sí tar éis a bheith ann, mar bheadh trap ag teastáil chun í a bhreith ann, agus ní fhéadfadh sé a bheith thar n-ais i gCoombe Tracey go mbéarfadh cuid den mhaidin air. Ní fhéadfaí a leithéid sin de thuras a choimeád ina rún. Mar sin de is dócha go raibh sí ag insint na fírinne, nó ar a laghad cuid den fhírinne. Tháinig mé thar n-ais uaithi faoi mhearbhall agus faoi éadóchas. Bhí an balla daingean céanna romham agus gan caoi agam ar mo chruacheist a réiteach. Ach mar sin féin, ag cuimhneamh dom ar aghaidh na mná úd agus ar an tslí a bhí aici bhraith mé go raibh rud éigin á cheilt orm. Cén chúis a dtiontódh sí chomh mílítheach sin? Cén chúis ar dhiúltaigh sí gach rud a admháil nó gur caitheadh a bhaint aisti? Cén chúis di a bheith chomh ciúin sin tráth na tragóide? Bí cinnte de nach bhféadfadh an míniú a bhí leis an méid seo go léir a bheith chomh neamhchiontach agus a dúirt sí liom. Ar an nóiméad seo ní raibh aon fháil agam ar dhul ní ba shia ar an lorg sin, ionas go raibh orm dul i ndiaidh na leide eile sin a bhí le cuardach ar fud na mbothán cloiche sin ar an riasc.

Agus ba neamhchinnte an lorg sin. Bhraith mé sin ag tiomáint dom thar n-ais nuair a tugadh do m'aire conas mar a bhí rian an tseandreama ar gach cnoc i ndiaidh a chéile. Ní raibh d'eolas ag Barrymore ach go raibh an strainséir ina chónaí i gceann de na botháin fholmha sin, agus tá na céadta díobh scaipthe ar fud an réisc. Ach bhí mo chuimhne féin agam mar threoir, óir go bhfaca mé an fear féin agus é ina sheasamh ar mhullach na Creige Duibhe. Ba é sin an áit dá bhrí sin, an áit a bhí le cuardach agam. Ba ón bpaiste sin a dhéanfainn ar gach bráca dá raibh ar an riasc nó go dtiocfainn ar an gceann ceart. Dá mbeadh an fear seo istigh gheobhainn amach uaidh féin, le béal mo ghunnáin, dá mba ghá é, cérbh é agus cén chúis dó a bheith chomh fada ar ár dtí. Gheobhadh sé éalú uainn gan mórán mairge i lár slua, i Sráid Regent, ach bheadh sé ar eire aige a dhéanamh in uaigneas an réisc. Ar an taobh eile den scéal, má thagaim ar an mbothán, agus nach mbíonn an tionónta istigh, caithfidh mé fuireach ann, is cuma cén fad é an fuireach, nó go dtagann sé. D'éalaigh sé ó Holmes i Londain. Ba mhór an mórtas domsa dá bhfaighinn teacht air tar éis dó dul ó mo mháistir.

Bhí an mí-ádh orainn i ngach áit sa scéal seo, ach sa deireadh thiar thall tháinig rith an áidh de chúnamh dom. Agus ba é teachtaire an áidh sin Mr Frankland, a bhí ina sheasamh, é féin agus a chuid féasóige léithe agus a aghaidh dhearg lasmuigh de gheata an ghairdín aige, a bhí ar thaobh an bhóthair mhóir mar a raibh mo ghabháil.

"Dia duit, a Dhochtúir Watson," ar seisean, agus é go sásta leis féin, rud nár ghnách leis, "caithfidh tú, gan aon ghó, reasta a thabhairt do do chuid capall, agus teacht isteach agus gloine fiona a bheith agat, agus comhrá a dhéanamh liom."

Ní haon ghrá a bhí agam dó tar éis ar airigh mé i dtaobh na híde a thug sé ar a iníon, ach bhí sé uaim Perkins agus an vaigínéad a chur chun siúil abhaile agus ba mhór an ní an chaoi seo chuige. Thuirling mé agus chuir mé teachtaireacht ag triall ar Sir Henry go mbeinn sa bhaile de shiúl cos in am dinnéir. Ansin lean mé Frankland isteach sa seomra bia aige.

"Ardlá agam an lá inniu, a chara—ceann de na laethanta is fearr dá raibh riamh agam," ar seisean, ag cur rachtaí leamhgháire as. "Tá an bua faighte agam ar an dúbailt. Tá fonn orm a chur i dtuiscint do mhuintir na dúiche seo gurb é an dlí an dlí, agus go bhfuil fear anseo nach bhfuil aon eagla air dul ina mhuinín. Tá cosán poiblí bainte amach agam trí lár pháirc Shean-Mhiddleton, trasna díreach tríthi, a dhuine mo chroí thú, i ngiorracht céad slat don doras béal bóthair aige. Cad is dóigh leat de sin? Cuirfimidne in iúl do na boic seo nach bhféadfaidh siad cos ar bolg a dhéanamh ar chearta na ndaoine. Cén bheann atá ag éinne orthu? Agus tá an

choill mar a mbíodh an phicnic ag muintir Fernworth dúnta agam.
Is dóigh leis an dream diabhalta seo nach bhfuil aon cheart ag
éinne chun a choda féin, agus go bhfuil cead acu teacht ina saithe
mar is maith leo é lena gcuid páipéar agus buidéal. Tá an dá chúis
pléite, a Dhochtúir Watson, agus an bua agam iontu araon. Ní

raibh a leithéid de lá agam ón lá a bhuaigh mé ar Sir John Morland de chionn bradaíl a dhéanamh ar a chuid talún féin."

"Conas sa domhan a rinne tú sin?"

"Faigh amach sna leabhair é, a dhuine uasail. Is fiú duit a léamh—Frankland v. Morland, Cúirt Binse na Banríona. Chosain sí £200 orm, ach bhí an bhreith ar mo thaobh."

"An ndearna sé aon mhaitheas duit?"

"Ní dhearna, a dhuine uasail, pioc. Tá áthas orm a rá nach raibh aon tairbhe ag teacht as an scéal dom. Is ar son leas an phobail a bhím i gcónaí. Níl aon amhras, cuir i gcás, nó go ndéanfaidh muintir Fernworth mo shamhail a chur trí thine anocht. Dúirt mé leis na póilíní an uair dheireanach a rinneadh é gur cheart dóibh stad a chur leis na taispeáintí náireacha sin. Tá droch-chríoch ar phóilíní an chontae seo, a dhuine uasail, agus níl siad ag tabhairt an chirt is dual domsa. Cuirfidh an chúis Frankland v. Regina an scéal os comhair an phobail. Dúirt mé leo go mbeidís in aithreachas na héagóra a bhí siad a dhéanamh orm, agus tá mo chuid cainte tar éis teacht chun críche cheana féin."

"Conas sin?"

Chuir an seanfhear cuma an-eolach air féin.

"Mar gheobhainnse a insint dóibh rud a bhfuil dianghá acu leis, ach ní chuirfeadh aon rud orm cúnamh a thabhairt do na cladhairí in aon slí."

Go dtí sin bhí mé ag déanamh mo dhíchill féachaint an bhfaighinn teacht ar aon leithscéal chun dul ón tsíorchaint seo, ach ambaiste bhí sé uaim a thuilleadh di a aireachtáil an turas seo. Ach thuig mé contrárthacht an tseanrascail agus bhí a fhios agam gur bheag an mhaith dom aon mhórshuim a chur ina chuid seanchais, mar is amhlaidh a chuirfeadh sin stad lena rún.

"Fiach aindleathach éigin atá sa scéal, is dócha?" arsa mé féin, dála cuma liom.

"Ha, ha, a bhuachaill, scéal i bhfad níos tábhachtaí ná sin atá ann! Cad mar gheall ar an gcime atá ar an riasc?"

Gheit mé. "Ní hamhlaidh a mheasann tú a rá go bhfuil a fhios agat cá bhfuil sé?" arsa mise.

"B'fhéidir nach mbeadh a fhios agam díreach cá bhfuil sé, ach táim deimhin go bhfaighinn cabhrú leis na póilíní chun a lámha a leagan air. Ar rith sé leat aon uair gurb é slí chun teacht ar an bhfear sin ná a fháil amach cá bhfaigheann sé a chuid bia, agus dul ar an rian sin?"

Níor thaitin liom a ghiorra a bhí sé don fhírinne. "Rith, gan amhras," arsa mé féin; "ach cá bhfios duit go bhfuil sé in aon áit ar an riasc?"

"Tá a fhios agam é, mar táim tar éis an teachtaire a bheireann a chuid bia chuige a fheiceáil le mo dhá shúil féin."

Bhuail trua croí do Bharrymore mé. Ba mhillteach an rud a bheith faoi chumhacht ag an seantútachán fuafar de dhuine seo. Ach thóg an chéad rá eile uaidh an t-ualach de m'aigne.

"Nach ait an gnó leat é gur páiste a bheireann a chuid bia chuige. Feicim gach aon lá é trí mo theileascóp atá ar cheann an tí. Gabhann sé an cosán céanna, an uair chéanna, agus cé chuige a mbeadh sé ag dul ach chun an chime?"

Bhí an t-ádh sa mhéid seo, gan aon dabht! Agus ina dhiaidh sin níor lig mé orm mórán suime a chur sa scéal. Páiste! Bhí sé ráite ag Barrymore gur pháiste a bhí ag soláthar don strainséir. Ba ar a lorg sin agus ní ar lorg an chime a tharla an seanfhear. Dá bhfaighinn teacht ar an eolas a bhí aige b'fhéidir go mbainfeadh sé mórchuid aistir agus fadtuirse díom i mo chuid fiaigh. Ní raibh aon rud ab fhearr dom a dhéanamh ná dul ar dhaille agus ar neamhshuim leis.

"Déarfainnse gur dhóichí gur mac do dhuine d'aoirí an réisc é, a bheadh ag tabhairt dinnéir chun a athar."

Ba leor an trasnú sin chun olc a chur ar an seantíoránach. Bhí an mhailís ina shúile agus é á gcur tríom, agus bhí a chuid féasóige léithe ina colgsheasamh mar a bhíonn ar chat.

"Go deimhin, a dhuine uasail!" ar seisean, ag bagairt dó anonn ar an riasc mór fairsing. "An bhfeiceann tú an Chreig Dhubh sin thall ansin? Bhuel, an bhfeiceann tú an cnoc íseal ar an taobh thall di ar a bhfuil an tor draighin? Sin é an áit is clochaí ar an riasc. An dóigh leat go rachadh aoire chun cónaithe ann? Níl i do chuid cainte, a dhuine uasail, ach díth céille."

Dúirt mé go humhal gur dhócha nach raibh sé ceart agam an méid sin a rá ar aon chor nuair nach raibh fios fátha gach aon rud agam. Bhí sé an-sásta leis an umhlaíocht seo agus leis sin lean air ag caint.

152

"Bí deimhin de, a dhuine uasail, nach gcaithimse tuairim le rud go dtí go mbíonn sé meáite go maith agam. Táimse tar éis an buachaill a fheiceáil arís agus arís eile lena thraidín ar a ghualainn aige. Gach aon lá, agus uaireanta faoi dhó sa ló bím inniúil—ach fan tamall, a Dhochtúir Watson. Measaim go bhfuil rud éigin ag corraí ar thaobh an chnoic sin anois díreach."

Bhí sé roinnt mílte ó bhaile, ach gheobhainnse paiste beag dubh a fheiceáil i gcoinne na glaise agus na léithe nach raibh róshoiléir.

"Téanam, a dhuine uasail, téanam!" arsa Frankland in ard a ghutha, ag rith dó in airde an staighre. "Feicfidh tú é le do shúile cinn féin agus ansin bíodh do thuairim féin agat air."

Bhí an teileascóp, uirlis a bhí an-mhór, in airde ar thríchosach, agus é leagtha ar an áit réidh ar cheann an tí. Chuir Frankland a shúil ina choinne agus chuir liú na sástachta as.

"Brostaigh ort, a Dhochtúir Watson, brostaigh, sula rachaidh sé de dhroim an chnoic!"

Ansiúd a bhí sé gan aon agó, garlach beag agus beart beag ar a ghualainn aige, agus é ag cur an chnoic go mall de in airde. Nuair a ráinigh sé mullach an chnoic chonaic mé an duine gioblach ina sheasamh ar feadh scaithimh bhig idir mé féin agus an spéir fhuar ghorm. Thug sé súil timpeall air féin, go haireach eaglach faoi mar a bheadh eagla aige roimh an tóir. Ansin d'imigh sé ó radharc thar dhroim an chnoic.

"Bhuel, an bhfuil an ceart agam?"

"Is fíor go bhfuil buachaill ann atá mar a bheadh sé ar theachtaireacht rúnmhar éigin."

"An póilín féin thomhaisfeadh sé cad í an teachtaireacht í, ach focal ní aireoidh siad uaimse, agus cuirim faoi gheasa rúin tusa leis, a Dhochtúir Watson. Ná habair focal! An dtuigeann tú?"

"Díreach mar is toil leat."

"Is é an náire é an éagóir atá siad a dhéanamh orm—náire shaolta. Nuair a fheicfear fíricí Frankland *v.* Regina rachainn chomh fada lena rá go n-éireoidh rabharta oilc ar fud na tíre. Ní áiteodh aon rud ormsa cabhrú leis na póilíní in aon slí. Chomh fada agus a bhaineann leosan, d'fhéadfaí mé féin in ionad mo shamhla a dhó. Dar ndóigh, ní hamhlaidh a bheifí ag imeacht! Caithfidh tú

cabhrú liom chun an buidéal seo a fholmhú in onóir don mhórbhua seo."

Ach chuir mé i gcoinne gach achainí dá raibh uaidh, agus d'éirigh liom a áitiú air gan bacadh le mo thionlacan abhaile, rud a bhí uaidh a dhéanamh. Choimeád mé ar an mbóthar a fhad agus a bhí a shúile orm, agus ansin bhuail mé bóthar trasna an réisc d'iarracht ar an gcnoc clochach mar a bhfacamar an buachaill ag imeacht uainn. Bhí gach aon rud ag cabhrú liom, agus dhearbhaigh

154

mé nach le díth bhrí na buaine a chaillfinn an seans a chuir an tÁdh i mo líon.

Bhí an ghrian ag dul faoi agus mé ar mhullach an chnoic, agus bhí na learga fada a bhí síos uaim ar dhath an órghlais ar thaobh amháin agus an leathscáil ar an taobh eile díobh. Bhí iarracht den cheo ar fhíor na spéire anonn agus dromanna Belliver agus Vixen Tor ag gobadh aníos as. Ní raibh aon ghlór ná aon chor ar aon rud ar fud na fairsinge go léir. Bhí aon éan mór amháin, faoileán nó cuirliún, ag eitilt go hard faoin spéir ghorm. Agus ba dhóigh leat gur mé féin an t-aon rud beo amháin idir an spéir uachtarach agus an fásach a bhí fúithi. Bhí mé ar ballchrith ag an loime agus ag an uaigneas a bhí i mo thimpeall, agus ag an diamhracht agus an dithneas a bhí sa ghnó a bhí idir lámha agam. Ní raibh an buachaill le feiceáil in aon áit, ach thíos fúm i scoilt a bhí sna cnoic bhí ciorcal seanbhothán cloiche, agus ina lár istigh bhí ceann a raibh a dhóthain de dhíon air chun cosaint a dhéanamh ón tsíon. Gheit mo chroí ionam nuair a chonaic mé é. Is é seo an poll inar chaith an strainséir a bheith sáite. Faoi dheireadh bhí mo chos leagtha agam ar thairseach na háite a bhí mé chun a chuardach—bhí an rún faoi m'iarraidh agam.

Ar dhéanamh d'iarracht ar an mbothán dom, mé ag siúl chomh haclaí agus a bheadh Stapleton nuair a bheadh sé ag déanamh ar an bhféileacán agus a líon i gcóir aige, bhí mé sásta go raibh ionad cónaithe déanta ag duine éigin den bhráca. Bhí saghas cosáin ag dul trí na bolláin ag déanamh ar an oscailt mhí-ámharach a bhí mar dhoras air. Bhí gach aon rud ina chiúnas laistigh. Gheobhadh strainséir a bheith faoi cheilt ann, nó neachtar acu a bheith ag fóisíocht timpeall an réisc. Bhí mé ar bior ag cuimhneamh dom ar an gcontúirt a raibh mé in iomaidh léi. Chaith mé uaim an toitín a bhí agam agus ghreamaigh mé bun an ghunnáin agam, agus, ag siúl dom go mear chun an dorais, d'fhéach mé isteach. Bhí an áit folamh.

Ach chonaic mé nárbh aon turas in aistear dom é. Ba é seo, gan aon dabht, an áit inar chónaigh an fear. Bhí roinnt blaincéad a bhí casta i gcasóg fearthainne leagtha ar an gcloch chéanna ar a mbíodh fear Neoiliteach ina shuan. Bhí luaith na tine i ngráta garbh. Lena ais sin bhí cóir chócaireachta agus buicéad a bhí leathlán d'uisce. Thaispeáin na ceaintíní beaga folmha a bhí ann go raibh cónaí ar dhuine éigin san áit le tamall maith, agus chonaic mé, de réir mar a bhí mo shúile ag dul i dtaithí an lagsholais a bhí ann, peann beag agus buidéal a bhí leathlán de bhiotáille sa chúinne. I lár an bhotháin bhí leac mar bhord, agus in airde uirthi bhí traidín éadaigh—an beart céanna, is dócha, a chonaic mé tríd an teileascóp ar ghualainn an bhuachalla. Bhí bollóg aráin ann, teanga stánaithe agus dhá stán a raibh péitseoga iontu. Ar a leagan uaim arís dom, tar éis é a bheith scrúdaithe agam, phreab an croí ionam le háthas nuair a chonaic mé faoi thíos giota páipéir ar a raibh scríbhinn éigin. Rug mé air, agus seo é an rud a léigh mé, bhí sé scríofa go scrábach le peann luaidhe: "Tá an Dochtúir Watson tar éis dul go Coombe Tracey."

D'fhan mé i mo sheasamh ann ar feadh nóiméid agus an páipéar i mo lámh agam, ag marana ar cén bhrí a gheobhadh a bheith leis an ngearrtheachtaireacht seo. Mise, dá bhrí sin, agus níorbh é Sir Henry, a bhí á leanúint ag an bhfear seo. Ní raibh sé tar éis mé a leanúint é féin, ach chuir sé giolla—an garsún, b'fhéidir—ar mo lorg, agus b'shin é a thuairisc. B'fhéidir nár chorraigh mé cos liom ó tháinig mé ar an riasc nár tugadh faoi deara. Mhothaigh mé go raibh rud éigin dofheicthe sa scéal, líon caol curtha go haclaí agus go cliste inár dtimpeall, agus é dár ngreamú chomh héadrom sin gur dheacair é a thabhairt faoi deara. Má bhí aon tuairisc amháin ann b'fhéidir go mbeadh a thuilleadh, mar sin chuardaigh mé an bothán ar a lorg. Ní raibh aon teimheal, áfach, d'aon rud den sórt, ná ní bhfaighinn aon rud a fheiceáil a dhéanfadh méar ar eolas dom ar cén saghas cáilíochta a bhí ag an bhfear a bhí ina chónaí san áit seo, ná fós cén fuadar a bheadh faoi, ach amháin gur dhuine neamheaglach a bhí ann agus go raibh sé beag beann ar shubhachas an tsaoil. Nuair a chuimhnigh mé ar an bhfearthainn ag féachaint amach dom ar na poill trí cheann an tí thuig mé an daingne a bhí ann agus a rá go bhfanfadh sé ina leithéid sin d'áras gan chompord. Arbh é ár namhaid mallaithe é nó arbh é ár n-aingeal coimhdeachta a bhí ann? Dhearbhaigh mé nach bhfágfainn an bráca nó go mbeadh a fhios agam.

Bhí an ghrian ag dul faoi go tapa lasmuigh agus deirge agus dath an óir go soilseach aniar. Bhí an loinnir le feiceáil sna paistí geala uisce a chonaic mé uaim ar fud Shlogach mór Grimpen. Siúd thall dhá thúr Halla Baskerville, agus siúd, leis, i bhfad ó bhaile stráice deataigh mar a raibh sráidbhaile Grimpen. Idir an dá áit bhí, ar chúl na gcnoc, teach Stapleton. Bhí gach aon rud go soineanta soilbhir faoi sholas órga an tráthnóna, agus fós ar m'fhéachaint orthu, ní raibh aon phioc d'aoibhneas na háite i mo chroí, ach é ar

crith le neart na diamhrachta agus an sceimhle a bhí ag gabháil leis an agallamh a bheadh agam san áit sin. Bhí mo chroí ag preabadh i mo chliabh ach ní staonfainn ón obair a bhí romham. Shuigh mé i gcúinne dorcha den bhothán agus d'fhan mé ag fuireach go rófhoighneach nó go dtiocfadh mo thionónta.

Agus ansin faoi dheireadh d'airigh mé é. Tamall maith ó bhaile d'airigh mé tuairt bróige i gcoinne cloiche. Ansin ceann agus ceann eile agus í ag teacht ní ba ghiorra agus ní ba ghiorra dom. Dhruid mé siar sa chúinne ba dhorcha, agus an gunnán réidh i mo phóca agam, agus mé sásta ar gan mé féin a thaispeáint nó go bhfeicfinn cuid éigin den strainséir. Bhí an ciúnas ann ar feadh tamaill mhaith, rud a thaispeáin go raibh sé tar éis stad. Ansin arís tháinig na coiscéimeanna agus bhí scáil le feiceáil ag teacht trasna dhoras an bhotháin.

"Nach breá an tráthnóna é, a Watson, a chroí," arsa guth a raibh seanaithne agam air. "Is dóigh liom go mbeifeá i bhfad níos compordaí amuigh ná istigh."

CAIBIDIL XII

An Bás ar an Riasc

Ar feadh nóiméad nó dhó bhí mé i mo shuí agus gan breith ar m'anáil agam, agus gur dhícheall dom aon toradh a thabhairt ar mo chluasa. Ansin tháinig mo chéadfaí agus m'urlabhra dom arís, agus bhí tromualach dualgais, dar liom, tógtha den iarracht sin de mo chroí. Ní fhéadfadh an guth fuar, géar, searbhasach sin a bheith ag gabháil ach le haon duine amháin sa domhan mór seo.

"A Holmes!" arsa mise—"a Holmes!"

"Tar amach," ar seisean, "agus bí aireach le do ghunnán, le do thoil."

Chrom mé faoin bhfardoras míchumtha, agus siúd ina shuí é ar chloch lasmuigh, na súile glasa a bhí air ag rince le neart suilt agus iad ag amharc ar an deilbh anbhann a bhí ormsa. Bhí sé tanaí caite, ach bhí brí agus fuinneamh ann, bhí an aghaidh ghéar a bhí air odhraithe ag an ngrian agus an ghairbhe inti ag an ngaoth. Leis an gculaith éadaigh olla agus an caipín éadaigh a bhí air bhí sé ar comhdhealramh le haon taistealaí eile ar an riasc, agus d'éirigh leis ar chuma éigin bheith chomh glanbhearrtha san áit úd agus dá mba sa bhaile dó.

"Ní raibh an oiread áthais orm riamh i mo shaol duine a fheiceáil," arsa mise, ag baint croitheadh as a lámh.

"Ná an oiread iontais?"

"Bhuel, caithfidh mé sin a admháil."

"Ní raibh an t-iontas ar fad ar do thaobhsa de. Ní raibh aon chuimhne agam go bhfuair tú amach m'ionad cónaithe, ná fós go raibh tú istigh ann, nó gur tháinig mé i ngiorracht fiche céim don doras."

"Rian mo chos, cuirfidh mé geall leat."

"Ní hé, a Watson; is eagal liom nach
bhféadfainn rian do chos a aithint agus a bhfuil
de rianta cos ar an saol. Má tá sé uait díreach tú féin
a chur ó aithint orm caithfidh tú siopadóir tobac éigin eile
a sholáthar; mar nuair a fheicim 'Bradley, Sráid Oxford' marcáilte
ar thoitín, bíonn a fhios agam go mbíonn mo chara Watson
timpeall. Feicfidh tú ansin é le hais an chosáin. Chaith tú uait é de
réir dealraimh, le linn agus tú a bheith ag tabhairt fogha faoin
mbothán a bhí folamh."

"Díreach."

"Sin é a cheap mé—agus toisc go bhfuil eolas agam ar an righne iontach atá ionat, bhí a fhios agam go raibh tú ag foraire, arm i d'aice, ag fuireach go dtiocfadh an tionónta. Agus cheap tú, gan aon agó, gur mise an cime?"

"Ní raibh a fhios agam cérbh é tú, ach bhí mé socair ar a fháil amach."

"Go hiontach, a Watson! Agus conas a rinne tú amach cá raibh mé? Chonaic tú mé, b'fhéidir, an oíche a bhí an cime á fhiach agaibh nuair a bhí sé de dhíchiall orm fanacht amuigh nó gur éirigh an ghealach."

"Sea, chonaic mé an uair sin thú."

"Agus tá gach aon bhothán eile cuardaithe agat, is dócha, nó gur ráinigh tú an ceann seo?"

"Níl, thug mé faoi deara an garsún atá agat, agus rinne sin méar ar eolas dom sa chuardach."

"An seanfhear a bhfuil an teileascóp aige, is dócha. Ní fhéadfainn é a dhéanamh amach an chéad uair a chonaic mé an solas ag taitneamh ar an lionsa." D'éirigh sé agus thug súilfhéachaint isteach sa bhothán. "Ha, feicim go bhfuil Cartwright tar éis roinnt lóin a bhreith leis. Céard é an páipéar seo? Tá tú tar éis a bheith i gCoombe Tracey, mar sin, an bhfuil?"

"Tá."

"Chun Laura Lyons a fheiceáil?"

"Díreach."

"Go maith! De réir dealraimh tá ár gcuid cuardaigh ar aon dul amháin, agus nuair a chuirfimid ár dtoradh le chéile tá coinne agam go mbeidh eolas iomlán go leor againn ar an scéal."

"Bhuel, tá áthas mo chroí orm go bhfuil tú anseo, mar go deimhin, bhí an dualgas agus an diamhracht do mo dhéanamh an-neirbhíseach. Ach conas a tháinig tú anseo, in ainm Chroim, agus cad a bhí ar siúl agat? Cheap mé go raibh tú ag obair ar an gcúis sin an dúchíosa."

"Sin é a bhí uaim a cheapfá."

"Mar sin de déanann tú úsáid díom agus fós ní chuireann tú do mhuinín ionam!" arsa mise, go leathshearbh. "Is dóigh liom nach é sin atá tuillte agam uait, a Holmes."

"A dhuine mo chroí thú, tá tú tar éis ardchúnamh a thabhairt dom sa chúis seo faoi mar a rinne tú go minic cheana, agus iarraim ort gan a thógáil orm más dóigh leat gur cleas a bhí á imirt agam ort. Chun an fhírinne a insint duit is ar do shon féin a rinne mé é, agus is mar gheall ar an dainséar ina raibh tú a tháinig mé anuas chun an scéal a scrúdú mé féin. Dá mbeinn i bhfochair Sir Henry agus i d'fhochairse is dealraitheach go mbeinn ar aon aigne libh, agus rud eile, bheadh a fhios ag an namhaid mé a bheith sa chomharsanacht. Ina ionad sin bhí sé ar mo chumas bualadh timpeall, rud nach bhféadfainn a dhéanamh dá mbeinn i mo chónaí sa Halla. Níl a fhios ag éinne go bhfuil baint agam leis an scéal, agus beidh mé inniúil ar mo lán-neart a chur ag obair nuair a bhéarfaidh an uain cheart orm."

"Ach cén chúis duit sin a cheilt orm?"

"Ní dhéanfadh fios a bheith agatsa air sin aon chabhair a thabhairt dúinn, agus b'fhéidir gurbh amhlaidh a chabhródh sé le mise a thaispeáint. Bheadh sé uait rud éigin a insint dom, nó le do dhíograis bhéarfá chugam rud éigin a bhéarfadh compord dom, agus bheadh sé sin contúirteach. Thug mé Cartwright anuas liom—is cuimhin leat an buachaill beag ag oifig na dteachtairí— agus tá sé tar éis freastal a dhéanamh orm. Is beag rud a bhí uaim: bollóg aráin agus bóna glan. Cad eile a bheadh ó fhear? Tá sé tar éis péire súl sa bhreis mar aon le péire cos bríomhar a thabhairt dom, agus is mór is fiú liom an dá ní sin."

"Mar sin, níorbh fhiú faic na tuairiscí go léir a chuir mé chugat!" Tháinig creathán i mo ghlór nuair a chuimhnigh mé ar an trioblóid agus ar an éirí in airde a bhí orm á scríobh dom.

Tharraing Holmes beart páipéar as a phóca.

"Seo iad do chuid tuairiscí, a dhuine chóir, agus is iad atá tar éis an láimhseáil a fháil, deirimse leat. Rinne tú gach aon socrú ar fheabhas, agus ní raibh ach lá moille orthu. Caithfidh mé sármholadh a thabhairt duit mar gheall ar an díograis agus an éirim aigne atá curtha ag obair agat ar chúis atá achrannach ceart."

Bhí mé i gcónaí roinnt tur ionam féin mar gheall ar an mealladh a bhí déanta orm, ach bhí an oiread sin den dáiríreacht sa mholadh a thug Holmes dom gur dhíbir sé an t-olc as m'aigne. Bhraith mé, leis, i mo chroí go raibh an ceart aige sa mhéid a dúirt sé, agus gurbh é díreach an rud ab fhearr dár gcara gan fios a bheith agamsa go raibh sé ar an riasc.

"Go maith," ar seisean, nuair a chonaic sé go raibh mé sásta arís.

"Anois inis dom cén toradh a bhí ar do chuairt chun Laura Lyons—níor dheacair dom a thomhas gurbh á féachaint sin a chuaigh tú, mar tá sé déanta amach agam cheana féin gurb í sin an t-aon duine amháin i gCoombe Tracey a d'fhéadfadh cabhrú linn. Chun an fhírinne a insint duit murach go ndeachaigh tú ann inniu ba ró-b'fhéidir go rachainn féin ann amárach."

Bhí an ghrian thíos agus bhí an dorchadas á shíneadh ar an mbán. Bhí glaise tar éis teacht ann, agus ghabhamar isteach sa bhothán faoi dhéin na cluthaireachta. Is ansin, agus sinn araon inár suí sa chlapsholas, a d'inis mé do Holmes an comhrá a bhí agam leis an mbean uasal. Chuir sé an oiread sin suime ann gur chaith mé cuid de a aithris faoi dhó sula raibh sé sásta.

"Tá seo an-tábhachtach," ar seisean, nuair a bhí deireadh ráite agam. "Líonann sé bearna nach bhféadfainn féin a thuiscint ar aon chor sa scéal crosta seo. Tá a fhios agat, is dócha, go bhfuil an bhean uasal seo agus Stapleton an-mhuinteartha?"

"Ní raibh a fhios agam go raibh siad an-mhuinteartha."

"Táim deimhin de, buaileann siad le chéile, scríobhann siad chun a chéile, agus tá siad ar aon aigne i ngach rud. Anois cuireann seo uirlis an-láidir inár lámha. Dá bhfaighinn úsáid a dhéanamh de chun é a dheighilt óna bhean—"

"A bhean?"

"Táim ag tabhairt roinnt faisnéise duit anois, mar mhalairt ar a bhfuil tusa tar éis a thabhairt dom. An bhean uasal ar a dtugtar a dheirfiúr anseo sin í le fírinne a bhean."

"A Dhia ghléigil, a Holmes! An bhfuil tú deimhin den rud atá tú a rá? Conas a gheobhadh sé cead a thabhairt do Sir Henry titim i ngrá léi?"

"Dá dtitfeadh Sir Henry i ngrá léi ní dhéanfadh sin díobháil d'éinne ach do Sir Henry féin. Thug sé aire mhaith nár lig sé do Sir Henry a bheith ag suirí léi mar atá tugtha faoi deara agat féin. Deirim leat arís gurb í an bhean uasal sin a bhean chéile agus nach í a dheirfiúr í."

"Ach cad é an chúis an fheallaireacht seo go léir?"

"Mar thuig sé ón tús gurbh oiriúnaí dó ainm cailín óig a bheith aici."

Bhraith mé i mo chroí go raibh baint ag Stapleton leis an scéal seo agus bhí mé in amhras leis den iarracht sin. Sa duine sin gan mhothú gan lí, lena hata tuí agus lena líon féileacán, bhraith mé go bhfaca mé rud éigin uafásach—créatúr nach raibh aon teorainn lena chuid foighne ná lena chuid cleasaíochta, an gean gáire ar a cheannaithe agus an murdar ina chroí istigh.

"Is é sin, dá bhrí sin, ár namhaid—ba é sin a bhí ar ár dtí i Londain?"

"Amhlaidh sin a léigh mé an tomhas."

"Agus an rabhadh—is uaidh sin a tháinig sé, ní foláir."

"Díreach."

Bhí rud éigin uafásach, a bhí leathfheicthe, ag déanamh orm go balcánta sa dorchadas mar laincis orm le fada.

"Ach an bhfuil tú deimhin de seo, a Holmes? Cá bhfios duit gurb í an bhean a chéile?"

"Mar rinne sé botún mór an lá a d'inis sé cuid bheag dá bheatha féin duitse an chéad uair a bhuail sé leat, agus déarfainn gur minic a bhí sé ina aithreachas ó shin. Anois, níl éinne ar fusa dul ar a rian ná máistir scoile. Tá gníomhaireachtaí scoileanna ann trínar féidir aon duine a bhí ag baint leis an gceird sin a dhéanamh amach. Fuair mé amach as roinnt bheag cuardaigh gurbh éigean scoil a dhúnadh agus gur theith an fear ar leis í—ainm eile a bhí air—lena bhean. Ba mar a chéile na comharthaí sóirt. Nuair a fuair tusa amach go raibh an fear a bhí ar iarraidh tugtha d'fheithideolaíocht ba leor sin chun é a aithint."

Bhí an scéal á mhíniú ach bhí sé diamhair go leor fós.

"Más fíor gurb í seo a bhean chéile, cad mar gheall ar Laura Lyons?" arsa mé féin.

"Sin ceann de na pointí ar a gcaitheann do chuid féin cuardaigh solas. Rinne an chaint a bhí agatsa leis an mbean uasal an scéal a réiteach go mór. Ní raibh a fhios agamsa go raibh sí ag iarraidh an colscaradh a fháil óna fear. Ar an dul sin, nuair a bhí sé ag rith léi nárbh fhear pósta Stapleton, bhí sí ag cuimhneamh gan aon amhras ar a bheith ina céile aige."

"Agus nuair a fheicfidh sí nach amhlaidh dó?"

"Ansin, b'fhéidir go bhfaighimis eolas a fháil ón mbean uasal. Is é an chéad rud atá le déanamh againn ná í a fheiceáil—an bheirt againn—amárach. Nár dhóigh leat, a Watson, go bhfuil tú ó do dhualgas rófhada? Is é áit ar cheart duitse a bheith ná i Halla Baskerville."

Bhí na riastaí dearga deireanacha tar éis tréigean thiar agus an oíche tar éis cur fúithi ar an riasc. Bhí roinnt réaltaí laga á dtaispeáint féin ar spéir chorcairghorm.

"Aon cheist amháin eile, a Holmes," arsa mise, ar m'éirí dom. "Dar ndóigh, níl aon phráinn le rún a bheith idir mise agus tusa. Cén bhrí atá leis an scéal go léir? Cad tá sé a lorg?"

D'ísligh guth Holmes agus é ag freagairt:

"Murdar, a Watson—murdar glan, craorag, fealltach ceart. Ná hiarr aon mhioneolas orm ina thaobh. Tá mo chuid líonta ag bailiú timpeall agus isteach air, díreach mar atá a chuid sin díobh ar Sir Henry, agus le do chúnamhsa tá sé beagnach cheana agamsa. Níl ach aon chontúirt amháin a gheobhadh a bheith inár líon. Is é sin go mb'fhéidir go mbuailfeadh sé an buille sula mbeimisne i gcóir chun a dhéanta. Aon lá amháin—dhá lá ar an gcuid is mó de—agus beidh críoch ar mo scéal, agus go dtí sin coiméad chomh gairid don fhear óg sin agus a choiméad máthair cheanúil riamh gairid dá hothar linbh. Is mór an moladh ort do chuid oibre inniu, agus fós tá sé ar m'aigne gurbh fhearr liom go mbeifeá gan a fhágáil—Éist!"

Scréach uafásach—d'éirigh liú fada ina raibh an t-uamhan agus an t-uafás amach as uaigneas an réisc. Reodh an fhuil ionam.

"Ó, a Dhia ghléigil!" arsa mise liom féin. "Céard é? Cén bhrí atá leis?"

Bhí Holmes ar a chosa, agus ba láidir lúfar a d'fhéach sé agus é ina sheasamh sa doras, crom faoina shlinneáin, a cheann amach roimhe, agus a aghaidh ag briollacadh tríd an dorchadas.

"Éist!" ar seisean ina chogar. "Éist!"

Bhí an liú ard mar gheall ar an neart a bhí ann, ach bhí sé tar éis teacht i bhfad ó bhaile ó áit éigin ar an machaire dorcha. Ansin tháinig sé chun ár gcluas arís, é ní ba ghiorra, ní b'airde ná mar a bhí ar dtús.

"Cá bhfuil sé?" arsa Holmes ina chogar; agus d'aithin mé ón gcreathán a bhí ina ghlór go raibh sé sin, an fear a raibh an mianach iarainn ann, agus an croí ar crith ann féin. "Cá bhfuil sé, a Watson?"

"Ansin, creidim." Bhagair mé mo mhéar ar an dorchadas.

"Ní hea, ansin!"

D'éirigh an liú garbhghuaise arís le ciúnas na hoíche, é ní ba ghiorra agus ní b'airde ná riamh. Bhí glór nua arna mheascadh leis, glór crónánach domhain, é ceolmhar agus ina dhiaidh sin scanrúil, é ag ardú agus ag ísliú ar nós mhonabhar íseal leanúnach na farraige.

"An cú!" arsa Holmes. "Téanam, a Watson, siúil! Ó a Thiarna an domhain, an mbeimid ródhéanach?"

Chuir sé chun reatha go mear thar an riasc, agus mise ar a shála. Ach ansin tháinig ó áit éigin ar fud na talún briste a bhí díreach os ár gcomhair an ghlam éadóchasach dheireanach, agus ansin tuairt throm thorannbhodhar. Stadamar agus d'éisteamar. Níor chuir aon ghlór eile isteach ar an gciúnas a bhí san oíche sin nach raibh maidhm ghaoithe inti.

Chonaic mé Holmes ag leagan a láimhe ar a éadan, agus é mar a bheadh fear a bheadh ar mire.

"Tá buaite aige orainn, a Watson. Táimid an-déanach."

"Nílimid, nílimid, go deimhin, nílimid!"

"Nach mé an t-amadán agus mo lámh a cheilt agus tusa, a Watson, féach cad a thagann de dheasca áit do dhualgais a fhágáil! Ach, dar Dia, má tá teipthe orainn féin, bainfimid sásamh as."

Ritheamar faoi dhaille tríd an dorchadas, ag bualadh i gcoinne bollán, ag déanamh ár slí trí thoir aitinn, ag cur dínn faoi shaothar suas na cnoic agus ag baint de na boinn síos le fána, sinn ag déanamh ceann ar aghaidh i gcónaí an treo ónar tháinig na glórtha uamhnacha seo. Ag gach ard thug Holmes súilfhéachaint thnúthánach ina thimpeall, ach bhí na scáileanna go tiubh ar an riasc agus ní raibh aon rud ag corraí ar a fhuaruachtar.

"An féidir leat aon rud a fheiceáil?"

"Dada."

"Ach, fan, céard é seo?"

Chualamar lag-éagaoineadh. Ba é sin arís é ar ár gclé! Ar an taobh sin bhí iomaire carraigeach a raibh ceann de ina aill agus

166

learg chlochach thíos fúithi. Ar a garbhuachtar bhí rud éigin
dorcha neamhrialta leata amach mar a bheadh sciathán iolair.
Chonaiceamar cad a bhí ann agus sinn ag déanamh air. Fear a bhí
caite ar an talamh agus a bhéal faoi. Bhí an ceann, agus é casta go
millteach faoi, na guaillí cruinnithe agus an corp coigilte ina mheall

mar a bheadh sé ar tí toll thar ceann a dhéanamh. Bhí an riocht ina raibh sé chomh haisteach sin gur dheacair dom a chuimhneamh ar an nóiméad sin gur leis an éagaoineadh úd a scar an t-anam leis. Ní raibh cogar ná cor as an bhfíor dhubh a rabhamar inár seasamh os a cionn. Leag Holmes a lámh air, agus thóg arís í, ag cur liú uamhnach as. Shoilsigh an cipín solais a las sé ar a mhéara a bhí lán d'fhuil agus ar an linn ainriochtach fola a bhí ag leathnú in áit a chéile ó chloigeann an mharbháin a bhí ina bhruscar. Agus shoilsigh sí ar rud éigin eile a rinne an croí againn go tinn agus go fann lag—corp Sir Henry Baskerville!

Ní raibh aon dul ó aithint ag éinne againn araon ar an gculaith neamhchoitianta úd de bhreidín ruánach—an ceann céanna a bhí air an chéad mhaidin a chonaiceamar i Sráid Baker é. Fuaireamar aon fhéachaint amháin soiléir air, agus ansin mheath an lasán nó go ndeachaigh as, díreach mar a ghabh an dóchas as an gcroí againn.

"An bhrúid! An bhrúid!" a liúigh mé féin, agus mo dhoirne go daingean dúnta agam. "Ó, a Holmes, ní mhaithfidh mé choíche dom féin é é a fhágáil amhlaidh faoin oidhe seo."

"Tá níos mó den mhilleán le cur i mo leithse, a Watson. Chun mo chúis a bheith ní b'iomláine agus ní ba chríochnaithí agam, tá saol an ógfhir bhoicht caite uaim agam. Is é an buille is treise dár buaileadh orm i mo ré é. Ach conas a bheadh a fhios agam—conas a gheobhainn fios a bheith agam air—go rachadh sé in iomaidh lena bhás ar an riasc tar éis an méid rabhadh a thug mé dó."

"Nach uafásach an rud é gur airíomar a chuid scréachaí—ó, a Thiarna, a leithéid de scréachach—agus fós nach rabhamar inniúil ar é a shábháil! Cá bhfuil an bhrúid cú seo a d'imir an bás air? B'fhéidir go mbeadh sé ag fóisíocht i measc na gcarraigeacha seo faoi láthair. Agus Stapleton, cá bhfuil seisean? Díolfaidh sé as an ngníomh seo."

"Díolfaidh. Féachfaidh mise chuige sin. Tá an t-uncail agus an nia marbh—ceann acu sceimhlithe de chionn beithígh, dar leis, a raibh an diabhlaíocht ann, a fheiceáil; an duine eile marbh ina réim reatha ag iarraidh éalú uaidh. Ach anois tá sé orainn an ceangal atá idir an fear agus an beithíoch a chruthú. Lasmuigh den mhéid a d'airíomar, ní féidir linn fiú amháin a dhearbhú go bhfuil an beithíoch ann ar aon chor, mar gurbh í an titim, de réir dealraimh, a mharaigh Sir Henry. Ach dar fia féin, dá chliste agus atá sé, beidh greim agam air faoina gcuirfidh sé lá eile de!"

Sheasamar, agus an searbhas sa chroí againn, duine againn ar gach taobh den chorp agus sinn sáraithe ag an matalang tobann doleigheasta a bhí tar éis críoch chomh léanmhar a thabhairt ar ár gcuid mórshaothair fhadtuirsigh. Ansin, ar éirí na gealaí, chuamar in airde ar mhullach na gcarraigeacha ónar thit ár gcara bocht, agus as sin d'fhéachamar timpeall an dúr-réisc go léir, a bhí leath um a leath faoi gheal agus faoi dhorchadas. An-fhada ó bhaile, na mílte uainn, i dtreo Grimpen, bhí aon solas buí aonair amháin ag taitneamh. Ní fhéadfadh sé a bheith ag teacht ó aon áras eile ach amháin ó theach Stapleton. Ar m'fhéachaint dom air dhún mé mo dhorn agus thug mo mhallacht ó chroí dó.

"Cad é an chúis nach mbéarfaimis air ar nóiméad?"

"Níl críoch cheart ar ár gcúis go fóill. Tá an duine aireach agus an-ghlic ar fad. Ní leor an rud a bheith ar eolas againn. Caithfimid a chruthú. Dá ndéanaimis aon tuathal amháin b'fhéidir go rachadh an cladhaire uainn fós."

"Cad tá le déanamh againn?"

"Beidh ár ndóthain mór le déanamh againn amárach. Anocht níl le déanamh againn ach ár gcara a thórramh mar is cóir."

Rinneamar araon ár slí síos an learg a raibh ardfhána fúithi nó gur ráiníomar an corp a bhí go dubh agus go soiléir i gcoinne na mbánchloch. Líon mo shúile le deora nuair a chonaic mé é.

"Caithfimid cúnamh a fháil, a Holmes! Ní féidir linn é a thabhairt an tslí ar fad go dtí an Halla. A Rí na bhFeart, an as do chiall atá tú?"

Bhí sé tar éis liú a chur as agus cromadh os cionn an choirp. An taca seo bhí sé ag rince agus ag gáire agus ag fáscadh a lámh. Arbh fhéidir gurbh é seo mo chara a bhí chomh daingean dáiríre? Bhí rud éigin faoi cheilt sa scéal seo, déarfainn!

"Féasóg! Féasóg! Tá féasóg ar an bhfear!"

"Féasóg?"

"Ní hé an ridire atá ann—is é—dar ndóigh, is é mo chomharsa, an cime, é!"

D'iompaíomar in airde an corp go deifreach agus bhí an fhéasóg shilte úd ag bagairt in airde ar an ngealach a bhí go soiléir agus go fuar. Ní fhéadfaí a bheith i ndearmad leis an éadan cnapach úd, agus na súile a bhí air súite siar mar a bheadh in ainmhí. Ba í, gan aon agó, an aghaidh chéanna í a bhí ag glinniúint orm le solas na coinnle ón gcarraig anuas—aghaidh Selden, an cime.

Ansin, i nóiméad na huaire, thuig mé an scéal go léir. Chuimhnigh mé go ndúirt an ridire liom gur thug sé a chuid

170

seanéadaigh don bhuitléir. Thug seisean do Selden iad chun
cabhrú leis sin éalú. Na bróga, an léine, an caipín—ba iad go léir
cuid Sir Henry. Bhí scéal an mharaithe dorcha go maith i gcónaí,
ach bhí an bás, pé scéal é, tuillte ag an bhfear de réir dhlí a thíre.
D'inis mé do Holmes conas mar a bhí an scéal, agus an croí agam
ag brúchtadh le neart áthais agus mórbhuíochais.

"Is é an t-éadach is ciontach le bás an duine bhoicht, mar sin," ar
seisean. "Is follas go bhfuil an cú ar bholadh rud éigin a bhaineann
le Sir Henry—an bhróg a fuadaíodh san óstán, de réir gach aon
dealramh—agus sin í is ciontach leis an bhfear seo a bheith ar lár.
Tá aon rud amháin an-ait sa scéal, áfach. Conas a tharla do Selden
fios a bheith aige an cú a bheith ar a lorg, sa dorchadas?"

"D'airigh sé é."

"Ní dhéanfadh cú a aireachtáil ar an riasc fear cruaite mar an
cime seo a chur ina leithéid sin d'fhionnachrith uafáis go rachadh
sé i gcontúirt breith arís air lena bheith ag scréachach chomh
millteach sin ar lorg cabhrach. De réir na liúirí a bhí aige ní foláir
nó bhí sé ag rith ar feadh i bhfad tar éis dó fios a bheith aige go
raibh an cú ar a lorg. Conas a bhí a fhios aige?"

"Rud atá níos diamhaire fós liomsa is ea cén chúis don chú seo,
cuir i gcás go bhfuil gach tuairim atá againn fíor—"

"Ní chuirim aon ní i gcás."

"Bhuel, mar sin, cén chúis don chú seo a bheith scaoilte anocht.
Is dócha nach mbíonn sé i gcónaí scaoilte ar fud an réisc mar sin.
Ní scaoilfeadh Stapleton amach é murach tuairim láidir a bheith
aige go raibh Sir Henry ann."

"Is í an fhadhb agamsa an ceann is crua den dá cheann, mar is
dóigh liom gur gairid go réiteofar an fhadhb seo agatsa, agus
b'fhéidir go mbeadh an ceann agamsa gan réiteach go brách. Is é
rud atá i gceist anois ach cad a dhéanfaimid le corp an ainiseora
bhoicht seo? Ní féidir dúinn a fhágáil anseo ag na sionnaigh agus
ag na fiacha dubha."

"Déarfainnse gur cheart dúinn é a chur i gceann de na botháin
nó go gcuirfimis scéala go dtí na póilíní."

"Díreach. Níl aon amhras agam ná go bhfaighimis araon é a
iompar an fad sin. Heileo, a Watson, cad é seo? An fear féin,
chomh siúráilte agus atá cros ar asal! Ná habair aon rud a

gheobhadh
aon amhras a
chaitheamh
leis—an oiread le focal, nó beidh mo chuid seifteanna ina
neamhní."

Bhí an duine ag teacht chugainn ar an riasc, agus chonaic mé
loinnir todóige. Bhí an ghealach ag taitneamh air, agus d'aithin mé
dealramh triopallach agus siúl sodrach Stapleton. Stad sé nuair a
chonaic sé sinn, agus ansin dhruid sé chugainn arís.

"Don daighe, a Dhochtúir Watson, ní tusa atá ann, an tú? Is tú an duine deireanach a raibh aon choinne agam lena fheiceáil ar an riasc an t-am seo d'oíche. Ach, a chroí istigh, céard é seo? Duine éigin gortaithe? Ní féidir—ná habair liom gurb é ár gcara Sir Henry é!"

Luathaigh sé tharam agus chrom os cionn an mharbháin. D'airigh mé é ag tarraingt luathanála agus thit an todóg as a mhéara.

"Cé—cé hé seo?" ar seisean go balbh.

"Selden atá ann, an fear a d'éalaigh ó Phrincetown."

Ba chosúil le haghaidh samhla an aghaidh a thug Stapleton orm, ach le tréaniarracht bhrúigh sé faoi a chuid iontais agus díomá. Bhí súil aige ormsa agus ar Holmes i ndiaidh a chéile, súil a raibh an ghéire inti.

"Ó, a ghrá ghil! Nach uafásach an gnó é seo! Conas a fuair sé bás?"

"Is dealraitheach gur bhris sé a mhuineál le titim anuas as na clocha seo. Bhí mé féin agus mo chara anseo ag déanamh ár gcos ar an riasc nuair a d'airíomar an lóg."

"D'airigh mise lóg leis. Sin é a thug amach mé. Bhí imní éigin orm i dtaobh Sir Henry."

"Cén chúis i dtaobh Sir Henry thar éinne eile?" Ní fhéadfainn gan an cheist a chur.

"Mar bhí mé tar éis a rá leis teacht chun an tí agam. Nuair nár tháinig bhí iontas orm, agus amhlaidh sin tháinig eagla orm go mbeadh sé i mbaol nuair a d'airigh mé an lógadh ar an riasc. Ach mo dhearmad"—ghabh a shúile de phreab arís ó m'aghaidhse go dtí aghaidh Holmes—"ar airigh sibh aon rud eile ach amháin an lóg?"

"Níor airíomar," arsa Holmes; "ar airigh tusa?"

"Níor airigh."

"Cad eile a bheadh i gceist?"

"Ó, tá a fhios agat na scéalta a bhíonn á n-aithris ag muintir na háite i dtaobh an scáilchú, agus mar sin de. Deirtear go n-airítear istoíche ar an riasc é. Bhí mé á chuimhneamh go mb'fhéidir go raibh an glór sin ar siúl anocht."

"Níor airíomar aon rud dá shórt," arsa mise.

"Agus cad is dóigh leat de bhás an duine bhoicht seo?"

"Níl aon amhras agam ná gur bhain an imní agus an t-anró as a mheabhair é. Bhí sé ag rith timpeall an réisc ina ghealt nó gur thit anuas anseo agus gur bhris a mhuineál."

"Sin é an chiall a bhainfeadh éinne as an scéal," ar Stapleton agus chuir sé osna de a raibh, dar liomsa, an faoiseamh inti. "Cad is dóigh leatsa de, a Sherlock Holmes?"

D'umhlaigh mo chara dó.

"Nach mear a d'aithin tú mé?" ar seisean.

"Táimid ag coinne leat anseo ón uair a bhuail an Dochtúir Watson chugainn. Tá tú in am chun beart truamhéalach a fheiceáil anseo."

"Táim, go deimhin. Tá súil agam go ndéanfaidh an míniú atá déanta ag mo chara ar an scéal é a ghlanadh. Ní chuirfidh mé a chuimhne díom agus mé ag dul thar n-ais go Londain amárach."

"Ó, imeoidh tú amárach!"

"Sin é an fonn atá orm."

"Tá súil agam go bhfuil do chuairt tar éis solas éigin a chaitheamh ar na nithe seo atá ag cur mearbhaill orainn go léir."

Bhain Holmes sracadh as a ghuaillí.

"Ní hí gach aon uair a éiríonn le duine. Is í an fhírinne a bhíonn ó fhear de mo leithéidse, agus ní fabhalscéalta ná ráflaí. Nílim róshásta leis an gcúis."

Bhí mo chara ag labhairt go breá oscailte agus gan pioc corrabhuaise air. Bhí Stapleton ag féachaint go daingean air i gcónaí. Ansin d'iompaigh sé ormsa.

"Déarfainn gur mhaith an rud an duine seo a thabhairt chun an tí agam, ach chuirfeadh sé a leithéid sin d'uafás ar mo dheirfiúr nár chóir dom a dhéanamh. Ba dhóigh liom dá gcuirfeá rud éigin anuas ar a aghaidh go mbeadh sé go maith as go maidin."

Agus rinneadh amhlaidh. Dhiúltaíomar don chuireadh féile a thug Stapleton dúinn, agus tháinig mé féin agus Holmes thar n-ais go Halla Baskerville, agus ligeamar dó sin casadh ina aonar. Nuair a d'fhéachamar thar n-ais chonaiceamar é ag imeacht go mall righin trasna an réisc.

"Nach iontach an mianach atá sa duine sin! Nach iontach mar a chruinnigh sé é féin i bhfianaise ní a chaith é a leagan go hae— a fheiceáil gurbh é an fear mícheart a bhí thíos leis de bharr a

174

mhíshaothair. Dúirt mé leat i Londain é, a Watson, agus deirim leat anois arís nár bhuail namhaid riamh linn a raibh fear ár ndiongbhála ann ach é."

"Is oth liom go bhfuil sé tar éis tú a fheiceáil."

"Agus b'oth liom féin ar dtús sin. Ach ní raibh aon dul as sin."

"Cén chríoch is dóigh leat a chuirfidh sé ar a scéim oibre, óir go bhfuil a fhios aige go bhfuil tú anseo anois?"

"B'fhéidir go gcuirfeadh sé ar a fhaire féin níos mó é, nó b'fhéidir gurbh amhlaidh a rachadh sé ar an bhfeall ar nóiméad dearg. Ar nós a lán meirleach róchliste, b'fhéidir go mbeadh sé rómhuin-íneach as a chuid clisteachta, agus gur dhóigh leis go bhfuilimid meallta ceart aige."

"Cén chúis dúinn gan a ghabháil láithreach?"

"Go réidh, a dhuine. Ní foláir leat bheith ag déanamh gnímh éigin i gcónaí. Ach cuir i gcás, ar son argóna, go ndéanfaimis é a ghabháil anocht, cá mbeadh an tairbhe, beag nó mór, dúinn ann? Ní fhéadfaimis é a thabhairt ciontach in aon rud. Sin é an áit a bhfuil an draíocht agus an chlisteacht sa scéal! Dá mba dhuine a bheadh i gcomhar leis bheadh fianaise éigin le fáil againn, ach dá dtaispeánaimis an cú iontach sin anois níor leor sin chun an téad a chur timpeall mhuineál a mháistir."

"Ba chóir, dar ndóigh, cúis éigin a bheith againn."

"Níl, an oiread le teimheal de cheann—aon rud ach tomhas agus amhras. Chromfaí ag stealladh magaidh fúinn sa chúirt dá mba é a leithéid seo de scéal agus d'fhianaise a bheadh againn."

"Nach sin é bás Sir Charles agat?"

"É faighte agus é marbh agus gan aon rian air. Tá a fhios agamsa agus agatsa go bhfuair sé bás le scanradh; ach conas a gheobhaimis é sin a chur ina luí ar dhá fhear déag a bheadh ar ghiúiré? Cá bhfuil comharthaí sóirt an chú? Cá bhfuil rian a chuid crúb? Tá a fhios againn, gan dabht, nach mbeireann cú ar mharbhán, agus go raibh Sir Charles tar éis bháis sular tháinig an bhrúid ina ghaire. Ach tá sé orainn an méid seo go léir a chruthú, agus níl sé ar ár n-acmhainn a dhéanamh."

"Bhuel, mar sin, anocht?"

"Ní mórán níos fearr a bheidh an scéal againn anocht. Ansin arís, níl aon dlúthbhaint idir an cú agus bás an fhir. Ní fhacamar aon phioc den chú. D'airíomar é; ach ní bhfaighimis a chruthú go raibh sé ar thóir an fhir seo. Rud eile, cad é an tairbhe a bhainfeadh sé as an marú? Táimid dall air. Caithfimid a bheith sásta lena chur ina luí orainn féin nach bhfuil aon chúis againn faoi láthair, agus gur fiú dúinn dul in iomaidh le haon chontúirt chun ceann a dhéanamh.

"Agus conas a chuirfeá crann air sin a dhéanamh?"

"Tá an choinne agam go mb'fhéidir go ndéanfadh Laura Lyons a lán dúinn nuair a bheidh an scéal go léir léirithe i gceart di. Agus tá mo phlean féin agam leis. Is leor don lá amárach a chuid féin den mhí-ádh; ach tá súil agamsa sula mbeidh deireadh leis an lá go mbeidh an lámh in uachtar agam."

Ní bhfaighinn a thuilleadh a bhaint as, agus lean sé air ag siúl, ar dhianmharana, nó gur ráinigh sé geataí Halla Baskerville.

"An bhfuil tú ag teacht aníos?"

"Táim; ní fiú a bheith do mo cheilt féin níos sia. Ach aon fhocal amháin eile, a Watson. Ná habair aon rud i dtaobh an chú le Sir Henry. Lig dó a chuimhneamh gurbh é bás a fuair Selden ach an bás a lig Stapleton air a fuair sé. Beidh sé níos faghartha chun dul in iomaidh leis an gcrann atá ina cheann amárach, is é sin, mura bhfuil mearbhall cuimhne ormsa, go bhfuil cuireadh faighte aige chun a bheith ar dhinnéar leis na daoine seo."

"Agus agamsa leis."

"Má tá, caithfidh tú do leithscéal a ghabháil, agus ligean dó dul ann ina aonar. Beidh sé furasta sin a shocrú. Agus anois má táimid ródhéanach don dinnéar, is dóigh liom go bhfuil an bheirt againn réidh chun ár suipéar a chaitheamh."

CAIBIDIL XIII

Ag Socrú na Líonta

Bhí ní ba mhó den áthas ná den iontas ar Sir Henry Sherlock Holmes a fheiceáil, mar bhí sé ag coinne le roinnt laethanta go mbéarfadh rudaí a bhí tar éis titim amach le deireanaí anuas ó Londain é. B'ionadh leis a fheiceáil nach raibh aon bhagáiste ná aon leithscéal mar gheall ar a bheith ar iarraidh ag ár gcara. Eadrainn araon ba ghairid an mhoill orainn aon rud a bhí uaidh a thabhairt dó, agus ansin nuair a bhíomar inár suí chun suipéir antráthaigh d'insíomar an oiread dár scéal agus a d'oir dó, dar liom, fios a bheith aige air. Ach ar dtús bhí sé de dhualgas míthaitneamhach ormsa scéal bhás Selden a lua le Barrymore agus lena bhean. Is dócha gur mhór an sásamh aigne dó an scéal a chloisteáil ach chrom sí sin ag gol go faíoch ina naprún. Bithiúnach críochnaitheach a bhí ann dar leis an saol mór, ach bhí sise ag cuimhneamh ar an mbuachaillín ceanndána a bhí ann le linn agus í a bheith ina gearrchaile, an leanbh a bhíodh ar láimh aici. Is dána an fear nach mbíonn bean éigin chun a chaoineadh.

"Táim ag fóisíocht ar fud an tí ó d'imigh Watson ar maidin," arsa fear an tí. "Tá sé lena rá agam go bhfuil moladh éigin tuillte agam, mar choimeád mé mo ghealltanas. Mura mbeadh gur dhearbhaigh mé gan a bheith ag gabháil timpeall i m'aonar b'fhéidir go mbeadh tráthnóna ní ba bhríomhaire agam, mar bhí scéala agam ó Stapleton á iarraidh orm bualadh anonn chuige."

"Níl aon amhras agam ná go mbeadh oíche ní ba bhríomhaire i ndán duit," arsa Holmes go tur. "Mo dhearmad, ní dócha go bhfuil aon chorrabhuais ort sinn a bheith ag golchás i do dhiaidh tar éis duit do mhuineál a bhriseadh?"

Leath a shúile ar Sir Henry. "Conas sin?"

"Bhí an t-ainniseoir bocht seo cóirithe i do chuid éadaigh. Is eagal liom go dtiocfaidh trioblóid as do do sheirbhíseach a thug dó iad."

"Ní dócha go dtiocfaidh. Ní raibh aon mharc ar aon cheann acu chomh fada le mo chuimhne."

"Is maith sin duit—is maith an rud é do gach éinne agaibh, óir go raibh sibh go léir ag briseadh an dlí. Ní ródheimhin atáim nach é mo chead dualgas an teaghlach ar fad a ghabháil mar gur bleachtaire mé a bhfuil coinsias agam. Tá an meirleachas go dóite sna tuairiscí a chuir Watson chugam."

"Ach cad mar gheall ar an gcúis?" arsa an ridire. "An bhfuil tú á réiteach? Is dóigh liom go bhfuil mé féin agus Watson chomh dall air mar scéal agus a bhíomar riamh."

"Is dóigh liom go mbeidh sé ar mo chumas an scéal a dhéanamh níos soiléire duit sula i bhfad. Gnó an-chrosta a bhí ann. Tá roinnt rudaí a bhfuil solas uainn orthu fós ach tá an solas ag teacht, mar sin féin."

"Tá aon rud amháin deimhin againn, is dócha nach bhfuil tú gan fios air ó Watson. D'airíomar an cú ar an riasc agus mar sin is acmhainn dom an leabhar a thabhairt nach aon phiseoga atá sa scéal. Bhí roinnt taithí agam ar mhadraí agus mé san Iarthar, ionas go n-aithneoinn ceann nuair a d'aireoinn é. Má chuireann tusa féasrach ar a bhéal siúd agus má chuireann tú ar slabhra é, tabharfaidh mé mo lámh agus m'fhocal duit gur tú an bleachtaire is treise a tháinig riamh."

"Is dóigh liom go gcuirfidh mé an féasrach sin air agus an slabhra leis má thagann tusa i gcabhair orm."

"Pé rud a déarfaidh tusa liom a dhéanamh déanfaidh mé é."

"Tá go maith; iarrfaidh mé ort leis é a dhéanamh gan aon cheistiú."

"Díreach mar is maith leat."

"Má dhéanann tú sin is dóigh go bhfuil gach aon seans gur gairid go mbeidh ár bhfadhb bheag réitithe. Níl aon amhras agam—"

Stad sé d'urchar agus bhí ag féachaint go géar os mo chionn in airde. Bhí solas an lampa ar a aghaidh, agus bhí sé chomh géar agus chomh socair go bhféadfaí a rá gurbh aghaidh í a bheadh ar dhealbh chlasaiceach a bheadh gearrtha greanta, samhail an airdill agus an fhuireachais.

178

"Cad tá ort anois?" arsa an bheirt againn.

D'aithin mé air agus é ag ísliú a chinn, go raibh sé ag brú faoi corraí éigin dofheicthe, a bhí tar éis teacht dó. Bhí an stuaim i gcónaí ina cheannaithe, ach bhí taitneamh na lúcháire agus na sástachta ar na súile aige.

"Ná tógaigí orm spéis a chur sna pictiúir," ar seisean, ag bagairt lena lámh ar líne díobh a bhí ar an mballa anonn uaidh. "Ní déarfadh Watson go bhfuil aon eolas agamsa ar an ealaín, tá éad air mar ní aontaímid le chéile i dtaobh an ábhair sin. Bhuel, deirim gur deas ar fad an tsraith pictiúr atá iontu sin."

"Bhuel, is maith liom tú a aireachtáil á rá sin," arsa Sir Henry, ag tabhairt shúilfhéachaint an iontais ar mo chara. "Nílimse chun a ligean orm go bhfuil mórán eolais agam ar na nithe seo, gheobhainn breith ní b'fhearr a thabhairt ar chapall nó ar dhamh ná ar phictiúr. Cheap mé nach bhféadfá an uain a bheith agat do rudaí den sórt sin."

"Aithním an rud maith nuair a fheicim é, agus feicim anois é. Sin ceann le Kneller, cuirfidh mé geall leat, an bhean uasal sin thall a bhfuil síoda gorm uirthi, agus an fear téagartha a bhfuil an pheiriúic air ba cheart gur le Reynolds é sin. Pictiúir de do shinsir iad go léir, is dócha."

"Gach ceann acu."

"An bhfuil na hainmneacha agat?"

"Tá an buitléir tar éis a bheith á mhúineadh dom, agus is dóigh liom go bhfuil mo cheachtanna maith go leor agam."

"Cé hé an duine uasal a bhfuil an teileascóp aige?"

Sin é an Seachaimiréal Baskerville, a bhí faoi réir Rodney sna hIndiacha Thiar. An fear a bhfuil an chasóg ghorm air agus beart páipéar aige, sin é Sir William Baskerville, a bhí mar Chathaoirleach n agCoistí i dTeach na Parlaiminte faoi Phitt."

"Agus an marclaoch os mo chomhair—an duine a bhfuil an veilbhit dhubh agus an lása air?"

"A, ba cheart eolas a bheith agat air sin. B'shin é ba chiontach leis an mioscais go léir, Hugo mallaithe, a chuir cú na mBaskerville ar bóthar. Níl aon dóigh go ndéanfaimis aon dearmad de sin."

Thug mé féachaint ar an bpictiúr agus chuir sé ionadh orm.

"A dhuine mo chroí thú!" arsa Holmes, "dealraíonn sé ina fhear ciúin, cneasta go leor, ach go ndéarfainn go raibh roinnt den donas ina chodladh ina shúile. Ba é a mheas mé a bheadh ann ná cladhaire garbh de dhuine."

"Níl aon amhras ná gurb é sin é, mar tá an t-ainm agus an dáta, 1647, ar chúl an chanbháis."

Ba bheag eile a dúirt Holmes, ach b'fhurasta a aithint air go raibh ardtaitneamh aige i bpictiúr an tseanscléipire, agus bhí a shúile air i gcónaí i gcaitheamh an tsuipéir. Is ina dhiaidh sin nuair a bhí Sir Henry imithe chun a sheomra is ea a thuig mé cad a bhí ina aigne. Thug sé thar n-ais chun sheomra na fleá mé, coinneal ina lámh aige, agus choimeád in airde í i gcoinne an phictiúir ar a raibh rian na haoise.

"An bhfeiceann tú aon rud ansin?"

D'fhéach mé ar an hata leathan gona ornáidí cleití, ar na duail chasa a bhí leis na cluasa, ar an mbóna bán lása, agus ar an aghaidh dhíreach chrua a bhí frámaithe eatarthu. Níorbh aghaidh gharbh í,

181

ach bhí sí crua, docht, béal beoltanaí daingean uirthi, agus an fhuaire agus an rábaireacht sa dá shúil a bhí inti.

"An bhfuil dealramh aici le haon aghaidh ar d'aitheantas?"

"Tá cuid éigin de Sir Henry sa ghiall."

"Fíorbheagán, b'fhéidir. Ach fan nóiméad!" Sheas sé in airde ar chathaoir, agus ag ardú an tsolais lena chiotóg dó, rinne sé timpeall lena lámh dheas thar an hata leathan, agus timpeall na ndual fada.

"Dar an spéir!" arsa mé féin le hiontas.

Bhí aghaidh Stapleton tar éis preabadh chugam amach as an gcanbhás.

"Ha, feicim anois é. Is ar na haghaidheanna atá mo shúile oilte agus ní ar na hornáidí. Is é an chéad tréith is dual do bhleachtaire ná é a bheith inniúil aghaidh a aithint."

"Ach tá seo go hiontach. Cheapfá gurb é a phictiúr é."

"Sea, is iontach an deismireacht ar shinsearacht é, agus tá sí ann idir chorp agus anam. An té a dhéanfadh staidéar ar phictiúir shinseartha dá leithéid níorbh ionadh liom dá gcreidfeadh sé in athionchollú an duine. De phór na mBaskerville é—tá sin soiléir."

"Agus a shúil aige leis an oidhreacht."

"Sea, díreach. Tá an seans seo atá faighte againn sa phictiúr tar éis ceann de na bearnaí is mó a bhí in easnamh orainn a líonadh. Tá sé againn, a Watson. Tá sé againn, agus tá sé dian nó beidh sé ag cleitearnach inár líon faoina gcuirfidh sé an oíche amárach de, chomh neamhacmhainneach agus a bhí féileacán sa líon aige féin. Ní bheidh uainn mar sin ach an biorán, an corc, agus an cárta agus beidh sé sa bhailiúchán i Sráid Baker againn!" Chuir sé racht gáire as ansin—rud nár ghnách leis—ar iompú dó ón bpictiúr. Ní minic is cuimhin liom é a fheiceáil ag gáire amhlaidh, agus aon uair dá bhfaca mé ba mhíthuar é do dhuine éigin.

Bhí mé i mo shuí tráthúil go maith ar maidin ach bhí Holmes ar a chosa ní ba thráthúla, mar chonaic mé é ag bualadh aníos an cosán agus mé ag cur umam.

"Sea, beidh lá mór oibre orainn inniu," ar seisean, agus chuimil sé a lámha agus an-áthas air bheith ag cur chun oibre. "Tá na líonta go léir amuigh, agus is gairid go dtosófar leis an tarraingt. Beidh a fhios againn faoina mbeidh an lá tharainn an mbeidh liús mór, cruaghiallach marbh againn, nó neachtar acu an mbeidh na lúba briste aige agus é imithe tríothu."

"An bhfuil tú tar éis a bheith ar an riasc cheana féin?"

"Tá scéala curtha agam ó Ghrimpen go dtí Princetown i dtaobh bhás Selden. Is dóigh liom gur féidir dom a ghealladh nach ndéanfaidh an scéal aon mhairg d'éinne agaibh. Agus táim tar éis scéala a chur chun Cartwright, mo gharsún dílis, leis, mar tá a fhios agam go bhfanfadh sé ag doras an bhotháin agam go rachadh sé as mar a dhéanann an madra ag uaigh a mháistir, mura gcuirfinn scéala chuige go raibh mé ó bhaol."

"Cad é an chéad rud eile a dhéanfaimid?"

"Sir Henry a fheiceáil. A, seo chugainn é!"

"Mora duit, a Holmes," arsa an ridire. "Is cosúil tú le ceann airm a bheadh ag cur crainn ar chath i dteannta a phríomhoifigigh."

"Sin é an cás díreach ina bhfuilim. Bhí Watson ag fiafraí díom cad a dhéanfadh sé."

"Agus mise leis."

"Tá go maith. Tá cuireadh agat, mar is eol domsa, chun dul ar dinnéar chun ár gcairde muintir Stapleton anocht."

"Tá súil agam go dtiocfaidh tú leis. Daoine an-fhial is ea iad, agus táim deimhin go mbeidís an-sásta tú a fheiceáil."

"Is baol liom go gcaithfidh mé féin agus Watson dul go Londain."

"Go Londain?"

"Sea, is dóigh liom go mbeimis ní b'oiriúnaí ann faoi láthair."

B'fhollas nár gheal leis an ógfhear an scéal sin.

"Ba í mo shúil go gcloífeá liom go mbeadh deireadh leis an ngnó seo. Ní taitneamhach na háiteanna iad an Halla agus an riasc do dhuine a bheadh ina aonar."

"A dhuine mo chroí thú, caithfidh tú do mhuinín go hiomlán a chur ionamsa, agus a dhéanamh díreach mar a deirim leat. Is féidir duit a rá le do chairde go mbeadh an-áthas orainn a bheith i do theannta, ach go bhfuil gnó a bhfuil an-phráinn leis againn sa chathair. Go bhfuil ár gcoinne a bheith thar n-ais i nDevonshire gan rómhoill. An gcuimhneoidh tú ar an teachtaireacht sin?"

"Má deir tusa liom a dhéanamh."

"Níl a mhalairt le déanamh deirim leat."

D'aithin mé ar mhala an ridire gur mhothaigh sé go raibh an bheirt againn á thréigean.

"Cathain a bheidh sibh ag imeacht?" ar seisean, go fuar.

"Díreach i ndiaidh an bhricfeasta. Tiomáinfimid isteach go Coombe Tracey ach fágfaidh Watson a chuid rudaí ina dhiaidh mar gheall ar a chasadh arís. A Watson, cuirse scéala go dtí Stapleton á rá leis go bhfuil cathú ort nach bhféadfaidh tú dul chuige."

"Tá an-fhonn orm dul go Londain in bhur bhfochair," arsa an ridire. "Cén chúis a bhfanfainnse i m'aonar?"

"Mar is é an t-ionad is dual duit é. Mar dúirt tú liomsa go ndéanfá mar a déarfaí leat, agus deirim leat fuireach."

"Tá go maith, mar sin, fanfaidh mé."

"Aon ordú eile amháin duit! Tá sé uaim go dtiománfaidh tú go dtí Teach Merripit. Cuir thar n-ais an trap, áfach, agus cuir ar a súile dóibh sin go mbeidh sé d'fhonn ort siúl abhaile."

"Siúl trasna an réisc?"

"Sea."

"Ach siod é an rud díreach a dúirt tú liom gan a dhéanamh."

"Gheobhaidh tú é a dhéanamh an iarracht seo gan róbhaol. Murach go bhfuil an mhuinín ceart agam as an mianach agus as an misneach atá ionat ní iarrfainn ort a dhéanamh, ach tá sé an-riachtanach go ndéanfá é."

"Mar sin de déanfaidh mé é."

"Agus mar go bhfuil meas agat ar do shaol, ná gabh trasna an réisc in aon slí eile ach amháin ar an gcosán díreach atá ag dul ó Theach Merripit go dtí bóthar Grimpen, an bóthar ceart duit le teacht abhaile."

"Déanfaidh mé díreach mar a deir tú."

"Tá go maith. Beidh áthas orm imeacht chomh luath agus is féidir é tar éis bricfeasta, chun a bheith i Londain um thráthnóna."

Chuir an clár oibre seo iontas an domhain orm, cé gur chuimhnigh mé go ndúirt sé le Stapleton an oíche roimhe sin go mbeadh deireadh lena chuairt an lá ina dhiaidh sin. Níor rith sé liom, áfach, go raibh sé uaidh go rachainn ina fhochair, ná ní bhfaighinn a thuiscint conas a gheobhaimis araon a bheith ar iarraidh le linn uaire a dúirt sé féin a mbeadh an caol ag gabháil léi.

Ach ní raibh agam ach rud a dhéanamh air; mar sin d'fhágamar slán ag ár gcara a bhí go cráite ina aigne, agus i gceann cúpla uair an chloig ina dhiaidh sin bhíomar ag stáisiún Coombe Tracey agus an trap curtha thar n-ais abhaile againn. Bhí buachaill beag ag fuireach linn ag an stáisiún.

"An bhfuil aon ordú agat dom, a dhuine uasail?"

"Rachaidh tú go dtí an chathair ar an traein seo, a Chartwright. An túisce a bheidh tú ann cuir sreangscéal ag triall ar Sir Henry Baskerville i m'ainmse, á rá leis má fhaigheann sé an leabhar póca a chaill mé in áit éigin é a chur chugam sa phost cláraithe go Sráid Baker."

"Tá go maith a dhuine uasail."

"Agus fiafraigh ag oifig an stáisiúin an bhfuil aon teachtaireacht dom."

Tháinig an buachaill thar n-ais le sreangscéal agus shín Holmes chugam é. Mar seo a bhí sé:

DO SHREANGSCÉAL AGAM. AG TEACHT ANUAS AGUS BARÁNTAS BÁN AGAM. BEIDH MÉ CHUGAT AR TRAEIN A FICHE NÓIMÉAD CHUN A SÉ—LESTRADE.

"Sin freagra ar an gceann a chuir mé chun siúil ar maidin. Sin é an ceardaí is fearr orthu agus is dóigh liom go mbeidh práinn againn lena chabhair. Anois, a Watson, is dóigh liom nach bhféadfaimis úsáid níos fearr a dhéanamh dár n-uain ná bualadh chun do dhuine aitheantais Laura Lyons."

Bhí a chuid seifteanna á léiriú féin sa deireadh. Bhí sé ag déanamh úsáide den ridire chun a thaispeáint do mhuintir Stapleton go rabhamar imithe gan teip, agus ansin gheobhaimis casadh ar an nóiméad nuair ba dhóichí an phráinn cheart a bheith linn. Dá dtráchtfadh Sir Henry ar an sreangscéal sin ó Londain i dteach Stapleton dhéanfadh sé gach aon teimheal amhrais a dhíbirt as a n-aigne. Cheana féin bhraith mé go raibh mé ag féachaint ar an líon ag cruinniú go dlúth timpeall liús an chruaghéill.

Bhí Laura Lyons ina hoifig, agus thosaigh Sherlock Holmes lena chuid fiosrú chomh hoscailte agus chomh díreach sin gur chuir sé ionadh a croí uirthi.

"Táim ag fiosrú scéal bhás Sir Charles Baskerville," ar seisean. "Tá mo chara anseo, an Dochtúir Watson, tar éis a aithris dom an méid a rinne tú a insint dó, agus fós an méid ar choinnigh tú greim air i gcúrsaí an scéil."

"Cad air ar choinnigh mé greim?" ar sise go ceanndána.

"Tá tú tar éis a admháil gur iarr tú ar Sir Charles a bheith ag an ngeata ar a deich a chlog. Tá a fhios againn gurb iad sin áit agus uair a bháis. Tá an ceangal atá idir na nithe seo coimeádta uainn agatsa."

"Níl aon cheangal ann."

"Más mar sin é, is fánach ar fad mar a tharla. Ach is dóigh liomsa go n-éireoidh linn an ceangal a dhéanamh tar éis gach aon rud. Inseoidh mé an fhírinne duit anois. Dúnmharú atá i gceist, dar linne, agus ní hamháin go dtabharfaidh an fhianaise do chara, Stapleton, ciontach ach tabharfaidh sí a bhean ciontach leis."

Phreab an bhean uasal óna chathaoir.

"A bhean!" ar sise in ard a gutha.

"Níl an scéal ina rún níos sia. An té a dtugtar a dheirfiúr uirthi, is í a bhean í."

Bhí Laura tar éis suí ina cathaoir arís. Bhí greim aici lena lámha ar uilleannacha a cathaoireach agus chonaic mé go raibh na hingne bándhéarga a bhí uirthi tar éis iompú bán le neart a ghreama.

"A bhean!" ar sise arís. "A bhean! Ní fear pósta é sin."

Bhain Sherlock Holmes crochadh as a ghuaillí.

"Cruthaigh dom é! Cruthaigh dom é! agus más féidir leat sin a dhéanamh!—" Dúirt an fhéachaint fhíochmhar a bhí ina súile ní ba mhó ná a cuid briathra.

"Táim réidh chun sin a dhéanamh," arsa Holmes, ag tarraingt roinnt mhaith páipéar as a phóca. "Seo agat pictiúr den leannán mar a tógadh é ceithre bliana ó shin in Eabhrac. Tá 'Mr agus Mrs Vandeleur' scríofa ar a chúl, ach ní bheidh sé deacair duit é sin a aithint, agus í sin leis, má tá aon aithne shúl agat uirthi. Seo trí thuairisc atá scríofa ag finnéithe inchreidte ar Mhr agus Mrs Vandeleur, a raibh scoil phríobháideach St Oliver acu leis an linn. Léigh iad, agus féach an mbeidh aon amhras agat ansin gurbh iad na daoine seo atá ann."

Thug sí súilfhéachaint orthu, agus ansin d'fhéach sí in airde orainn leis an aghaidh theann gan mhothú sin a bheadh ar bhean a bheadh ar mire.

"A Mhr Holmes," ar sise, "dúirt an fear seo liom go bpósfadh sé mé dá bhfaighinn colscaradh a fháil ón bhfear atá agam. Tá sé tar éis mé a mhealladh, an coirpeach, i ngach slí a gheobhadh sé a dhéanamh. Níl sé tar éis aon fhocal den fhírinne a insint dom. Agus cén chúis—cén chúis? Cheap mé gur ar mo shon féin a bhí sé ag déanamh gach aon rud. Ach anois feicim nach raibh aon rud ionam riamh aige ach uirlis. Cén chúis a gcoimeádfainnse mo mhuinín i nduine nár chuir a mhuinín riamh ionam féin? Cén chúis a mbeinn á chosaint ón gcríoch atá tuillte ag a chuid féin míghníomhartha? Fiafraigh díom aon rud is maith leat, agus níl aon rud a choinneoidh mé uait. Tá aon rud amháin a dtabharfaidh mé m'fhocal duit air, agus sin é, nach raibh pioc de mo chuimhne in aon díobháil a bheith i ndán don seanduine uasal nuair a scríobh mé an litir; ba é an cara ba threise a bhí agam é."

"Creidim gach focal dá ndeir tú, a bhean uasal," arsa Holmes. "Caithfidh aithris na nithe seo a bheith an-dian ort, agus b'fhéidir go dtiocfadh an scéal níos boige chugat dá n-inseoinnse duit cad a tharla, agus go ndéanfása mé a chrosadh dá ndéanfainn aon mhórdhearmad. Ba é Stapleton a chuir i do cheannsa an litir seo a chur chun siúil."

"Ba é a dúirt liom gach focal inti."

"Is é mo thuairim gurb í cúis a thug sé ach go bhfaighfeása cúnamh airgid ó Sir Charles chun na costais dlí a bheadh ag gabháil leis an gcolscaradh a dhíol?"

"Díreach."

"Agus ansin nuair a bhí an litir curtha chun siúil agat dúirt sé leat gan an t-ionad coinne a chomhlíonadh?"

"Dúirt sé go mbainfeadh sé ón meas a bhí aige air féin dá mb'éinne eile a thabharfadh an t-airgead dom dá leithéid de ghnó, agus cé gur dhuine bocht é féin go gcaithfeadh sé an leathphingin dheireanach a bhí aige chun an scéal a réiteach."

"Sin é díreach an saghas ruda a déarfadh sé. Agus ansin níor airigh tú aon rud nó gur léigh tú tuairisc an bháis sa pháipéar?"

"Níor airigh."

"Agus chuir sé an leabhar ort gan aon rud a rá i dtaobh an ionaid choinne a bhí déanta agat le Sir Charles?"

"Chuir. Dúirt sé gur bhás an-diamhair ar fad a fuair sé, agus, gan aon dabht ar aon chor, go mbeifí in amhras liom dá nochtfaí an scéal. Chuir sé an oiread sin scanraidh orm gur fhan mé i mo thost."

"Díreach glan. Ach bhí mé féin in amhras leis an scéal."

Stad sí agus bhí sí ag féachaint ar an talamh.

"Bhí aithne agam air," ar sise. "Agus dá mb'fhírinneach dó liom bheinnse amhlaidh fós leis."

"Is dóigh liom, tar éis gach aon rud, gur éirigh tú as an scéal glan go leor," arsa Holmes. "Bhí sé faoi smacht agatsa agus bhí a fhios

aige sin, agus fós tá tú i do bheatha. Tá tú ag siúl le roinnt míonna ar thalamh an-sleamhain. Caithfimid slán a fhágáil agat anois, agus b'fhéidir gur gairid go n-aireofá uainn arís."

"Tá na bearnaí á líonadh go deas anois, tá gach snaidhm á scaoileadh os comhair ár súl," arsa Holmes, agus sinn inár suí ag fuireach leis an mearthraein ón gcathair. "Is gairid go mbeidh sé ar mo chumas ceann de na coireanna is neamhchoitianta dár tharla le tamall maith a chur ina aon snáithe amháin. Cuimhneoidh mic léinn choireolaíochta ar na héachtaí a bhí cosúil leis i nGodno, sa Rúis Bheag, sa bhliain '66, agus gan aon amhras, tá ann murdair Anderson i gCarolina Thuaidh, ach tá sa chúis seo rud éigin ann féin. Anois féin níl aon rud againn i gcoinne an fhir sárghlic seo. Ach beidh an-iontas orm mura mbeidh sé soiléir go leor sula rachaimid a chodladh anocht."

Tháinig mearthraein London ag búireadh isteach go dtí an stáisiún, agus léim sracaire d'fhear righin misniúil as carráiste den chéad ghrád. Chroitheamar ár dtriúr lámha le chéile, agus d'aithin mé ar nóiméad ón bhféachaint urramach a thug Lestrade ar a chompánach gur mhór a bhí foghlamtha aige ón gcéad lá a bhí siad ag obair le chéile. B'fhurasta dom a chuimhneamh ar a laghad measa a bhíodh an uair sin ar fhear na dteoiricí ag fear na ngníomhartha.

"Aon rud maith ar siúl?" ar seisean.

"An rud is treise le blianta," arsa Holmes. "Tá dhá uair an chloig againn sular gá dúinn a bheith ag cuimhneamh ar imeacht. Tá sé chomh maith againn iad a chur síos ag caitheamh dinnéir, agus ansin, a Lestrade, bainfimid ceo London as an scornach agat le hiarracht d'úraer na hoíche i nDartmoor a bhreith duit mar mhalairt air. Ní raibh tú ann riamh fós? A, bhuel, ní dóigh liom go ndéanfaidh tú dearmad de do chéad chuairt ann."

CAIBIDIL XIV

Cú na mBaskerville

Bhí aon locht amháin ar Holmes—más ceadaithe dom locht a thabhairt air—agus ba é rud é sin ach go raibh sé an-righin ag insint iomláine a chuid seifteanna d'éinne nó gur tháinig uain a gcomhlíonta díreach. Is é cúis a bhí leis sin is dócha ach go raibh sé chomh máistriúil sin gurbh aoibhinn leis a bheith chun cinn ar gach éinne agus geit a bhaint astu. Bhí sé ag baint lena cheird go raibh sé air a bheith aireach i gcónaí agus gan a bheith in amhras le haon rud. Chuir sin, áfach, an cruas i saothar an dreama a bhí mar ghníomhairí agus mar chúntóirí aige. Ba mhinic a d'fhulaing mé mo chuid de, ach níor bhraith mé riamh an déine ann mar a rinne mé le linn na tiomána fada úd sa dorchadas. Bhí an triail mhillteach romhainn amach; faoi dheireadh bhíomar chun an buille feidhme a bhualadh, agus fós ní raibh aon rud ráite ag Holmes, agus ní bhfaighinn féin ach lagthuairim a chaitheamh leis an réim oibre a bhí socair aige. Bhí mé ar bior ag cuimhneamh dom ar cad a bhí romhainn nuair a thuig mé as an séideán fuar gaoithe a bhí ag bualadh ar m'aghaidh, agus as an bhfairsinge mhór dhorcha a bhí ar gach taobh den chaolbhóthar go rabhamar thar n-ais ar an riasc arís. Bhí gach truslóg a thug na capaill agus gach casadh a bhí á bhaint as na rothaí dár dtabhairt ní ba ghiorra don tréanéacht a bhí i ndán dúinn.

Bhí an carraeir a bhí ag tiomáint an vaigínéid ag cur isteach ar an gcomhrá ionas go raibh sé orainn a bheith ag caint ar scéalta thairis agus sinn ar bior ceart, bhíomar chomh corraithe agus chomh himníoch sin. Ba mhór an fhuascailt orm é, tar éis an tsriain mhínádúrtha sin a bhí liom, nuair a ghabhamar faoi dheireadh thar teach Frankland agus go raibh a fhios againn go rabhamar ag déanamh ar an Halla agus ar ionad ár ngníomhartha. Níor thiomáineamar suas a fhad leis an doras, ach thuirlingíomar ag geata an bhéalbhóthair. Díoladh fear an vaigínéid agus dúradh leis casadh go Coombe Tracey den iarracht sin, agus chuireamarna chun siúil go Teach Merripit.

"An bhfuil tú armtha, a Lestrade?"

Lig an bleachtaire beag a ghean gáire. "Chomh fada agus atá bríste orm tá póca tóna orm, agus chomh fada agus atá póca tóna orm, tá rud éigin ann agam."

"Go maith! Táim féin agus mo chara, leis, i gcóir do na cruabhearta."

"Tá tú an-rúnda i dtaobh an ghnó seo, a Holmes. Cad a dhéanfaimid anois?"

"Fuireach."

"Im briathar, nach aon áit róthaitneamhach é," arsa an bleachtaire ar crith dó, agus é ag féachaint timpeall air féin ar learga dorcha an chnoic agus ar an mothall mór ceo a bhí os cionn Shlogach Grimpen. "Feicim soilse tí éigin amach uainn."

"Sin é teach Merripit agus ceann ár gconaire. Caithfidh mé iarraidh ort siúl ar bharra do chos agus gan do ghuth a ardú thar chogar."

Dhruideamar linn go han-aireach ar an gcosán mar a bheimis ag triall ar an teach, ach chuir Holmes stad linn nuair a bhíomar timpeall dhá chéad slat uaidh.

"Stadaimis," ar seisean. "Déanfaidh na carraigeacha seo ar ár ndeis sinn a cheilt go hiontach."

"An bhfuilimid le fuireach anseo?"

"Táimid, déanfaimid ár luíochán beag anseo. Téigh isteach sa log seo thusa, a Lestrade. Tá tusa tar éis a bheith istigh sa teach, nach bhfuil, a Watson? An féidir duit ionad na seomraí a áireamh dúinn? Cad iad na fuinneoga laitíse sin ag pinniúr an tí?"

"Is dóigh liom gurb iad sin fuinneoga na cistine."

"Agus an ceann taobh thall de atá ag taitneamh chomh solasmhar sin?"

"Sin é, gan aon agó, seomra an bhia."

"Tá na dallóga ardaithe. Is agatsa is fearr atá a fhios conas mar a luíonn an talamh. Éalaigh leat chun cinn go ciúin agus féach cad tá

siad a dhéanamh—ach ar son Dé, ná lig dóibh fios a fháil go bhfuil tú á bhfaire!"

Chuaigh mé ar bharra mo chos síos an cosán agus lúb mé mé féin síos taobh thiar den bhalla íseal a bhí timpeall an úlloird a bhí go craptha. Shnámh mé liom ar a scáth nó gur ráinigh mé áit a bhfaighinn féachaint díreach tríd an bhfuinneog a bhí gan aon chuirtín.

Ní raibh ach beirt fhear sa seomra, Sir Henry agus Stapleton. Bhí siad ina suí síos, agus a n-aghaidh leathiompaithe liom iad ar aghaidh amach a chéile ag an mbord a bhí cruinn. Bhí Stapleton ag caint go bríomhar, ach bhí an mhílítheacht agus an scáth i ndealramh an ridire. B'fhéidir go raibh cuimhne an tsiúil uaignigh úd trasna an réisc mar mhórualach ar a aigne.

Agus mé ag faire orthu d'éirigh Stapleton agus d'fhág sé an seomra, agus líon Sir Henry a ghloine arís agus luigh siar ina chathaoir, ag caitheamh a thodóige leis. D'airigh mé cnag dorais agus díoscán bróg ar an ngairbhéal. Ghabh na coiscéimeanna thart ar an gcosán a bhí ar an taobh eile den bhalla mar a raibh mé cromtha. D'fhéach mé agus chonaic Stapleton ag stad ag doras botháin i gcúinne an úlloird. Baineadh an glas den doras agus nuair a chuaigh sé isteach bhí bachram ait éigin ar siúl istigh.

Ní raibh sé ach nóiméad nó mar sin istigh agus ansin d'airigh mé an eochair á casadh arís agus ghabh sé tharam agus isteach sa teach leis arís. Chonaic mé é ag teacht chun a aoi arís, agus d'éalaigh mé thar n-ais go haclaí mar a raibh mo chompánaigh ag fuireach liom chun a bhfaca mé a aithris dóibh.

"Deir tú, a Watson, nach bhfuil an bhean ann?" arsa Holmes nuair a bhí deireadh agam le mo scéal.

"Níl," arsa mise.

"Cá bhféadfadh sí a bheith, ansin, nuair nach bhfuil aon solas in aon seomra eile ach amháin sa chistin?"

"Ní féidir liom a rá cá mbeadh sí."

Tá sé ráite agam go raibh os cionn Shlogach Grimpen ceo trom bán. Bhí sé ag druidim go mall d'iarracht orainn, agus chónaigh sé mar a dhéanfadh balla ar an taobh sin dínn, é íseal, ach an-tiubh agus é furasta a mhéid a thomhas. Bhí an ghealach ag taitneamh air, agus ba chosúil é le páirc oighreata ghléineach agus splinceacha na gcreaga a bhí i bhfad uainn ag teacht mar charraigeacha ar iompar aige. Bhí aghaidh Holmes iompaithe air, agus bhí ag cnáimhseáil go mífhoighneach de réir mar a bhí sé ag faire air ag brú go leadránach leis.

"Tá sé ag brú linn, a Watson."

"An bhfuil aon dainséar ann?"

"Is é an t-aon rud amháin sa saol é a chuirfeadh mo chuid seifteanna in aimhréidh. Ní féidir dó a bheith rófhada anois. Tá sé a deich a chlog cheana féin. Mura dtagann sé amach sula mbíonn an ceo ar an gcosán, rachaidh sé dian orainn é a shábháil."

Bhí an oíche go breá agus go glé. Bhí na réiltíní ag spréachadh gan scamall gan smúit, agus leathré ag caitheamh breacsholais ar an radharc go léir. Os ár gcomhair amach bhí an teach ina mhothall dubh, an ceann eangach agus na simléir a bhí ina n-ailp ina seasamh go soiléir i gcoinne na spéire agus í breactha le réiltíní a bhí ar dhath an airgid. Bhí mórghathanna solais órga ag imeacht trasna an úlloird agus an réisc ó na fuinneoga ab ísle. Múchadh ceann acu d'urchar. Bhí na seirbhísigh tar éis an chistin a fhágáil. Ní raibh fágtha ach an lampa a bhí i seomra an bhia mar a raibh an bheirt fhear, an fealltóir agus a aoi ag caitheamh a gcuid todóg agus ag caint go fóill.

In aghaidh gach nóiméid bhí an machaire olla báine sin a raibh an riasc faoi ag teacht ní ba ghiorra don teach. Bhí an chéad sciorta tanaí de cheana féin ag tuirlingt agus ag casadh trasna chearnóga órga na fuinneoige ina raibh an solas. Ní raibh an balla ba shia uainn den úllord le feiceáil, cheana féin, agus bhí na crainn le feiceáil i gcoinne mothaill bháncheo. De réir mar a bhíomar ag féachaint air bhí na fleasca ceo ag tuirlingt go righin ina n-aon bhalc, ar a raibh an t-urlár ab uachtaraí agus ceann an tí ar snámh mar a bheadh samhail loinge ar fharraige fhalsa. Bhuail Holmes buille doirn ar an gcarraig a bhí os ár gcomhair le neart buile, agus chrom sé ag rince le neart mífhoighne.

"Mura mbeidh sé amach i gceann ceathrú uair an chloig beidh an cosán folaithe. I gceann leathuair an chloig ní bheimid inniúil ar radharc a bheith againn ar ár lámha."

"An ndruidfimid níos sia siar ar thalamh níos airde?"

"Déanfaimid, is dóigh liom gurb é rud ab fhearr dúinn a dhéanamh é."

Mar sin de, de réir mar a bhí an balc ceo ag déanamh orainn dhruideamar siar roimhe nó go rabhamar leathmhíle ón teach, agus bhí an fharraige bhán thiubh sin, agus an ghealach ag tabhairt dhath an airgid ar a uachtar, ag gluaiseacht go mall agus go dochoiscthe léi i gcónaí.

"Táimid ag dul rófhada," arsa Holmes. "B'fhéidir go mbeadh greim beirthe air sula bhfaighimis teacht i gcabhair air. Caithfimid an fód a sheasamh mar atá againn pé rud is críoch dúinn." Luigh sé ar a ghlúine agus chuir a chluas leis an talamh. "Buíochas mór le Dia, is dóigh liom go n-airím ag teacht é."

Bhí an duine ag teacht chugainn go mear ar an riasc. Bhíomar ar ár gcromada i measc na gcloch, agus sinn ag faire go géar ar bhalc

na ciumhaise
gile a bhí os ár
gcomhair. Bhí na
coiscéimeanna ag teacht
ní ba throime, agus tríd an
gceo, mar a thiocfadh sé trí
chuirtín, a tháinig an fear a rabhamar ag fuireach leis. Thug sé súil
ina thimpeall le hiontas agus é ag teacht amach as an bpaiste a bhí
faoi sholas geal na réaltaí. Ansin chuir sé an cosán de go mear

d'iarracht orainn, ghabh sé an-ghairid don áit ina rabhamar ag faire, agus chuir de an fhána fhada a bhí taobh thiar dínn. De réir mar a bhí sé ag siúl leis bhí sé ag síorfhéachaint thar a ghualainn, mar a bheadh duine nach mbeadh ar a shuaimhneas.

"Éist!" arsa Holmes os ard, agus d'airigh mé géarchnag piostail agus é á chocáil. "Aire daoibh féin! Tá sé chugainn!"

Bhí mionchoisíocht, thánaí, bhriosc ag síortheacht as áit éigin i lár an bhailc mhallghluaiste úd. Bhí an scamall i ngiorracht caoga slat don áit ina rabhamar inár luí, agus bhíomar ag féachaint air, an triúr againn, agus gan fios againn cad é an t-uafás a bhí le teacht amach as a lár istigh. Bhí mé ag uillinn Holmes, agus thug mé súilfhéachaint bheag ar a aghaidh. Bhí an mhílítheacht agus an bua le feiceáil inti, agus na súile ag lonrú go glé inti faoi sholas na gealaí. Ach den iarracht sin dhírigh sé iad go teann agus go daingean, agus tháinig oscailt ina bheola le móriontas. Leis an linn chéanna chuir Lestrade grith uafásach as agus chaith é féin ar a bhéal agus ar a aghaidh ar an talamh. Chuir mé mo chosa fúm le fuinneamh, bhí greim agam ar mo ghunnán i mo lámh gan lúth, bhí m'aigne gan mhothú ag an riocht uafásach a bhí tar éis preabadh chugainn amach ón scamall ceo. Cú a bhí ann, cú ábhalmhór a bhí chomh dubh le daol, ach níor chú den sórt sin ar leag aon Chríostaí riamh súil air é. Bhí tine á stealladh ina tóirsí amach as an gcraos a bhí air, bhí an smuilc agus an phreiceall agus an corrán géill a bhí air ina n-aon lasair. Ní dhearnadh taibhreamh mearbhaill do dhuine a bheadh trína chéile ina aigne riamh, a bhí ní b'allta, ní ba mhallaithe ná ní ba chosúla le hifreann ná an riocht dubh agus an aghaidh allta úd a rinne orainn amach as an mballa ceo.

Bhí gach aon ardléim ag an gcréatúr éachtach dubh síos an cosán ar lorg ár gcarad. Chuir an teagmhálaí an oiread sin den scéin ionainn gur leomhamar di gabháil tharainn sular chruinníomar sinn féin. Ansin chaith mé féin agus Holmes in éineacht, agus scaoil an créatúr scréach uamhnach as, rud a thaispeáin gur bhuail duine éigin againn é, pé scéal é. Níor stad sé, áfach, ach lean air sa tóir. I bhfad uainn ar an gcosán chonaiceamar Sir Henry ag féachaint ina dhiaidh, dath an bhalla ar a aghaidh le solas na gealaí, agus a lámha ardaithe aige le huafás ag féachaint ar an rud millteach a bhí ar a thóir chun a mharaithe.

Ach an scréach úd a chuir an cú as leis an bpian a bhí air, rinne sé neamhní den eagla a bhí orainn. Dá mb'fhéidir é a ghoin bhí sé saolta, agus nuair a ghoineamar é thiocfadh linn é a mharú. Ní fhaca mé fear ag rith chomh mear riamh agus a chonaic mé Holmes ag rith an oíche sin. Tá sé amuigh ormsa go bhfuilim mear ar mo chosa, ach ghéaraigh seisean ormsa chomh mear agus a

198

ghéaraigh mise ar an mbleachtaire beag. Amach romham agus sin ag cur dínn suas an cosán chomh mear le gaoth bhíomar ag éisteacht le síorscréachadh Sir Henry agus le domhainghlam an chú. Bhí mé in am chun an cú a fheiceáil ag preabadh ar Sir Henry, chun a chaitheamh ar an talamh agus dul ag gabháil don scornach

aige. Ach ar iompú na boise bhí cúig philéar curtha ag Holmes as a ghunnán trína thaobh. Chuir sé an ghlam dheireanach pheannaideach as agus thug sé an snap deireanach craosach ar an aer agus ansin thuirling sé ar a dhroim, lena cheithre chrúb ag speachadh go fíochmhar, nó gur iompaigh sé maol marbh anuas ar a chliathán. Chrom mé agus mé ar saothar, agus leag mé mo ghunnán i gcoinne an chinn uafásaigh a bhí ina lasair, ach ní raibh aon phráinn leis an truicear a tharraingt. Bhí an fathach cú marbh.

Bhí Sir Henry sínte gan chuach ann mar ar thit sé. Shracamar an bóna de, agus ghabh Holmes buíochas le Dia nuair a chonaiceamar nach raibh aon rian gona air agus gur thángthas i gcabhair air in am. Cheana féin bhí creathán beag ag teacht i bhfabhraí súl ár gcarad agus rinne sé lagiarracht ar chorraí. Sháigh Lestrade an buidéal branda a bhí aige idir fiacla an ógfhir agus ba ghairid go raibh dhá shúil a bhí scanraithe ag féachaint aníos orainn.

"Ó, a thiarna an domhain!" ar seisean, ina chogar. "Cad a bhí ann? In ainm Dé, cad a bhí ann in aon chor?"

"Tá sé marbh, pé rud a bhí ann," arsa Holmes. "Tá an spiorad úd leagtha againn go bráth agus choíche."

B'uafásach an créatúr i méid agus i neart a bhí sínte marbh inár láthair. Níor chú fola ceart agus níor mhaistín ceart é; ach dhealraigh sé an dá dhúchas a bheith ann—singil, allta, agus chomh mór le leon beag. Fiú amháin an uair seo, agus é maol marbh, ba dhóigh le duine go raibh lasair ghorm ar sileadh as a ghialla, agus go raibh fáinne tine timpeall ar na súile cruálacha beaga a bhí súite siar ina cheann. Leag mé mo lámh ar an smuilc lonrach a bhí air, agus nuair a thóg mé mo mhéara de bhí siad ag lasadh agus ag lonrú sa dorchadas.

"Fosfar," arsa mé féin.

"Sea, agus meascadh cliste de leis," arsa Holmes, agus é ag bolú an ainmhí a bhí marbh. "Níl aon bholadh ann a gheobhadh cur isteach ar an gcumhacht bolaithe aige féin. Caithfimid ár leithscéal a ghabháil leat, a Sir Henry, mar gheall ar tú a chur i gcaoi a leithéid de sceimhle. Bhí mé féin réidh chun dul in iomaidh le cú; ach níor le créatúr dá leithéid seo é. Agus ní mórán uaine a thug an ceo dúinn chun tabhairt faoi."

"Tá tú tar éis mé a shábháil ón mbás."

"Tar éis tú a chur ina chaoi ar dtús. An bhfuil tú láidir do dhóthain chun seasamh?"

"Tabhair dom bolgam eile den bhranda sin, agus beidh mé inniúil ar aon rud a dhéanamh. Sea! Anois, tugaigí lámh dom. Cad tá fúibh a dhéanamh anois?"

"Tusa a fhágáil anseo. Níl tú inniúil ar a thuilleadh eachtraí a sheasamh anocht. Má fhanann tú rachaidh duine éigin againn thar n-ais leat go dtí an Halla."

Rinne sé iarracht ar a chosa a chur faoi; ach bhí sé an-bhán i gcónaí agus é ar ballchrith. Thugamar linn chun carraige é mar ar shuigh sé síos agus chrom sé ag crith agus a aghaidh folaithe ina dhá lámh aige.

"Caithfimid imeacht uait anois," arsa Holmes. "Caithfimid an chuid eile dár ngnó a dhéanamh, agus is mór is fiú gach nóiméad. Tá ár gcúis againn agus níl uainn ach an fear."

"Ní móide go bhfaighimid ag an teach é," ar seisean, ag leanúint leis ar a scéal, agus sinn ag cur dínn go mear síos an cosán. "Chuir an lámhach ar a shúile dó go raibh deireadh leis an mustar aige."

"Bhíomar tamall maith ó bhaile, agus b'fhéidir go ndearna an ceo seo maolú ar an nglór."

"Lean sé an cú chun glaoch air—bí deimhin de sin. Tá sé imithe um an dtaca seo! Ach cuardóimid an teach agus beimid deimhin de."

Bhí an doras béal bóthair oscailte, agus ritheamar isteach agus luathaíomar ó sheomra go seomra, agus chuireamar ionadh a chroí ar sheanchreathánaí de sheirbhíseach fir a bhuail linn sa phóirse. Ní raibh aon solas in aon áit ach i seomra an bhia, ach rug Holmes ar an lampa, agus níor fhág sé aon chúinne den teach gan féachaint ann. Ní fhacamar aon teimheal den fhear a rabhamar ar a thóir. Ar an urlár ab airde, áfach, bhí ceann de na seomraí faoi ghlas.

"Tá duine éigin istigh anseo," arsa Lestrade. "Airím corraí éigin. Oscail an doras seo!"

D'airíomar lagosnaíl agus glóráil éigin istigh. Bhuail Holmes ar an doras díreach os cionn an ghlais le bonn a choise agus d'oscail sé den iarracht sin. Agus a ghunnán ina lámh ag gach duine againn thugamar ár dtriúr fogha isteach sa seomra.

Ach ní raibh aon teimheal den chladhaire fealltach dúr dána a raibh ár gcoinne leis istigh. Ina ionad sin bhí rud éigin chomh hainriochtach agus chomh hiontach sin gur stadamar ar feadh tamaill ag féachaint air.

Músaem beag a bhí sa seomra, agus bhí timpeall leis na ballaí boscaí a raibh gloiní ina n-uachtar agus iad lán de gach sórt

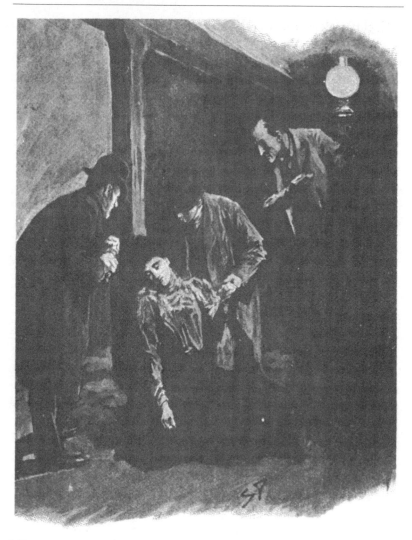

féileacáin agus leamhain, an saghas oibre a dhéanadh suaimhneas aigne don duine dainséarach dothuigthe seo. I lár an tseomra seo bhí cuaille ceart ard a cuireadh mar thaca uair éigin leis an seanbhalc giúrannach adhmaid a bhí trasna cheann an tí. Ar an gcuaille seo bhí ceangailte fíor agus í chomh casta agus chomh cuaileáilte sna braillíní a bhí á coimeád nach bhféadfadh duine a rá leis an linn sin an fear nó bean a bhí ann. Bhí tuáille timpeall an mhuiníl, agus é snaidhmthe taobh thiar den chuaille. Bhí tuáille eile mar chlúdach ar íochtar na haghaidhe agus os a chionn bhí dhá shúil dhubha—súile a raibh an bhuairt agus an díomá agus ceist an-mhillteach iontu—ag féachaint go géar orainn. I gceann nóiméid bhí an gobán sractha againn di, na ceangail scaoilte, agus thit bean Stapleton ar a corraghiob ar an urlár os ár gcomhair. Nuair a thit a ceann álainn ar a brollach chonaiceamar go soiléir rian fuipe ar a muineál.

"An bhrúid!" arsa Holmes os ard. "Sea, a Lestrade, an buidéal branda sin agat! Cuir ar an gcathaoir í! Tá sí tar éis titim i bhfanntais le neart drochúsáide agus anró."

D'oscail sí a súile arís. "An bhfuil sé ó bhaol?" ar sise. "Ar éirigh leis éalú?"

"Níl aon éalú ná dul uainne aige, a bhean chroí."

"Ní hé sin, ní hé sin, ní hé mo chéile a mheasaim a rá. Sir Henry? An bhfuil sé ó bhaol?"

"Tá."

"Agus an cú?"

"Tá sé marbh."

Tharraing sí osna fhada na sástachta.

"Buíochas le Dia! Buíochas le Dia! Ó, an cladhaire seo! Féach an íde atá tugtha aige orm!" Shín sí a géaga amach as a muinchillí, agus chonaiceamar le móraiféala go raibh siad breactha le loit. "Ach ní dada é sin—dada ar aon chor! Is iad mo chroí agus m'aigne atá céasta agus salaithe. Chuirfinn suas leis an íde go léir, drochúsáid, uaigneas, saol fealltach, gach aon rud, chomh fada agus go bhfaighinn é a bheith de shúil agam gur ghráigh sé mé, ach anois tá a fhios agam nach bhfuil ionam, sa ní seo féin ach ábhar a mheallta, agus a uirlis." Thosaigh sí ag gol go faíoch ina cuid cainte di.

"Níl aon chroí ar fónamh agat dó, a bhean an tí," arsa Holmes. "Inis dúinn, mar sin, cá bhfaighimid é. Má chabhraigh tú leis riamh chun an t-olc a dhéanamh, cabhraigh linne anois agus cúitigh an comhar."

"Níl ach aon áit amháin ina bhfaigheadh sé a bheith éalaithe," ar sise. "Tá seanmhianach stáin ar oileán i lár an tslogaigh. Is ansin a choimeádadh sé a chú, agus is ansin leis a rinne sé gach cur i gcóir ionas go mbeadh díon dó ann. Is ar an áit sin a thabharfadh sé a aghaidh."

Bhí an ceo ina bhalc, mar a bheadh olann bhán, i gcoinne na fuinneoige. Choimeád Holmes an lampa leis.

"Féach," ar seisean. "Ní bhfaigheadh éinne an aghaidh a thabhairt ar Shlogach Grimpen anocht."

Gháir sí agus bhuail a bosa. Las solas ar a súile agus ar a déada le mórmheidhir.

"B'fhéidir go bhfaigheadh sé a shlí a dhéanamh isteach ann, ach ní bhfaigheadh amach choíche," ar sise. "Conas a gheobhadh sé na slaitíní draíochta a bhí ag déanamh treorach dó a fheiceáil anocht? Rinneamar araon iad a chur, mise agus é féin, chun méar ar eolas a dhéanamh ar an gcosán tríd an slogach dúinn. Ó, nár thrua nár bhain mé inniu iad! Is ansin, go deimhin, a bheadh sé faoi bhur gcoimirce."

B'fhurasta dúinn a fheiceáil nach raibh aon mhaitheas a bheith ag cuimhneamh ar thóir a chur air nó go mbeadh an ceo imithe. Mar sin de d'fhágamar Lestrade i seilbh an tí, agus chuaigh mé féin agus Holmes i dteannta an ridire go dtí Halla Baskerville. Ní fhéadfaí scéal mhuintir Stapleton a cheilt ní ba shia air. Insíodh an fhírinne dó i dtaobh na mná dar thug sé grá. Ach bhí an drochíde a tugadh air i rith na hoíche tar éis é a dhéanamh an-neirbhíseach, agus sular tháinig an mhaidin air bhí speabhraidí air agus é faoi chúram an Dochtúra Mortimer. Bhí sé ar an mbeirt acu cuairt na cruinne a thabhairt orthu in éineacht, sular tharla do Sir Henry a bheith ina fhear chomh teann tréan agus a bhí sé sular thit seilbh an eastáit mhí-ámharaigh úd leis.

Agus anois táim ag déanamh go mear ar chríoch an scéil neamhchoitianta seo, ina bhfuil iarracht déanta agam ar an léitheoir a dhéanamh chomh páirteach san eagla anama agus sa mhí-amhras a bhí mar scamall ar ár mbeatha chomh fada sin, agus a raibh deireadh chomh marfach leis. An mhaidin i ndiaidh an cú a mharú, ghlan an ceo agus rinne bean Stapleton sinn a threorú go dtí an áit a bhfuair siad cosán a bhéarfadh tríd an móinteán sinn. Thuigeamar ón tsaint agus ón áthas a bhí ar an mbean seo ag taispeáint lorg a fir dúinn cad é mar bheatha uafásach a bhí sí a chaitheamh. D'fhágamar ina seasamh í ag an gcaol iomaire daingean portaigh a bhí ag sraoilleadh tríd an mórmhóinteán. Óna ceann bhí slata beaga curtha anseo agus ansiúd ag taispeáint mar a raibh an cosán ag gabháil anonn is anall ó bhinse luachra go binse luachra i measc na bpoll a raibh screamhán uaine orthu agus na slogairí feolltacha nach raibh gabháil tharstu don strainséir. Bhí boladh bréan as an mborrach fiáin agus as an bhféar fada fliuch agus as na luibheanna lofa a bhí san uisce; agus bhí ceobhrán dreoite ag teacht astu agus níorbh annamh a chuir coiscéim bhacach go dtí ár gcromáin sinn sa slogach domhain dorcha, a bhíodh ar crith ina chaisí amach ónár gcosa ar gach leath. Bhí an greim go daingean ag an mbogach ar ár sála agus sinn ag siúl, agus nuair a théimis síos tríd bhíodh mar a bheadh lámh nimhneach éigin dár dtarraingt síos go híochtar na haimléise bhí an dorrgacht agus an dáiríreacht chomh mór sin sa ghreim a bhí ann. Ní fhacamar ach aon uair amháin rian go raibh duine éigin tar éis gabháil an tslí dhainséarach úd. I lár scotha ceannbháin, á choimeád in airde as an bpluda, bhí rud éigin dubh ag gobadh amach. Chuaigh Holmes go dtí a bhásta nuair a d'fhág sé an cosán chun breith air, agus murach sinn a bheith ann chun é a shracadh amach ní ligfeadh sé cos leis an talamh tirim choíche arís. Bhí seanbhróg dhubh ina lámh aige san aer. Bhí "Meyers, Toronto" clóbhuailte ar an leathar laistigh.

"Is fiú folcadh pluda í," ar seisean. "Is í bróg Sir Henry í, an ceann a bhí ar iarraidh."

"Caite ann ag Stapleton sa teitheadh dó."

"Sea, díreach, choimeád sé ina lámh í tar éis dó í a bheith aige chun an cú a chur ar a lorg. Theith sé nuair a bhí a fhios aige go raibh deireadh leis an scéal, agus choimeád greim uirthi i gcónaí. Ach chaith sé uaidh í sa teitheadh dó anseo. Tá a fhios againn, pé scéal é, gur tháinig sé an fad sin faoi mhaise."

Ach sin a bhfuaireamar d'eolas ar an scéal, cé go raibh tuairim mhaith againn air. Ní raibh aon fháil ar rianta cos a dhéanamh amach sa lathach, mar dhúnadh an pluda a bhí ag éirí ar nóiméad arís iad, ach faoi dheireadh nuair a shroicheamar talamh ní ba chrua ar an taobh eile den chorcach bhíomar go léir ar a dtóir go dícheallach. Ach ní raibh aon teimheal ba lú díobh le feiceáil againn. Dá mbeadh caint ag an talamh déarfadh sé nár shroich Stapleton riamh oileán an dín sin ar a ndearna sé tríd an gceo an oíche dheireanach sin dá ré. In áit éigin i gcroí Shlogach mór

206

Grimpen, go domhain síos i lathach salach na mórchorcaí sin a súdh é. Is ansin atá sé curtha.

Ba mhó dá rian a chonaiceamar ar an oileán a raibh an portach go dlúth ina thimpeall, mar a mbíodh a chabhróir allta i bhfolach aige. Bhí roth mór chun casta agus lintéar a bhí leathlán de gach bruscar ann a thaispeáin ionad mianaigh a bhí tréigthe. Lena ais bhí fothracha bhotháin na mianadóirí, a bhí curtha chun siúil, is

dócha,
ag an ngal
bréan a bhí
ag éirí as an
bhfliuchras
ina dtimpeall. I
gceann acu seo
bhí bacán agus
slabhra air, agus
roinnt cnámha coganta, rud a thaispeáin an áit a raibh an t-ainmhí
faoi ghéibheann. Bhí cnámharlach a raibh roinnt gruaige doinne
ceangailte de sa bhrus, leis.

"Madra!" arsa Holmes. "Dar Crom, spáinnéar fionnachas. Ní fheicfidh Mortimer pioc dá pheata níos mó. Bhuel, ní dóigh liom go bhfuil san áit seo aon rún nach bhfuil feicthe cheana againn. Gheobhadh sé a chú a chur i bhfolach, ach ní bhfaigheadh sé a ghuth a stad, agus ba ón áit seo a thagadh an ghlamaíl úd nár dheas le haireachtáil fiú amháin le solas an lae. Nuair a bhíodh práinn ghéar aige leis choimeádadh sé an cú i mbothán a bhain le Teach Merripit, ach bhíodh an chontúirt ann i gcónaí, agus amhlaidh sin ba é an lá ceart, amháin, an lá ar a mbíodh sé chun an buille feidhme ceart a bhualadh, a leomhfadh dó a dhéanamh. Is é an taos seo sa stán, is dócha, an meascadh soilseach a bhí cuimilte den chréatúr. Bhí sin i scéal dheamhan-chú an tí, dar ndóigh, chun Sir Charles a scanrú go héag. Ní haon ionadh gur chuir an diabhal bocht de chime chun reatha agus gur scréach sé, díreach mar a rinne ár gcara, agus, dar ndóigh, sin mar a dhéanfaimis féin, nuair a chonaic sé a leithéid de chréatúr ag cur de trí dhorchadas an réisc ina dhiaidh. Ba chliste an cleas é, mar gan trácht ar chaoi a fháil ar an mbás a thabhairt do dhuine, cá bhfuil an tuathánach a rachadh chomh fada le léirscrúdú a dhéanamh ar a leithéid de chréatúr dá bhfeicfeadh sé féin é, agus nach mó duine a chonaic ar an riasc é? Dúirt mé i Londain é, a Watson, agus deirim anois arís é, nach ndearnamar riamh fear níos dainséaraí ná an fear sin atá ina luí thall ansin a chur dá chois"—bhagair sé lena ghéag fhada d'iarracht ar an bhfairsinge bhreactha de mhóinteán a raibh paistí glasa air anseo agus ansiúd agus é sínte amach uainn nó go ndeachaigh sé ar neamhní uainn ar learga rua an réisc.

CAIBIDIL XV

Ag Féachaint Siar

Deireadh na Samhna a bhí ann, agus bhí mé féin agus Holmes inár suí, oíche leamh cheoch, duine againn ar gach taobh de spóirseach thine inár seomra suí i Sráid Baker. Ón gcuairt mharfach a bhí tugtha againn ar Dhevonshire bhí sé tar éis a bheith ag plé le dhá chúis a bhí an-tábhachtach ar fad, an chéad cheann mar ar nocht sé mí-iompar cruálach an Choirnéil Upwood maidir le scannal na gcártaí i gClub Nonpareil, agus an dara cúis mar ar ghlan sé Mme Montpensier bhocht ón amhras a bhí uirthi maidir le bás a leasiníne, Mlle Carère, an bhean uasal óg, a fuarthas, má chuimhnítear air, sé mhí ina dhiaidh sin ina beatha agus pósta i Nua-Eabhrac. Bhí an t-an-chroí i mo chara i dtaobh mar ar éirigh leis i roinnt cúiseanna crosta i ndiaidh a chéile, ionas go raibh mé inniúil ar é a mhealladh chun cúrsaí rúin na mBaskerville a lua liom. B'fhada dom ag fuireach go foighneach leis an gcaoi, mar bhí a fhios agam nach leomhfadh sé do chúiseanna a bheith ag bailiú air, agus nach mbeadh sé sásta ar an aigne ghéar shocraithe a bhí aige a thógáil ón rud a bheadh idir lámha aige chun a bheith ag dul siar ar rudaí a bhí imithe. Pé scéal é, bhí Sir Henry agus an Dochtúir Mortimer i Londain ar a slí faoi dhéin an turais fhada farraige úd a moladh dó chun teacht chuige féin ón iarracht neirbhíse a bhuail é. Bhí siad tar éis bualadh chugainn an tráthnóna céanna sin, ionas gur nádúrtha mar rud é an scéal a tharraingt chugainn.

"Bhí an scéal go léir ó thús deireadh," arsa Holmes, "maidir leis an bhfear a bhaist Stapleton air féin, simplí agus díreach. Ach, dar linne, nach raibh aon slí againn ó thús ar an bhfuadar a bhí faoi a dhéanamh amach agus gan é ar ár n-acmhainn ach cuid den fhírinne a fheiceáil, bhí sé an-trína chéile mar scéal. Táim tar éis caoi a bheith agam ar a bheith ag seanchas le bean Stapleton faoi

dhó, agus anois tá an chúis chomh sothuigthe sin gurbh é mo dhóigh nach bhfuil aon rud eile ceilte orainn. Feicfidh tú roinnt nótaí a bhaineann leis an scéal cláraithe faoin litir B i mo liosta cúiseanna agam."

"B'fhéidir nár mhairg leat cúrsaí an scéil a aithris dom ó do chuimhne."

"Gan amhras déanfaidh mé, cé nach bhfuil aon deimhne agam go bhfuil gach pioc den scéal de ghlanmheabhair agam. Nuair a bhíonn aigne duine rósháite i nithe is iontach mar a éalaíonn an rud a bhíonn imithe as a chuimhne. An dlíodóir a mbíonn a chúis ar bharr a theanga aige, agus a bhíonn inniúil ar argóint a

211

dhéanamh le saineolaí ar a scéal féin, feiceann sé go nglanann seachtain nó dhó sa chúirt gach aon rud as a cheann amach arís. Is amhlaidh sin a dhéanann gach cúis a bhíonn ar láimh agamsa an ceann roimhe sin a chur as an tslí, ionas go bhfuil Mlle Carère tar éis mo chuimhne ar Halla Baskerville a mhúchadh go maith. Amárach tiocfaidh fadhb éigin eile i mo líon a chuirfidh an bhean uasal álainn seo ón bhFrainc agus an coirpeach Upwood as seilbh leis. Ach chomh fada agus a théann cúis an chú, inseoidh mé duit cúrsaí an scéil chomh cruinn agus is féidir liom, agus gheobhaidh tú féin pé rud is dóigh leat a rachaidh do mo dhearmad a chur i gcuimhne dom."

"Is follas ó mo chuid ceistiúcháin nár bhréagach é an pictiúr sinseartha, agus gur de mhuintir Bhaskerville, gan aon agó, an duine seo. Mac don Rodger Baskerville sin ba ea é, an deartháir ab óige ag Sir Charles, a theith, agus droch-chlú air, go Meiriceá Theas, mar a bhfuair sé bás, de réir mar a deirtear, gan aon phósadh a dhéanamh. Ach ba é fírinne an scéil gur phós sé, agus bhí aon duine amháin clainne aige, an mac seo, agus ba é ainm a athar an t-ainm cheart a bhí air. Phós sé Beryl García, duine de mhná áille Chósta Ríce, agus nuair a bhí cuid mhaith airgead poiblí goidte aige d'athraigh sé a ainm, thug sé Vandeleur air féin agus d'éalaigh leis go Sasana, mar ar chuir sé scoil ar bun i Yorkshire. Ba é cúis ar thug sé iarracht faoin tseift seo ná go ndearna sé muintearas le hoide a raibh an eitinn air, ar bord loinge, ag teacht abhaile dó, agus go ndearna sé úsáid d'éifeacht an fhir seo chun go n-éireodh leis an tseift. Fuair an t-oide, Fraser, bás, áfach, agus an scoil a thosaigh go maith thit sí faoi mhíchlú agus faoi oilbhéim. Chonaic muintir Vandeleur go n-oirfeadh sé dóibh a n-ainm a athrú agus Stapleton a thabhairt orthu féin, agus thug sé an chuid eile dá fhortún, na scéimeanna a bhí aige don aimsir a bhí ag teacht—agus an taitneamh a bhí aige do bheith ag bailiú féileacán—go dtí deisceart Shasana. Fuair mé amach ó Mhúsaem na Breataine gurbh údar maith ar an ábhar sin é, agus go bhfuil an sloinne Vandeleur tugtha mar ainm ar leamhan áirithe a bhí aige, le linn agus é a bheith i Yorkshire, mar ba é féin an chéad duine a fuair é.

"Tiocfaimid anois ar an gcuid sin dá shaol lena bhfuil ár mbaint. De réir dealraimh rinne an duine roinnt taighde agus rinne sé amach nach raibh idir é féin agus eastát an-luachmhar ach beirt a bhí beo. Nuair a chuaigh sé go Devonshire bhí a chuid seifteanna, mar a mheasaim, an-mhíshoiléir ar fad, ach ón tslí ar thug sé a bhean leis mar dheirfiúr b'fhurasta a aithint ó thús go raibh fuadar na mioscaise faoi. Bhí sé socair ceart aige ina aigne ábhar meallta a dhéanamh di, cé nach raibh sé deimhin de conas a d'iompódh an plean féin amach. Bhí faoi an t-eastát a bheith ina sheilbh, sa deireadh, agus bhí sé i gcóir chun úsáid a dhéanamh de gach cleas agus dul i mbaol gach baoil chuige. Ba é an chéad seift ar chuimhnigh sé uirthi ná dul ina chónaí chomh gairid don teach muintire agus a d'fhéad sé, agus an dara seift ná cairdeas a dhéanamh le Sir Charles agus leis na comharsana.

"D'inis an ridire féin dó i dtaobh chú na scéalta, agus amhlaidh sin réitigh sé an ród dá bhás féin. Bhí a fhios ag Stapleton, sin é an t-ainm a thabharfaidh mé air feasta, go raibh an croí lag ag an seanduine, agus gur leor geit a bhaint as chun é a mharú. Bhí an méid sin feasa faighte aige ón Dochtúir Mortimer. D'airigh sé leis gur chreid Sir Charles i bpiseoga, agus gur mhór é a eagla roimh an bhfabhalscéal urghránna seo. Chuimhnigh sé le neart gastachta ar nóiméad ar shlí chun an ridire a chur chun báis, agus fós gur dhícheall d'éinne an choir a chur ina leith.

"An túisce a bhí cuimhnithe aige ar an tseift, thosaigh sé á cur chun críche go róghlic. Bheadh an crochaire coitianta sásta le hoibriú le cú allta. An chleasaíocht eile a cheap sé chun an créatúr a dhéanamh ní b'ainriochtaí ní raibh ann ach iarracht den ghaois. Is i Londain, ó mhuintir Ross, na ceannaithe atá ar Bhóthar Fulham, a cheannaigh sé an cú. Ba é an ceann ba láidre agus ab allta a bhí acu é. Thug sé leis anuas é cuid den bhealach ar an traein, agus shiúil sé fad maith leis trasna an réisc, chun é a bhreith leis abhaile i ngan fhios don saol. Bhí a fhios aige cheana féin óna chuid fiaigh feithidí conas dul trí Shlogach Grimpen, ionas go bhfuair sé áit oiriúnach chun an créatúr a chur i bhfolach ann. Is anseo a chuir sé i mbothán é agus d'fhan lena uain.

"Ach bhí teacht leadránach ar an uain. Ní fhéadfaí an seanóir a mhealladh ón teach istoíche. Ba mhinic a bhí Stapleton ag fóisíocht timpeall lena chú, ach ní raibh aon mhaith dó ann. Ba le linn na n-iarrachtaí gan tairbhe seo a chonaic na tuathánaigh é, nó ba chirte dom a rá go bhfaca siad a chúntóir, agus níorbh fhada go raibh an seanscéal i mbéal na ndaoine arís. Bhí a shúil lena bhean Sir Charles a mhealladh amach chun a mharaithe, ach, rud nach raibh aon choinne aige leis, bhí sí ró-neamhspleách. Ní dhéanfadh sí aon iarracht ar an seanduine uasal a chur i dteannta le tosú ag suirí leis. Dá ndéanadh sí é sin, bheadh greim daingean air. Bhain sé triail as na bagairtí agus as na buillí ach theip orthu go léir; ní ghéillfeadh sí dó. Mar sin ní bhfaigheadh sé dul ar aghaidh.

"Fuair sé caoi ar theacht as an bpranc ina raibh sé. Bhí Sir Charles chomh mór sin leis gur chuir sé teachtaireacht na cabhrach a bhí sé a thabhairt don bhean bhocht, Laura Lyons, ina mhuinín, agus rinne Stapleton rud den chaoi seo. Lig sé air nach raibh sé pósta, agus amhlaidh sin bhí sí faoina anáil ceart aige, ionas gur chuir sé ina luí uirthi dá bhfaigheadh sí scaradh óna fear go bpósfadh sé í. Níorbh fhada gur tháinig an chaoi chun an scéim a chur i gcrích; fuair sé amach go raibh Sir Charles ar tí an Halla a fhágáil faoi chomhairle an dochtúra agus lig sé air bheith ar aon intinn leis an dochtúir. Bhí air dul ag obair ar nóiméad, nó mura ndéanfadh rachadh a íospartach óna iarraidh. Amhlaidh sin chuir sé ar Laura an litir úd a scríobh ag impí ar an seanduine teacht dá fiosrú an oíche sin sula rachadh sé go Londain. Ansin chuir sé cosc léi, le hargóint ina raibh an mhórgacht, gan dul ann, agus thug sin an chaoi a bhí uaidh dó.

"Thiomáin sé leis abhaile um thráthnóna ó Choombe Tracey. Bhí sé in am chun an cú a ligean amach, an dath diabhail a chur air, agus an beithíoch a bhreith leis timpeall chun an gheata mar a raibh a fhios aige an seanduine a bheith ag fuireach. Léim an cú, a bhí géaraithe ag a mháistir, thar an ngeata agus lean sé an ridire bocht. Chrom seisean ag teitheadh leis agus ag scréachach síos Scabhat na nEo. Sa phóirse dorcha úd, gan aon amhras, ba mhillteach an radharc a bheith ag féachaint ar an gcréatúr mór dubh úd, agus a ghiall agus a shúile ina n-aon lasair, ag rith i ndiaidh an tseanfhir. Thit sé maol marbh ag deireadh an bhóithrín chúng le neart sceimhle agus laige croí. Is ar an iomaire caol féir a bhí an cú ag imeacht agus an ridire ag cur de síos an cosán, ionas nach raibh aon rian loirg, ach amháin rian loirg an fhir, le feiceáil. Nuair a chonaic an cú é agus gan aon chor as b'fhéidir go ndearna sé air chun dul á bholadh, ach nuair a chonaic sé go raibh sé marbh, d'iompaigh sé uaidh arís. Is ansin a d'fhág sé an rian a thug an Dochtúir Mortimer faoi deara. Glaodh ar an gcú agus luathaíodh leis chun a bhotháin ar Shlogach Grimpen, agus bhí iarsma rúin ann a chuir lucht an dlí ar mearbhall, a d'fhág an dúiche faoi scéin, agus sa deireadh a thug an scéal dár n-airene.

"Sin é scéal an bháis. Tabhair do d'aire an chlisteacht dhiabhlaí a bhí sa scéal, mar ní raibh aon bhreith cúis mharaithe a chur i leith an fhíormhurdaróra. Ní raibh éinne ina rún ach an t-aon duine amháin nach bhféadfadh choíche sceitheadh air, agus ní dhearna an t-aisteachas agus an mhínádúrthacht a bhí sa scéal ach é a dhéanamh ní ba threise. An bheirt bhan a raibh cuid acu sa scéal, bhí an drochamhras acu ar Stapleton. Bhí a fhios ag a bhean féin go raibh cúis aige le bheith i ndiaidh an tseanduine, agus bhí a fhios aici, leis, go raibh an cú ann. Ní raibh a fhios ag an mbean eile ar aon chuid acu seo, ach b'ait léi mar a tharla an bás ar an nóiméad áirithe úd. Pé scéal é, bhí an bheirt acu faoina anáil, agus ní raibh aon eagla aige roimh éinne acu. D'éirigh leis an chéad chuid dá ghnó a chur i gcrích go maith, ach bhí an chuid ba dheacra ag fuireach leis.

"B'fhéidir nach raibh a fhios ag Stapleton oidhre a bheith beo i gCeanada. Pé scéal é, ba ghairid an mhoill a bheadh air é a fháil amach óna chara an Dochtúir Mortimer, agus bhí an dochtúir tar éis gach rud a insint dó i dtaobh theacht Sir Henry. Ba é an chéad rud a rith le Stapleton ach go bhfaighfí an strainséir óg seo ó Cheanada a chur dá chois, b'fhéidir, i Londain, gan a theacht anuas go Devonshire ar aon chor. Bhí an drochmhuinín aige as a bhean ón uair a dhiúltaigh sí cabhrú leis chun an seanduine a mhealladh, agus mar gheall air sin ní raibh sé uaidh í a choimeád rófhada as a radharc le heagla go gcaillfeadh sé an chumhacht a bhí aige uirthi. Ba é seo an chúis ar thug sé leis go Londain í. Fuaireamar amach go raibh siad ar lóistín in óstán príobháideach, an Mexborough, i Sráid Craven, ceann de na hóstáin ina ndeachaigh gníomhaire liom ar lorg faisnéise. Anseo chuir sé a bhean faoi ghlas i seomra agus lean sé féin, agus é faoi chealtair féasóige bréige, an Dochtúir Mortimer go Sráid Baker, agus ina dhiaidh sin go dtí an stáisiún agus go dtí Óstán Northumberland. Bhí beagáinín eolais éigin ag a bhean ar an bplean a bhí leagtha amach aige; ach bhí an oiread sin den eagla aici roimh a fear— eagla de chionn na drochíde milltí a bhí faighte aici—nach ligfeadh an eagla di scríobh chun an fhir a raibh a fhios aici é a bheith i gcontúirt, agus an baol ina raibh sé a insint dó. Dá dtiocfadh Stapleton ar an litir in aon slí ba bhaolach di féin. Mar sin de, mar is eol dúinn, chuaigh sí i muinín na bhfocal a rinne an teachtaireacht a ghearradh amach, agus scríobh sí an seoladh i scríbhinn bhréagach. Fuair an ridire an teachtaireacht agus ba é sin an chéad rabhadh a fuair sé a bheith i ndainséar.

"Chaithfeadh Stapleton ball éadaigh éigin le Sir Henry a fháil, ionas dá mbeadh air an cú a chur ina dhiaidh, go bhféadfadh sé é a chur ar a bholadh. Chuaigh sé i mbun an ní seo a fháil den iarracht sin go dian dána, agus is deacair a rá ná gur thug sé breab mhaith do ghiolla nó do chailín seomra an óstáin chun cabhrú leis sa ghnó. Tharla de chiotrainn, gur bhróg nua an chéad bhróg a fuarthas dó, agus dá bhrí sin, nár oir sí dá ghnó. Chuir sé thar n-ais í agus fuair ceann eile—rud a raibh teagasc ann, mar chruthaigh sé go cruinn domsa gur ag plé le cú ceart a bhíomar, mar ní raibh aon chúis eile lena bheith chomh dúilmhear i ndiaidh seanbhróige agus a bheith chomh neamhshuimiúil i dtaobh an chinn nua. Dá oscailte agus dá shimplí a bhíonn éacht is ea is géire is ceart a scrúdú, agus an rud is mó ba dhóigh le duine a bheadh ag déanamh scéil an-trína chéile, nuair a chuirtear suim ann agus nuair a dhéantar a láimhseáil de réir ealaíne, sin an rud is dóichí a dhéanann réiteach ar an scéal.

"Ansin tháinig ár gcairde ar cuairt chugainn an mhaidin sin, agus bhí Stapleton i gcónaí ag a sála sa chab. Ón eolas a bhí aige ar ár gcuid seomraí agus ar mo dhealramhsa, chomh maith lena iompar go coiteann, déarfainn go raibh coireanna eile ina raibh sé ciontach. Tá sé lena áireamh go bhfuil ceithre bhuirgléireacht an-mhór tar éis titim amach le ceithre bliana in iardheisceart Shasana, agus níor gabhadh aon choirpeach dá gcionn go fóill. I bhFolkstone Court, i mBealtaine, a tharla an ceann deireanach díobh seo mar ar gabhadh de philéir piostail ar an ngiolla ann, nuair a thug sé fogha faoin mbithiúnach a bhí faoi chealtair agus é ina aonar. Níorbh ionadh liom dá mba é seo an tseift a bhí ag Stapleton chun neartú le pé gustal a bhí aige, agus gur fealltach agus gur dainséarach an fear a bhí ann le blianta.

"Fuaireamar deismireacht den luas a bhí ann chun rud a dhéanamh an mhaidin sin, agus fós an dánacht a bhí ann agus m'ainm féin a chur thar n-ais chugamsa leis an gcarraeir. Ón nóiméad sin thuig sé gur thóg mé an chúis ar láimh i Londain, agus dá bhrí sin, nach raibh aon seans dó san áit sin. Tháinig sé thar n-ais go Dartmoor agus d'fhan ann gur tháinig an ridire."

"Fan tamaillín," arsa mise. "Tá, gan aon dabht, cur síos cruinn déanta agat ar chúrsaí an éachta, ach tá aon phointe amháin nár mhínigh tú. Cad ba chor don chú fad agus a bhí an máistir i Londain?"

"Táim tar éis roinnt suime a chur sa mhéid sin, agus tá an-tábhacht ann, gan aon agó. Níl aon amhras ná go raibh muinín Stapleton i nduine éigin, cé gur dócha nár inis sé a chuid scéimeanna go léir dó riamh. Bhí seirbhíseach de sheanduine i dTeach Merripit, arbh ainm dó Anthony. Is féidir dul siar roinnt blianta, a fhad siar le haimsir na máistreachta scoile, ar an mbaint a bhí aige le muintir Stapleton, ionas go gcaithfidh sé fios a bheith aige gur lánúin phósta a mháistir agus a mháistreás. Tá an fear seo imithe agus éalaithe as an tír. Ní coitianta mar ainm Anthony i Sasana, ach ainm coitianta is ea Antonio sa Spáinn agus i Meiriceá Laidineach. Labhair an fear, ar nós Beryl García féin, an Béarla go han-mhaith ach amháin an chanúint a bheith go hait acu. Táim féin tar éis an fear seo a fheiceáil ag dul trasna Shlogach Grimpen ar an gcosán a bhí déanta amach ag Stapleton. Is cosúil, dá bhrí sin, gurbh é sin a bhíodh ag tabhairt aireachais don chú nuair a bhíodh a mháistir as baile, cé gurbh fhéidir nach raibh a fhios aige riamh cén gnó a bhí den bheithíoch.

"Chuaigh an bheirt acu ansin síos go Devonshire mar a ndeachaigh tusa agus Sir Henry ina ndiaidh. Aon fhocal amháin anois, maidir le conas mar a bhí an scéal féin leis an linn. B'fhéidir gur cuimhin leat an uair a scrúdaigh mé an páipéar ar a raibh na focail chlóbhuailte greamaithe go ndearna mé cuardach an-ghéar ar chomhartha uisce an pháipéir. Nuair a bhí mé á dhéanamh choimeád mé i ngiorracht cúpla orlach do mo shúile é, agus fuair mé uaidh lagbholadh den bholadh cumhra sin a bhíonn ar bhláth feirdhrise. Tá cúig bholadh cumhra is seachtó ann, agus tá sé de mhórdhualgas ar an gcoireolaí idirdhealú a dhéanamh eatarthu seo, agus is ar a dtabhairt faoi deara go mear a bhí roinnt mhaith cúiseanna le mo linn féin ag brath. Chuir an boladh in iúl dom bean uasal a bheith sa scéal, agus ón uair sin amach bhí m'aigne leagtha agam ar mhuintir Stapleton. Mar sin de fuair mé amach i dtaobh an chú, agus bhí an t-amhras caite agam leis an gcoirpeach sula ndeachamar siar ansin ar aon chor.

"Ba é rud a bhí uaimse ná Stapleton a fhaire. Ba chosúil, áfach, nach bhféadfainn sin a dhéanamh dá mbeinn i do theanntasa, mar go mbeadh seisean go géar ar a aire féin. Mheall mé gach éinne, tusa san áireamh, agus tháinig mé anuas faoi rún nuair, dar le duine, gur i Londain a bhí mé. Ní raibh an oiread cruatain i mo scéal agus ba dhóigh leatsa, cé nár cheart do shuarachas mar sin cur isteach ar chuardach cúise choíche. Is i gCoombe Tracey a thug mé an chuid ba mhó de mo chuid aimsire, agus ní dhearna mé úsáid den bhothán ar an riasc ach nuair a d'oir sé dom a bheith cois leis an áit ina raibh cúrsaí mo ghnó ar siúl. Tháinig Cartwright anuas i m'fhochair, agus ba mhór an chabhair a thug sé dom agus é faoina chealtair buachalla tuaithe. Eisean a choimeádadh bia agus éadach glan liom. Nuair a bhínnse ag faire ar Stapleton bhíodh Cartwright ar d'fhairese, ionas go raibh freastal an dá thrá agam.

"Táim tar éis a insint duit cheana féin gur tháinig do chuid tuairiscí gan mórán moille chugam; chuirtí chugam iad ar nóiméad ó Shráid Baker. Ba mhór an tairbhe a bhí iontu dom, agus go róspeisialta an blúire firinneach sin de bheatha Stapleton a fuair tú de chiotrainn as. Bhí mé inniúil ar a fháil amach as sin cérbh iad an fear agus an bean, agus bhí a fhios agam faoi dheireadh conas mar a bhí mo scéal. Rinne an cime sin a bhí ar éalú cur isteach mór ar an scéal, agus an bhaint a bhí aige leis na Barrymores. Rinne tú an scéal seo féin a réiteach go han-mhaith, cé go raibh mé féin ar an intinn chéanna roimhe sin.

"Le linn na huaire a rinne tú amach mé ar an riasc bhí iomláine eolais agam ar an ngnó go léir, ach ní raibh cúis agam a gheobhainn a chur os comhair giúiré. Fiú amháin an iarracht a rinne Stapleton an oíche sin ar Sir Henry, an iarracht ba chúis bháis don chime bocht a bhí ar éalú, níor leor sin mar chruthú go raibh coir mharaithe le cur i leith an fhir. Ní raibh aon rud eile le déanamh, ach breith air tur te, agus chun sin a dhéanamh chaitheamar úsáid a dhéanamh de Sir Henry ina aonar, agus, mar dhea, gan chosaint, mar bhaoite. Rinneamar amhlaidh, agus tar éis geit mhillteach a bhaint as ár gcara d'éirigh linn ár gcúis a chur chun críche agus Stapleton a chur dá chois. An íde seo a thabhairt ar Sir Henry admhaím gur mór atá sé i gcoinne an chóirithe a thug mé féin ar an gcúis, ach ní raibh aon chaoi againn ar an radharc millteach scéiniúil a bhí sa bheithíoch a fheiceáil roimh ré, nó fós ní bhfaighimis a chuimhneamh go mbeadh an ceo ann a chuir ar a chumas éirí amach as chugainn chomh tobann. D'éirigh lenár n-iarracht, iarracht a chaill ar an tsláinte ag ár gcara, cé go ndeir an speisialtóir agus an Dochtúir Mortimer liom nach mbeidh ann ach tamall. Déanfaidh saoire fhada an neirbhís a leigheas agus an ghoimh atá ar a aigne leis. Bhí an taitneamh a bhí aige don bhean uasal go deimhin agus go dáiríre, agus ba é rud ba mhó a chuir mairg air sa ghnó gruama seo go léir ach a chuimhneamh go raibh sí tar éis é a mhealladh.

"Níl le haithris anois ach an chuid a bhí aici sin sa scéal tríd síos. Níl aon dabht ná go raibh sí faoina anáil ag Stapleton. B'fhéidir gur grá a bhí ann agus níor dóichí sin ná gurbh eagla a bhí ann, nó b'fhéidir an dá rud le chéile, óir go ngabhann an dá rud le chéile. Pé scéal é, bhí sí faoina réir ceart aige. D'aontaigh sí lena bheith ag gabháil timpeall in ainm deirféar dó, cé gur sháraigh sí é nuair a rinne sé iarracht ar ábhar murdair a dhéanamh di. Bhí sí sásta rabhadh a thabhairt do Sir Henry chomh fada agus ab acmhainn di é gan an fear a chur i gceist, agus thástáil sí arís agus arís eile leis sin. Thaispeáin Stapleton féin go raibh an t-éad ag gabháil leis, nuair a chonaic sé an ridire ag déanamh suirí leis an mbean uasal, cé gur chuid dá chuid seifteanna féin a bhí ann, mar sin féin, ní fhéadfadh sé gan cur isteach a dhéanamh orthu agus an t-olc a theacht dó, rud a thaispeáin an paisean faghartha a cheileadh sé de ghnáth. Le neartú leis an muintearas eatarthu bhí sé deimhin go mbeadh triall Sir Henry go minic ar Theach Merripit, agus go bhfaigheadh sé luath nó mall an chaoi a raibh sé ag brath uirthi. Nuair a tháinig an lá, áfach, d'iompaigh a bhean d'urchar ina choinne. Bhí sí tar éis rud éigin a aireachtáil i dtaobh bhás an chime, agus bhí a fhios aici go raibh an cú sa bhothán lasmuigh an oíche a bhí Sir Henry ag teacht ar dinnéar. Thosaigh sí ag troid lena fear mar gheall ar an gcoir agus is ansin a thaispeáin sé di, den chéad iarracht, go raibh bean eile ar a shúil aige. D'iompaigh an dílseacht a bhí inti dó ar nóiméad ina gráin dhearg, agus chonaic sé go ndéanfadh sí é a bhrath. Cheangail sé í, dá bhrí sin, ionas nach mbeadh aon seans aici ar aon rud a rá le Sir Henry, agus bhí a shúil, gan aon dabht, nuair a rachadh sé amach ar fud na dúiche go raibh mallacht na muintire tar éis titim ar an ridire, rud a bhí siad deimhin ar a rá, go meallfadh sé a bhean chun glacadh leis an scéal mar a bhí, agus gan focal a rá i dtaobh an méid a bhí ar eolas aici. Maidir leis an méid seo is dóigh liom go raibh sé i ndearmad, agus gan sinn a bheith ann in aon chor, go raibh deireadh lena réim. Bean a mbeadh fuil Spáinneach inti ní chloífeadh sí le feall den sórt sin chomh bog sin. Agus anois, a Watson, a chara, gan tagairt a dhéanamh do mo chuid nótaí, ní fhéadfainn cuntas níos cruinne a thabhairt duit ar an gcúis neamhchoitianta seo. Ní dóigh liom go bhfuil aon rud arbh fhiú trácht air gan a lua agam."

"Ní fhéadfadh sé Sir Henry a sceimhliú chun báis, mar a rinne sé leis an seanuncail, lena chú ainspioradálta."

"Bhí an beithíoch ar confadh agus é leathchaillte leis an ocras. Mura gcuirfeadh an riocht ina raibh sé duine chun báis, ar a laghad, bhainfeadh sé an mhaith de shíor as pé neart a bheadh caite aige leis."

"Bhainfeadh gan dabht. Níl fágtha ach aon chruacheist amháin. Dá dtiocfadh Stapleton sa tseilbh, conas a mhíneodh sé go raibh sé ina chónaí chomh gairid don áit agus sloinne bréige air cé gurbh é an t-oidhre é? Conas a gheobhadh sé cur isteach ar an áit gan amhras a chaitheamh air féin agus a chúrsaí a chur faoi cheist?"

"Bheadh sé an-deacair, agus is baol liom go bhfuil tú ag dul ródhian orm nuair a iarrann tú orm an cheist sin a réiteach duit. Is féidir liom ceisteanna a bhaineann leis an aimsir chaite agus leis an aimsir láithreach a mhíniú, ach is ródheacair dom ceist a réiteach duit i dtaobh cad ab fhéidir le duine a dhéanamh san aimsir atá le teacht. D'airigh bean Stapleton a fear ag cur síos ar an gceist seo go minic. Bhí trí rud a gheofaí a dhéanamh. Gheobhadh sé cur isteach ar an áit ó Mheiriceá Theas, é féin a chur in aithne do lucht dlí na Breataine ann, agus amhlaidh sin an fortún a fháil gan teacht go Sasana ar aon chor; nó gheobhadh sé cealtair an-bhréagach a chur

air féin a fhad a bheadh sé i Londain; nó fós, gheobhadh sé duine eile a fháil ina ionad, na páipéir agus na cáipéisí cruthaithe a thabhairt dó, é sin a chur isteach mar oidhre, chun greim a fháil ar chuid éigin dá chuid teacht isteach. Is furasta dúinn a thuiscint ón aithne a fuaireamar air, go bhféadfadh sé teacht ar sheift éigin chun teacht as an bpranc. Agus anois, a Watson, a chroí, táimid tar éis roinnt seachtainí cruaoibre a chur dínn, agus ar feadh aon oíche amháin, is dóigh liom, gur cheart dúinn ár gcuid smaointe a chaitheamh le meidhir. Tá bosca in áirithe agam do 'Les Huguenots'. Ar airigh tú an De Reszkes fós? An mbeifeá réidh mar sin i gceann leathuair an chloig, agus buailfimid isteach in Óstán Marcini faoi dhéin blúire dinnéir ar an tslí dúinn?"

Lightning Source UK Ltd.
Milton Keynes UK
UKOW04f2345230913

217777UK00001B/25/P